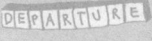

Cornwall College

Wem kann Cara trauen?

CORNWALL COLLEGE

Annika Harper

Wem kann Cara trauen?

Inhalt

Freiheit ist grenzenlos

Swinging London!

Internatsleben on the rocks!

Freiheit ist grenzenlos

To do:

- Bayswater-Holding anrufen, Gewinn-
  überschuss diskutieren
- Charlotte bitten, Spülmaschine in der
  Küche zu reparieren und Elektrik in der
  gesamten Wohnung checken zu lassen
- Blumen an Enid
- Noch mal die T2-Frage ansprechen
  (NACH den Blumen)
- Angie vom Flughafen abholen
- Neue Farbe im Flur?
- Meeting mit Lloyd's-Leuten canceln
  (auf irgendwann verschieben, möglichst
  weit weg)
- Schuhe für den Cricket-Club-Ball
  kaufen! (Charlotte fragen, wo.)

Leises Röhren, lautes Gurgeln und eine grinsende Überraschung

Da, da hebt wieder einer ab!

Ich bin so schnell ich konnte durch die Kontrollsperren gegangen (dank Nana fühlte sich *schnell* allerdings wie drei Stunden an – sie musste mir erst noch ungefähr siebentausend Ermahnungen mit auf den Weg geben). Jetzt sitze ich auf einem dieser hohen Hocker einer Kaffeebar vor einem überteuerten Cappuccino und beobachte die startenden und landenden Flieger draußen vor den riesigen Fensterfronten. Hach, sooo schön!

Und damit meine ich gar nicht so sehr die Flieger. Sondern dieses Gefühl!

Natürlich macht mich der Abschied von Nana immer ein bisschen wehmütig. Ich hab meine Großmutter wirklich sehr lieb, aber ich sehe sie ja in den nächsten Ferien wieder.

Genauso wie Miss Gwynn, die zum Glück wieder bei uns arbeitet. (Nana hatte sie entlassen, weil sie dachte, meine Hauslehrerin hätte etwas ausgeplaudert und mich damit in Gefahr gebracht. Wie konnte Nana nur??? Miss Gwynn ist die treuste Seele, die man sich denken kann!) Die Gute ist jetzt wieder bei uns – allerdings als Nanas Privatsekretärin, denn eine Hauslehrerin brauche ich ja jetzt nicht mehr. (Hihi, möchte wissen, welcher Job ihr besser gefällt!)

Ob sich die anderen Mädchen genauso fühlen, wenn sie wieder ins Internat zurückfahren? Ob mein Gefühl jetzt genauso ist wie das von normalen Mädchen, die sich von ihren Familien verabschieden?

Ich schüttele den Kopf. Was für ein Unsinn! So was Blödes wollte ich doch gar nicht mehr denken. Ich bin auch normal! Genauso normal wie alle anderen im Cornwall College. Genauso normal wie das Mädchen am Nachbartisch, das sich gerade ihren Kakao …

Hä? Was macht die denn? Bin ich im Zoo?

Kippt die sich gerade ihren Kakao über den Kopf und springt auf und nieder, gurgelt dabei wie ein Schimpanse, schlägt sich auf die Brust und macht weiter affenartig röhrende Geräusche? Äh, Hilfe?

Okay, SO normal möchte ich dann doch nicht sein!

Ich starre sie an, und – hups, nicht aufgepasst! – da fällt mir glatt der Löffel aus der Hand, mit dem ich meinen Kaffee umgerührt habe.

„LUCY!", ruft der Mann neben dem Mädchen, offensichtlich ihr Vater, erschrocken. „Hör sofort auf damit!" Peinlich berührt fährt er sich durch die Haare und schaut sich dann schnell um, ob jemand den Auftritt seiner Tochter bemerkt hat.

Doch der war kaum zu übersehen. Was man an den sich schnell abwendenden und SEHR mit anderen Dingen beschäftigt aussehenden Gesichtern um uns herum erkennen kann.

„Schsch …!", macht der Vater Richtung Tochter. „Als ich sagte, lass uns die Wartezeit mit *Tiere raten* vertreiben, habe ich nicht gemeint, dass du …"

Im Gesicht der kakaotropfenden Lucy macht sich ein ausgesprochen triumphaler Ausdruck breit. „Bei MAMA darf ich das aber!"

Peng. Das hat gesessen.

Ich kann mir ein Grinsen nicht verkneifen.

„Natürlich darfst du bei mir auch *Tiere raten* spielen", fängt der etwas hilflos wirkende Vater an, „aber …"

Zu gern hätte ich – unauffällig lauschend – zugehört, was Papa denn genau meint, doch mein Handy gluckst und gluckert und gluckert noch lauter und zeigt dann eine SMS an.

Genialer Ton! Sooo witzig! Klingt, als würde jemand beim Zähneputzen laut gurgeln. Hab ich mir von Pippa installieren lassen. Ich wusste überhaupt nicht, dass man sich für sein Handy unterschiedliche Töne herunterladen kann.

Bevor ich die SMS öffne, halte ich inne.

Moment mal, habe ich gerade ein Gespräch *belauscht*? Ähm, mit Genuss? Ich meine, OHNE dass ich Nanas tadelnde Stimme *„Wo bleiben deine Manieren, Angie? Contenance und den Blick auf deine Tasse, bitte!"* neben mir hörte?

Hihi, ich mache anscheinend Fortschritte!

Ja, ich werde allmählich wirklich Cara! Bye-bye, Anna-Louise! Bye-bye, altes Leben!

Ich muss wohl zufrieden lächeln, denn die faltige Frau, die mir eben den Cappuccino verkauft hat und nun hinter dem Tresen mit dreckigem Geschirr hantiert, lächelt plötzlich auch. Und sieht sofort nicht mehr halb so faltig aus.

Freundlich nickt sie zu mir rüber und zwinkert. Beinahe, als hätten wir ein Geheimnis.

Im Bruchteil einer Sekunde zucke ich zusammen. Mein Lächeln fällt in sich zusammen wie ein Kartenhaus beim ersten Windhauch. Krampfartig ruckt mein Magen und sendet kleine schmerzende Alarmsignale aus.

Geheimnis?

Achtung!

Kennt die Frau etwa MEIN Geheimnis?

Diese rasante Abfolge von Emotionen in mir drin klackert innerhalb eines kurzen Augenblicks durch, ohne dass ich das stoppen könnte. Zu nah lauern noch die Erfahrungen meiner frühen Kindheit, zu tief sitzt die Vorsicht, besser gesagt, das ständige Misstrauen. Nana hat wirklich alles dafür getan, mich zu einem vorsichtigen – und daher leider misstrauischen – Menschen zu erziehen. Seufz!

Der erstaunte Blick auf dem Gesicht der Airport-Angestellten lässt mich sofort wieder Nanas Stimme hören: *„Reiß dich zusammen, Angie! Eine Lady lässt nie jemanden ihre Gefühle erahnen!"*

Ja, Nan, ja, du hast ja Recht!

Ich atme ruhig aus.

Wie dämlich kann man aber auch sein? Woher sollte eine Flughafenangestellte wissen, wer ich bin?

Ich gebe mir innerlich eine kleine Ohrfeige und grinse dann über mich selbst. So weit bin ich anscheinend doch noch nicht von Angie entfernt.

Ich schätze, ich hänge irgendwo in der Luft zwischen ihr und Cara – so wie ich gleich im Flugzeug zwischen meiner früheren Welt zu Hause und meiner neuen im Cornwall College hängen werde. Und das ist ja auch irgendwie richtig. Schließlich bin ich ja Angie UND Cara.

Als Cara kann ich mich frei in der Welt bewegen. Als Angie muss ich immer auf der Hut sein.

Gerade, vor ein paar Wochen erst, bin ich fast von miesen Lösegelderpressern geschnappt worden. Fast! Ja, wenn Moritz – ausgerechnet Moritz Bigmouth, Mister Oberangeber! – nicht so unglaublich mutig mit bloßen Fäusten auf die Kerle losgegangen wäre!

Ach ja, Moritz! Auch ihn werde ich spätestens in ein paar Stunden wiedersehen. Vielleicht sogar schon früher.

Beim letzten Flug von Hamburg nach London Heathrow saß er in derselben Maschine. Was natürlich nicht besonders ungewöhnlich ist. Er kommt ja auch aus Hamburg und wir mussten ja zur gleichen Zeit im Cornwall College sein. Kein Wunder, dass wir dasselbe Flugzeug gebucht hatten.

Der arme Moritz hat bis heute keinen Schimmer, wieso diese Mafiakerle es eigentlich auf mich abgesehen hatten. Ich nehme an, er vermutet insgeheim eine Verwechslung oder so. Nämlich, dass die gar nicht wirklich *mich* meinten. Zur gleichen Zeit wurde ja auch Cowgirl Judy Arnold, die stinkreiche Ranch-Zicke aus Amerika, entführt.

Dass Judy meinetwegen versehentlich entführt wurde, tat mir natürlich schon leid. Diese Ängste gönnt man nicht mal seiner besten Feindin. Überhaupt nicht leid tat mir allerdings, dass ihr Viehbaron-Daddy die Kuh nach dem glücklichen Ausgang der Entführung sofort aus dem Internat zurück nach Hause beordert hat. Bei den heimischen Rindern ist sie jedenfalls viel besser aufgehoben, finde ich. Soll sie die doch so triezen wie mich armen Neuankömmling die ganze Zeit vorher!

Aber das Allerbeste ist: Ich hab, seitdem Judy weg ist, das kleine Zimmer, das ich mir vorher mit ihr teilen musste, für mich allein. Göttlich!

Kein Generve mehr. Kein dämliches Geschnatter über den neuesten Goldpuder aus Paris, Tiefsee-Maniküre auf U-Booten vor Hawaii, Echthaar-Extensions aus Kasachstan (oder sonst woher) und High Heels mit eingebauter Parfumsprühtechnik. (Ehrlich! Soll es geben. Bei jedem Schritt ein kleiner Schuss! Und schon riechen die Fußsohlen der Glitzergirls auf ewig nach Vanille und Veilchen. Nun ja, wer's braucht! Höhöhö …)

Allerdings sind natürlich noch genügend andere Glitzergirls in unserer Klasse. So nenne ich Sapphire und Natasha (die beiden unzertrennlichen Edelsteine), Amy und Danielle (die Horror-Girls des Internats – hier meine ich natürlich Horror in der teuersten Platinausführung!) sowie Gemma und Judy. Na ja, Gemma ist gelegentlich fast erträglich – und Judy ist ja glücklicherweise zurück in Texas.

Okay, die Glitzerhirnis hab ich gefressen, aber die anderen, mit denen ich in Pembroke House, einem der Mädchen-häuser des Cornwall College, auf einem Flur wohne, sind richtig klasse.

Bei dem Gedanken an Pippa, Raine, Hettie und Bailey macht mein Bauch einen glücklichen Hopser. Ich habe wirklich Freundinnen gefunden! So, wie ich es mir mein Leben lang gewünscht habe. Richtig tolle Freundinnen!

Dann fällt mir wieder Moritz ein. Und auch Freunde? Zumindest *einen* Freund?

Kann man mit Jungs befreundet sein? Einfach nur so?

Moritz war bei dem Entführungsversuch ein richtiger Held. Genau so einer, wie sie es sonst nur in Filmen gibt. Selbstlos, stark und …, na ja, all so 'n Zeug. Ich grinse über das Klischee. Aber genau so war es! Er war heldenhaft, und das, obwohl er sonst Mr-Großkotz-Angeber in Person ist!

Danach hat er mir natürlich ein Loch in den Bauch gefragt. Wieso? Warum? Wie konnte das passieren? Wieso ausgerechnet du?

Aber ich habe dichtgehalten. Er musste versprechen, niemandem etwas von dem Entführungsversuch zu erzählen.

Als Gegenleistung habe ich ihm ein Schuldpfand zugesagt. Heißt: Ich bin ihm also was schuldig. Was genau das sein würde, das durfte er entscheiden.

Risiko? Nicht wirklich. Ich hatte ja keine Wahl.

Eins war mir von Anfang an klar: Nana würde mich nur weit weg in einem Internat leben lassen, wenn auch weiterhin niemand, und ich meine, absolut NIEMAND weiß, wer ich bin. Denn sobald es auch nur ein Einziger weiß, weiß es bekanntlich auch der Zweite. Unter dem üblichen Motto *„Du darfst es aber auf keinen Fall weitererzählen!"*. Und schon weiß es auch der Dritte. Unter dem gleichen Motto. Und schnell wie ein Lauffeuer erfahren es auch Leute, die solche Art von Information gerne an miese Mafiakerle verkaufen.

Diese gemeinen Schurken, die vor nichts zurückschrecken und nur an unser Geld wollen, haben mich schon mein halbes Leben lang verfolgt. Weshalb Nana versucht hat, mich besser zu sichern, als es vermutlich die Kronjuwelen Ihrer Majestät, der Königin von England, sind.

Man könnte auch sagen, Nana hat mich eingesperrt. Damit keiner von draußen zu mir rein- und mich klauen konnte. Der Nachteil war, dass ich auch nicht rauskonnte.

Oh, wie habe ich mich immer nach der Welt gesehnt, die ich fast nur aus dem Fernsehen oder aus Büchern kannte! Wie habe ich mich danach gesehnt, mit anderen Mädchen zu spielen, mit ihnen zu quatschen – und, als ich älter wurde, auch mit jemand anderem richtig reden zu können. Ob ich das nun mit meinen Cornwall-Freundinnen kann?

Aaaaah, Quatsch! Natürlich kann ich NIE wirklich und über alles mit ihnen reden. Sonst müsste ich sie ja einweihen. In das Geheimnis, dass ich in Wirklichkeit eben nicht Cara, sondern …

Es wissen ja nicht mal Pippa, Hettie, Raine und Bailey, genauso wenig wie Moritz, dass ich nicht wirklich Cara Winter heiße, sondern Anna-Louise Norden, und dass der weltweite Mega-Möbelkonzern NORDEN tatsächlich mir gehört. Na ja, zumindest sobald ich volljährig bin. Zurzeit wird mein Erbe natürlich noch von Mrs Enid Catherine Hatherley-Brompton, meiner Großmutter, verwaltet – von Nana also. Weil meine Eltern ja beide tot sind.

Und nicht nur die unserem Konzern zugehörigen Verkaufsgruppen sind in der Hand meiner Großmutter, sondern auch unser angelegtes Vermögen. Dabei hilft ihr meistens unser Anwalt David Dunbar, der in London wohnt und ein alter Freund von Nana ist aus der Zeit, in der sie noch selbst in England lebte.

Leider ist es eine – wie ich finde – etwas, ähm, einengende Tatsache, dass wir zu den zehn reichsten Familien Europas gehören. Ich will ja nicht undankbar erscheinen, aber ehrlich, das ist auch nicht unbedingt die einfachste Startposition im Leben. Wer will schon auf ewig eingesperrt leben – aus Angst, sonst entführt zu werden? Weshalb Nana und ich die geniale Idee mit dem Decknamen hatten. Cara Winter.

Ich durfte mir den Namen selber aussuchen und entschied mich für Cara, weil das der Kosename war, mit dem meine Mutter mich immer rief, bevor sie starb. Und Winter, weil … Na ja, die Idee kam mir wegen meines Nachnamens, Norden. Kleines Wortspiel.

Und diese Cara Winter kann nun ein ganz normales Mädchen sein. Mit ganz normalem Bankkonto. Oder jedenfalls mit so *„normalem"* wie das der Eltern der meisten Cornwall-College-Girls. Die sind ja auch nicht gerade arm!

Glucks – gurgel – GLUCKS – GURGEL …

Ups! Schnell schalte ich mein Handy auf stumm. Das Dumme mit supercoolen Handytönen ist, dass sie durchaus auch mal peinlich werden können.

Jetzt zum Beispiel.

Kakao-Lucy und ihr Vater gucken rüber, als würde ich gerade selbst fröhlich mit dem Rest meines Cappuccinos gurgeln.

Hm – nun ja. Hüstel. Ein Glück ist Nana weit weg! Dieser Ton würde meine erzbritische Großmutter vermutlich an den Rand ihres Riechsalzes bringen. Ach, was rede ich! Weit darüber hinaus.

„Cara, dear", würde sie über den oberen Rand ihrer Lese-

brille hinweg sagen und ihre Augen würden pfeilgerade in meine funkeln, „*have you lost your marbles?*"

Und damit würde sie nicht meinen, ob ich ein paar Spielmurmeln verloren habe, sondern ob mir ein paar Gehirnwindungen fehlen. (Nana hat in der Regel eine unmissverständliche Art, sich auszudrücken.) Um genau das klarzumachen, würde sie jede Silbe messerscharf betonen.

Schnell öffne ich die neue SMS.

WO BIST DU?, kreischt es mir förmlich in Großbuchstaben aus dem Handy-Fenster entgegen (auch wenn Nana selbstverständlich nie kreischt – die Contenance!). WARUM ANTWORTEST DU NICHT?

Himmel! Vor mal gerade gefühlten fünf Minuten habe ich mich vor dem Flughafen-Kontrollpunkt von Nana verabschiedet. Ich kann ihr doch nicht alle drei Sekunden eine Nachricht schicken, dass es mir immer noch gut geht.

Gerade will ich die vorherige SMS öffnen – ebenfalls von Nana –, da werden die Stimmen von Lucy und ihrem Vater wieder lauter.

„Wo bleibt dein Bruder bloß?" Der Vater fährt sich immer nervöser werdend durch die Haare.

„Wie immer: Der macht, was er will!", quietscht Kakao-Äffchen Lucy und sieht dabei sehr zufrieden aus.

SMS!, versuche ich, mich zu konzentrieren.

Nach der dritten nicht beantworteten SMS wird Nana nämlich ohne Zweifel die deutsche Grenzpolizei aktivieren.

Und *das* wird dann richtig peinlich.

Trotzdem gucke ich schnell noch mal hoch zum Nebentisch.

„Aaaaah! Da kommt er ja!", ruft der Mann und winkt jemandem hektisch zu. „Na, endlich!"

Unweigerlich folge ich seinem Blick und sehe einen groß gewachsenen, breitschultrigen und strubbelblonden Jungen den Gang hinaufkommen, lässig zu seinem Vater rüberwinken und …

„MORITZ!", ruft sein Vater auch schon und springt auf, um seinen Sohn zu umarmen. „Immer auf den letzten Drücker, IMMER auf den letzten Drücker!"

Doch er sieht dabei alles andere als vorwurfsvoll aus. Kein Zweifel, dieser Vater liebt seinen Sohn über alles.

Der blonde Sohn lässt die Umarmung mit lässigem Grinsen geschehen.

MANN! Ich spüre, wie ein (hoffentlich noch dezentes) Rosé (aus Überraschungsgründen, wirklich *nur* aus Überraschungsgründen!) meine Wangen hochkriecht. Dass der es immer wieder schafft, mich …

Stopp!

JETZT brauche ich echt Nanas Stimme in mir! *„Contenance, Cara! Haltung bewahren!"*

Ich richte mich automatisch am Tisch auf und kontrolliere meine Atmung. (Leider konnte selbst Nana mir nicht beibringen, wie man seine Hautfarbe kontrolliert.)

Ruhig! Da ist ja wohl überhaupt NICHTS Aufregendes dabei, wenn ein Mitschüler, der nun mal ebenfalls in Hamburg wohnt, hier auftaucht. Überhaupt GAR nichts Aufregendes!

Moritz wird inzwischen von seiner Äffchen-Schwester umklammert, die er liebevoll begrüßt und in die Luft wirbelt. Dann grinst er zu mir rüber – mit seinem allerfrechsten und sehr vertrauten Großmaulgrinsen im Gesicht. (Wieso sieht der eigentlich nie unsicher aus?)

Mit einer sanften Geste windet sich mein Internatsmitschüler aus der Umklammerung der Kakao-Prinzessin, streicht sich die noch mehr als sonst verwuschelten Haare aus der Stirn, senkt seinen Kopf leicht, bloß um seine blauen Augen in meinen zu versenken. Hups! Oder sind das meine, die gerade in seinen versinken?

Mann! Was denke ich eigentlich für einen Quatsch?

Schluss damit! Ich lass mich doch nicht von jedem erstbesten Wuschelhaar-Macho hypnotisieren!

Stattdessen beginne ich, eifrig in meiner Tasse zu rühren. Sehr eifrig! (Nana wäre stolz auf mich.) Was mich nicht davon abhält, noch mal kurz zu ihm rüberzuschielen.

Im Gegensatz zu mir ist Moritz offensichtlich kein bisschen überrascht, mich zu sehen, sondern dreht sein Lächeln noch eine Voltstärke höher.

„Na, Cara?", nuschelt er lässig. „Auch schon hier?"

Alle Flugzeuge
fliegen hoch!

Als ich zu Ende gehustet hatte (muss mich blöderweise genau in der Sekunde, als Moritz meinen Namen aussprach, am Rest meines Cappuccinos verschluckt haben – dämlicher Zufall!), wurde unser Flugzeug bereits aufgerufen und Familie Ankermann-Schönfeld griff nach ihren Koffern und Taschen und ging zur Bordkartenkontrolle rüber.

Immer wieder habe ich mir in den Ferien ausgemalt, wie es sein würde, all meine Freunde aus dem Cornwall College wiederzusehen. Natürlich auch, wie das erste Wiedertreffen mit Moritz sein würde. Und natürlich war es in meiner Vorstellung immer eine *perfectly normal situation*. Wieso auch nicht?

Beispielsweise kam ich – bereits zurück im Internat – gerade läs-

sig aus Pembroke House heraus, als Moritz aus einem Taxi stieg, mich sah, zu mir herüberwinkte, auf mich zukommen wollte, dabei ungewollt über den Koffer eines anderen Schülers stolperte – kann ja mal passieren – und der Länge nach hinfiel. Selbstverständlich lachte ich darüber nicht, sondern war großzügig und erwachsen genug, kommentarlos darüber hinwegzusehen (Contenance – auch in dieser Situation!) und ihm stattdessen wohlwollend aufzuhelfen. „Hallo Moritz, nett, dich wiederzusehen!"

Eine andere Version, die mir fast noch besser gefiel, fand ebenfalls am Flughafen statt. (Ich hatte ja eigentlich schon fast damit gerechnet, ihn bereits hier zu treffen.) *Moritz* *saß – so wie ich eben – auf einem der Kaffeebarhocker, lutschte an einer Cola und starrte gelangweilt aus den riesigen Fenstern aufs Rollfeld.*

(Ich denke zwar nicht, dass Moritz überhaupt jemals gelangweilt ist, ich glaube eher, dass Jungs aus irgendeinem Grund denken, dass Gelangweilt-Aussehen cool ist, aber trotzdem.)

Langsam ging ich auf ihn zu (meine Schuhe sind einfach sehr leise) und tippte ihn an die Schulter. „Hallo Moritz!"

Moritz – mit dem Strohhalm noch zwischen den Lippen – fuhr erschrocken herum, wobei er leider den Strohhalm nicht losließ und das Glas dementsprechend ruckartig mitriss. Scheppernd knallte es auf den Boden, wo sich die Cola gleichmäßig über die Fliesen verteilte. Jedenfalls der Teil, der nicht auf Moritz' Hose und seinen Schuhen gelandet war.

„Ah!", machte Moritz nur wie eine Flunder mit Schnappatmung (wobei der Strohhalm endlich aus seinem Mund fiel) und gleich darauf „Oh!", als er die klebrige Soße auf Hose und Schuhen bemerkte.

Und natürlich grinste ich auch in diesem Moment KEIN bisschen, sondern reichte ihm lediglich freundlich und nicht etwa feixend oder gar herablassend ein Taschentuch. „Hier bitte! Ist doch kein Problem. Hätte jedem passieren können!"

Darauf lächelte Moritz natürlich dankbar. „Mann, Cara, wie gut, dich zu sehen! Danke, für deine Hilfe! Das – äh – ist mir jetzt aber ein bisschen unangenehm ..."

Ich lächelte so ruhig und erwachsen zurück, dass es eine wahre Wonne war. „Ach Quatsch! Das passiert mir ständig!"

Worauf er noch dankbarer guckte. „Du bist echt nett."

Tja.

Auch eine schöne Variante unserer ersten Begegnung nach den Ferien, oder?

Noch ein bisschen besser wäre es an der Stelle natürlich gewesen, wenn er *„Danke, Cara, das werde ich dir nie vergessen!"* geantwortet hätte und dabei – immer noch unten bei seinen Schuhen hockend – aus der – ummm – ein winziges bisschen uncoolen Position hoch in meine Augen geschaut hätte. Wie ein Hündchen, das um Vergebung für seine Tollpatschigkeit bittet.

Aber – okay, okay – ich geb's ja zu, das wäre vielleicht doch ein bisschen *too much* gewesen. Außerdem taugt Moritz so gar nicht zum Hündchen, fürchte ich. (Seufz.)

Und wenn ich ganz ehrlich bin, ist er auch grundsätzlich nicht besonders tollpatschig. Wer da schon eher, also zumindest manchmal, ein wenig – nun ja, ich sage mal – ungeschickt ist, bin wohl …

Aber ist ja auch egal. Ich kann ja in den nächsten Ferien an den verschiedenen Varianten noch ein bisschen feilen, hihi!

„Good morning!" Die British-Airways-Stewardess begrüßt mich im Flugzeug routiniert freundlich. „Möchten Sie eine Zeitung?"

„Nein, danke", erwidere ich höflich und schaue in den Kabinenraum, um zu sehen, wo Familie Ankermann-Schönfeld Platz genommen hat.

Ich brauche nicht lange mit den Augen zu suchen. Ganz hinten im Flugzeug kräht Kakao-Lucy von ihrem Sitz irgendwas zu ihrem Bruder hoch, der vergeblich versucht, ihren bunten Kabinenkoffer in die Gepäckbehälter zu quetschen.

Schnell gucke ich auf meine Bordkarte. 7A. Puh, was für

ein Glück! Ich sitze ziemlich weit vorne. Und außerdem am Fenster. Klasse!

Rasch verstaue ich meinen kleinen Rucksack und lasse mich dann in die Polster fallen. Ich atme tief aus und fühle mich einfach wunderbar. Bald geht sie los: die zweite Runde im Cornwall College!

Es ist nur acht Wochen her, dass ich in genau so einem Flugzeug das erste Mal saß. (Mit Nana bin ich ja immer nur mit unseren Privatjets geflogen.) Ebenfalls allein. Aber wie anders habe ich mich damals gefühlt!

Das kommt mir wie eine Ewigkeit vor. Als ob ich in diesen acht Wochen ein völlig anderer Mensch geworden bin. Oder überhaupt ein Mensch?

Ich grinse, als ich daran denke, wie naiv – okay, möglicherweise sogar ein bisschen dumm – ich damals war. Aber woher hätte ich auch wissen sollen, wie man sich als freier Mensch benimmt?

Nana war meine Welt, meine ganze Welt. Meine Familie, mein Wegweiser im Leben. Jetzt ist sie immer noch meine einzige Verwandte (fast – irgendwo gibt es noch meine ausgestoßene Tante Rosie) und somit alles, was ich aktuell an Familie noch habe, doch ich sehe plötzlich überall neue und sooo aufregende Wegweiser.

Da sind Pippa und ihr Zwillingsbruder Eden, die beide in

allem immer nur die komische Seite sehen. Ich hab noch nie so viel gelacht wie mit Pippa. Was für eine herrlich leichte Art, durchs Leben zu gehen!

Und auf der anderen Seite gibt es die Glitzergirls, bei denen man nach fünf Minuten immerhin genau weiß, wie man *nicht* werden möchte. Wegweiser? Ja. Darauf steht in Großbuchstaben: Gehen Sie NICHT dort lang!

Doch da ist auch Hettie, die sich ihren Weg ins Cornwall College hart erkämpft hat und mir zeigt, dass es sich lohnt zu büffeln, wenn man ein Ziel vor Augen hat. Und das hat sie. Als Erste in ihrer Familie will sie die A-Levels – das britische Abitur – schaffen. Was ihr natürlich mit Leichtigkeit gelingen wird – superschlauer Kopf, der sie ist! Danach steht ihr die Welt offen.

Und ich bin sicher, sie wird den ganzen Weg gehen. Vermutlich sogar dreimal um die gesamte Welt herum. Bis sie an genau dem Punkt angekommen ist, der das Ziel all ihrer allergrößten Träume ist. Auch wenn sie selbst sich das noch nicht zutraut.

Wo werde *ich* nach meinen A-Levels hingehen? Was ist *mein* Ziel in der Welt?

Ich weiß es nicht. Natürlich wartet der Norden-Konzern auf mich. Doch warte auch ICH auf den Norden-Konzern? Noch ein paar Jahre habe ich Zeit. Noch ein paar Jahre, die ich hoffentlich im Cornwall College verbringen kann. Denn nur dort kann ich endlich anfangen, die Welt zu begreifen. Zu erleben. Endlich hautnah! „Sicher" verwahrt zu Hause kann ich das ganz *sicher* nicht.

Weshalb ich vor ein paar Wochen auch so verzweifelt war. Nämlich damals, als der Entführungsversuch glücklich vorüber, Nana aber trotzdem fest entschlossen war, dies zum endgültigen Ende meines Ausflugs als Cara in die weite Welt zu sehen. Doch nach zähen Verhandlungen während eines Dinners in einem Seafood-Restaurant (bei dem ich vor Sorge und Panik, womöglich wieder nach Hause zu müssen, kaum einen Bissen runterkriegte) konnte unser Anwalt David Dunbar (ich hätte ihn küssen können!) Nana davon überzeugen, dass wir bloß die Sicherheitsstufe um das Cornwall College herum für mich etwas hochschrauben müssten.

Der Gute schlug vor, einen Bodyguard in dem kleinen Dorf Brockhampton St. Johns, zwei Meilen vom College entfernt, zu postieren. Dieser Bodyguard muss nichts anderes tun, als in nächster Nähe bereit zu sein, falls ich noch mal in Gefahr geraten sollte. Nanas größte Sorge ist nämlich, dass es selbst im Helikopter eine gute Stunde dauern würde, bis David aus London in Brockhampton sein könnte. Und sogar noch etwas länger, bis sie selbst aus Hamburg mit unserem Jet in Brockhampton sein könnte. Nach langem Hin und Her und zähem Food auf meinem Teller willigte Nana tatsächlich endlich ein, mich im Internat zu lassen.

Und nun weiß also immer noch KEINER, wer ich bin, und mein geheimes Leben geht weiter. Bloß Nana, David Dunbar, Miss Gwynn und der Bodyguard, der anscheinend bereits vor mir im Dorf eingetroffen ist, kennen die Wahrheit. (Na ja, gut, und noch ein paar andere Leute, die zu Hause für uns arbeiten.)

„Am besten, du kennst deinen Bodyguard gar nicht", meinte Nana. „Dann guckst du wenigstens nicht verdächtig, wenn du ihn im Dorf rumlaufen siehst. Das ist immer das Unauffälligste."

Ist mir nur recht. Ich *will* den Kerl ja gar nicht sehen! Ist sowieso alles Käsekram. Ich brauche keinen, der auf mich aufpasst.

„Bitte schnallen Sie sich an und nehmen Sie eine aufrechte Sitzposition ein!" Die Mikrofonstimme der Stewardess reißt mich aus meinen Gedanken.

Gleich geht es los. Wieder startet ein Flieger auf dem Hamburger Flughafen, und dieses Mal ist es unserer.

Muss an das Spiel denken, das Mums Schwester Rosie früher immer mit mir im Garten gespielt hat.

Mit den Füßen trampel, trampel, trampel … „Alle Bienen fliegen hooooch!" Und wir reißen die Arme hoch. Trampel, trampel, trampel … „Alle Flugzeuge fliegen hooooch!" Jaaa, wieder die Arme zum Himmel recken! Trampel, trampel, trampel … „Alle Mäuse fliegen hooooooch!"

„NEIIIN!", quietschte die kleine Angie begeistert und hüpfte auf und nieder, die kleinen Patschehändchen aufgeregt ineinanderklatschend. „NEIN! Mäuse fliegen nicht!"

Und Tante Rosie lachte und lachte und freute sich fast noch mehr als ich. „Gut gemacht, Angie, gut gemacht! Noch eine Runde?"

Ich drücke mein Gesicht an das kühle Kabinenfenster und lächele, als ich an Rosie denke.

Warum muss ich gerade jetzt an sie denken? Vermutlich, weil sie mir immer Mut gemacht hat, wenn ich mich darüber beklagt habe, dass ich nirgendwo hingehen darf und keine Freundinnen habe.

„Eines Tages, Angie!", sagte sie immer. „Eines Tages hast du soooo viele Freundinnen!" Und sie reckte ihre Hände weit nach rechts und links, so dass mindestens zwölf Mädchen dazwischen Platz gehabt hätten.

Und ich glaubte ihr.

(Was wohl aus ihr geworden ist? Ich habe sie schon so viele Jahre nicht mehr gesehen.)

Und jetzt? Hach, ich habe es fast geschafft! Ich bin nicht mehr die kleine verschüchterte Angie hinter der hohen

Mauer, die keine Freundin hat. Ich bin Cara. Cara, die nicht abwarten kann, dass das Leben so richtig losgeht.

In diesem Moment lässt das Probe-Röhren der Motoren die noch auf der Startbahn stehende Maschine vibrieren. Das bedeutet, dass wir in wenigen Sekunden …

… *jaaaaa, alle Flugzeuge fliegen hooooooch!*

Über den Wolken ...

In flottem Tempo rollen wir auf den Runway, während draußen ein ungewohnt blauer Himmel Hamburg im schönsten Licht zeigt. Die Motoren heulen ein zweites Mal auf. Und schon fühle ich den Riesenschub, der mich in die Polster drückt und uns weniger als fünf Sekunden später in die Luft hebt ...

Ich stemme mich gegen die Rücklehne des Flugsessels, atme zufrieden aus und summe ein Lied vor mich hin, das mir gerade in den Sinn kommt. *„Über den Wolken, dum-dum-dum, muss die Freiheit wohl grenzenlos sein ..."*

Miss Gwynn hat das oft beim Stricken gesungen. Wenn ich mit kniffligen Grammatikfragen über mein Heft gebeugt dasaß, hörte ich im Hintergrund das melodische Klick-klick der Stricknadeln meiner Hauslehrerin und ihre leise, feine Stimme.

Ja, das Lied hat Recht. Über den Wolken ist jeder frei.

Zum Beispiel der Mann mit den eben noch grauen Sorgenfalten und dem Laptop schräg vorne gegenüber von mir, der jetzt endlich den Bildschirm runtergeklappt hat und sich einem kleinen Nickerchen hingibt. Plötzlich ohne Falten.

Oder die Frau neben mir, die bestimmt nicht älter als zwanzig ist und mir schon beim Anschnallen verraten hat, dass sie es kaum erwarten kann, ihren britischen Freund endlich wiederzusehen.

Auch die Omi am anderen Fenster auf der anderen Seite, die mit verstohlenem Lächeln in ihrer kleinen Handtasche kramt, eine Packung Bonbons hervorholt und sich genussvoll eins, nein, gleich zwei davon in den Mund steckt. Ob sie das zu Hause nicht darf?

Frei.

Und sollten wir jetzt abstürzen, sitzen wir auch alle im selben Boot. Keiner wäre *mehr* als der andere oder *wichtiger* als der andere. Und ob er Geld hat oder nicht, spielt in dem Moment absolut keine Rolle. Auch das ist Freiheit, denke ich.

Und dann würde, was uns groß und wichtig erscheint, plötzlich nichtig und klein, heißt es ein paar Zeilen weiter in dem Lied von Miss Gwynn.

Ist unser Geld so wichtig? Ist der Norden-Konzern so wichtig?

Was ist wichtig im Leben? Angie Norden würde, ohne zu zögern, sagen: frei zu sein!

Und was wird Cara Winter eines Tages sagen? Was ist wichtig im Leben?

Ich seufze leicht auf, aber es ist ein glücksgefüllter Seufzer. Denn genau das werde ich endlich herausfinden können. Was ich will. Was MIR wichtig ist im Leben. Dazu muss ich natürlich möglichst viel ausprobieren. Und das werde ich. Im Cornwall College fange ich die nächsten Jahre damit an. Ich kuschele mich tiefer in das Rückenpolster und fühle mich so sagenhaft selig, wundervoll und wunderbarst frei, dass ich fast platze vor Glück. Ich darf zurück ins Cornwall College! Ich darf wieder Cara Winter sein! Was könnte es Besseres geben auf der Welt?

Die junge Frau mit den kurzen dunklen Haaren lehnt sich verschwörerisch zu mir rüber. „Na, kannst du es auch kaum abwarten, in London zu landen?"

Als Antwort nicke ich mit breitem Lächeln.

„Hast du auch einen Freund, der dich abholt?"

Wie jetzt? *Freund?*

„NEIN!", gebe ich eilig zurück und giggele ein wenig. Nur aus Verlegenheit. Und laufe natürlich sofort rot an.

Aber *einen Freund*? Etwa so richtig mit Knutschen und so? Was denkt die denn! Natürlich nicht!

Ich bemühe mich – ganz Nanas Enkelin (*„Contenance, Kind! Stay calm and ignore! Äußerliche Ruhe gibt dir deine innere Ruhe zurück!“*) –, diese ärgerlich tomatig leuchtende Tatsache locker zu übergehen. Was leider NIE klappt. Je mehr man sich bemüht, locker zu sein, umso leuchtender wird die Gesichtsfarbe.

Cara, Cara, in Sachen Coolness musst du möglicherweise doch noch einiges lernen!

Trotzdem!, feuere ich mich an. Wieso sollte ich bei der Vorstellung, einen Freund zu haben, überhaupt rot werden? Das wäre doch ganz – ähm – normal … Oder etwa nicht?

Muss mal nachdenken. Hat eines von den Mädchen aus meiner Klasse schon einen Freund? Einen richtigen, meine ich?

Mir fällt keine ein. Nicht mal die Glitzergirls haben schon Boyfriends. Was allerdings vermutlich kein Wunder ist. Die sind ja den ganzen Tag lang viel zu beschäftigt damit, den neuesten Variationen von Lippenstiften, Parfums, Designerklamotten und Haarstyles hinterherzulaufen.

Die Frau neben mir grinst. „Worauf freust du dich denn dann so?“

„Auf mein Internat", lächele ich und entspanne mich sofort wieder. Ich LIEBE das Cornwall College. „Ich hatte zwei Wochen Half-Term-Ferien und jetzt fängt die Schule wieder an."

„Du freust dich auf die SCHULE??!" Die Dunkelhaarige starrt mich an, als hätte ich ihr mit dumm-seligem Lächeln erklärt, wieder zur Zwangsarbeit zurück ins Gefängnis gehen zu dürfen.

Ich muss laut lachen, so entsetzt sieht sie aus.

Die Frau tippt sich grinsend an die Stirn und lehnt sich dann ebenfalls zurück. Mit einem genießerischen Grunzen schließt sie die Augen. Der süßliche Ausdruck um ihren Mund verrät, dass sie wohl an ihren britischen Freund denkt. Ich schließe meine Augen ebenfalls. Und denke an meine britischen Freundinnen. Pippa, Hettie, Bailey und Raine. Hey Girls, ich komme, ich fliiiiiiege!

„Ist das Schild schon erloschen?"

Ich öffne meine Augen wieder. Die Dunkelhaarige neben mir guckt hoch zu der kleinen Anzeigetafel neben den Leselampen.

„Ah, endlich! Ich darf!" Sie klickt ihren Gurt auf und grinst entschuldigend. „Ich musste nämlich schon in Hamburg. Bin gleich wieder da!"

Ich nicke, lehne mich gegen das Fenster, schließe meine

Augen und fange wieder an zu träumen. Ob ich wohl als Cara Winter tatsächlich irgendwann mal einen Freund ...?

„Hello Darling, ist hier noch frei?"

WIE?

Mein Kopf schießt ruckartig rum. Doch bevor ich „Nein, sorry, hier sitzt jemand!" sagen könnte, hat Moritz sich schon auf das Polster fallen lassen.

Ich grinse über so viel Unverfrorenheit. Typisch Mr Groß-maul Ankermann-Schönfeld!

„Da sitzt eine Frau, die nur eben kurz zur Toilette gegangen ist."

Moritz tut, als hätte ich überhaupt nichts gesagt. „Und? Wie waren die Ferien? Hat deine Großmutter dich auch mal vor die Tür gelassen?"

Ich fahre mir durch die Haare und erinnere mich schnell, dass ich mich nicht verplappern darf.

„Ja, hat sie", grinse ich, „aber nur ab und zu."

Und auch das ist schon übertrieben. Nanas Panik-Geglucke war schlimmer als zu ihren schlimmsten Zeiten.

„Na ja, zum Geburtstag meines Vaters durftest du anschei-nend nicht raus." Moritz zieht eine Schmolllippe wie ein verwöhntes Kind (er IST ein verwöhntes Kind!) und guckt mich dann fragend von der Seite an.

Moritz hatte mir eine SMS mit der Einladung zu einer

Bootsparty im Wedeler Yachthafen geschickt, aber Nana war von einer Einladung per Handy *not amused.*

Ich zucke die Schultern. „Ich habe es Nana vorgeschlagen, aber sie fand ...“

„Lass mich raten“, unterbricht er mich. „Sie fand, dass die Ankermann-Schönfelds nicht gut genug für euch sind.“

WAS?

Das Entsetzen auf meinem Gesicht ist echt. WAS weiß Moritz? Weiß Moritz, WER wir sind? Und dass wir zu den zehn reichsten Familien Europas gehören? Oder ...

... Atemtechnik – eins, zwei, ruuuuhig ... Oder weiß er nichts und macht einfach nur einen blöden Spruch?

Moritz guckt wie ein kleines Stierkalb mit Kulleraugen, das versehentlich auf die Weide der großen Bullen geraten ist. Was zweifellos an meinem schockgefrorenen Eisbärengesicht liegt.

„Ist ja schon gut! Ich hab's doch nicht so gemeint!“ Er schiebt seinen Kopf ein Stück näher an mich ran. „Alles okay, Cara?“

Ich atme tief aus. „Ja ... äh ... ich ...“ Oh, Mann, ich Idiot! Natürlich hat er nur einen Spruch gemacht! „Ich ... äh ... krieg manchmal so kleine Flugangstattacken.“

Moritz zieht seine Augenbrauen hoch. „Ehrlich? Ich dachte, du fliegst gern?“

Ich nicke hastig. „Im Prinzip schon."

Er zieht eine Flunsch. „Na, jedenfalls fand ich es nicht so klasse, eine Abfuhr zu kriegen."

„Abfuhr?"

„Die PARTY!", gibt er etwas genervt zurück.

Ich richte mich auf.

Zum Glück hab ich mich wieder unter Kontrolle. „Aber das war doch gar nicht *dein* Geburtstag."

Moritz grinst. „Und wenn es *mein* Geburtstag gewesen wäre, wärst du dann gekommen?"

„Weiß nicht ..." Ich lächele vieldeutig.

(Haha, du weltbester Angeber, flirten kann ich auch!)

„Sag schon!" Moritz wird ernst. „Kommst du zu meinem Geburtstag?"

„Wann ist denn dein Geburtstag?"

Ich schiele nach hinten. Müsste jetzt nicht allmählich die dunkelhaarige Sitzplatzbesitzerin zurückkommen?

„Am 29. Oktober", antwortet Moritz. „Jedes Jahr übrigens."

(Blöder Witz.)

„Ah ...", mache ich.

„Und dieses Jahr ist der 29. Oktober nächstes Wochenende", fährt Moritz fort. „Genauer gesagt, am Samstag. In London."

„Dein Geburtstag ist in London?", wiederhole ich, als würde ich nicht im Mindesten verstehen, was er damit meint. (Ich verstehe nicht im Mindesten, was er damit meint.)

Nun grinst Moritz wieder. „Ich hab ein paar Leute eingeladen, mit mir Samstagabend und Sonntag in London zu verbringen. Schlafen können wir im Hilton in der Park Lane. Mein Vater hat vier Zimmer gebucht."

Mein Herz fängt an zu klopfen. In einem Hotel in London, allein mit ein paar anderen aus dem Internat – womöglich Jungs? Haha, Nana bräuchte mindestens drei Riechfläschchen, um die bloße Vorstellung zu überleben!

Ich versuche, klar zu denken. „Haben wir am Samstag nicht sowieso Field-Day mit dem Nature-Kurs in London?"

Moritz nickt. „Ja, genau. Wir fahren alle mit dem Bus nach London, gehen mit dem Nature-Kurs ins Museum und bleiben dann einfach in der Stadt, wenn die anderen zurückmüssen!" Er guckt jetzt wirklich freundlich. Und harmlos. Fast wie der böse Wolf … „Ich dachte mir, ich frage auch Pippa – Eden ist ja auch dabei. Dann könntet ihr beiden euch ein Zimmer teilen."

„Ich und Eden, oder ich und Pippa?", frage ich, um ihn auch mal zu necken.

Moritz gluckst. „Wie du möchtest, my dear Cara, ganz wie du möchtest!"

Ich kichere, aber schüttele dann den Kopf. „Na, ich weiß nicht, ob meine Großmutter mir erlaubt, über Nacht in London zu bleiben."

Allerdings – vielleicht müsste ich Nana gar nicht fragen? Vielleicht würde es genügen, wenn ich nur David Dunbar um Erlaubnis frage, unseren Anwalt und meinen Guardian fürs Internat? Immerhin ist es ja er, der kleinere Dinge hier für mich regeln soll, damit Nana nicht immer aus ihrer Arbeit gerissen wird.

Ich nehme mir vor, einen kleinen Versuch gleich auf der Autofahrt von Heathrow nach Cornwall zu starten. Kostet ja nichts. Außer einem charmanten Lächeln. Oder zwei. David lässt sich auf jeden Fall leichter rumkriegen als meine Großmutter. Auch nach der Beinahe-Entführung stand er ja voll hinter mir.

„Ich frage", verspreche ich, „und geb dir Anfang der Woche Bescheid."

„Keine Hektik", meint Moritz – lässig und arrogant wie immer.

Ich kann nicht anders, ich muss trotzdem grinsen. Ich fliege zurück ins Cornwall College. Mit all seinen netten, lustigen, verrückten oder affigen Schülern. Und jetzt kenne ich sogar schon alle! Und habe sogar schon eine Einladung für das nächste Wochenende.

Moritz guckt fragend. „Was gibt's da zu grinsen?"

„Nichts", behaupte ich und strahle noch mehr, „überhaupt nichts. Ich freu mich einfach nur."

„Na, das ist doch mal eine nette Zusage", meint Moritz und grinst nun ebenfalls so breit, dass sein Lächeln ohne Probleme sogar seine Ohren wärmen könnte.

Fahrt mit Fish & Chips

Klar wie Kondensstreifen am Himmel, die Dunkelhaarige kam natürlich nicht zurück auf ihren Platz neben mir. Und wieso nicht?

Weil Moritz *Ich-bin-mit-allen-Wassern-gewaschen, nennt mich einfach Bond, Moritz Bond,* weil also dieser Moritz sich mal eben eine kleine passende Story ausgedacht hat. Ohne schlechtes Gewissen und vermutlich sogar mit viel Genuss. Als die Frau aus der Toilette kam, fing er sie ab und fragte sie höflich, ob sie möglicherweise den Platz mit ihm tauschen könne. Vorne neben ihr – und er hatte zu mir hingedeutet – säße eine Mitschülerin, mit der er sich eben am Flughafen gestritten habe, und es wäre seine einzige Chance, sich im geschlossenen Flugzeug wieder mit ihr (mit mir) zu vertragen, weil sie (also ich) hier nicht weglaufen könne.

Jedenfalls hat er es mir in etwa so, kurz vor der Landung in London Heathrow, gebeichtet.

Ich konnte mir lebhaft vorstellen, wie er dabei der armen Frau gewinnend zugezwinkert hat. Und noch lebhafter konnte ich mir vorstellen, wie die Dunkelhaarige gegiggelt hat. Ohne Zweifel hat sie sofort daran gedacht, wie energisch ich jeden Boyfriend-Verdacht von mir gewiesen habe, und hat ihren Sitzplatz nur allzu bereit dem armen zurückgewiesenen Jungen überlassen.

So was! Wie kann der Kerl nur so dreist sein! Eigentlich müsste ich jetzt stocksauer auf ihn sein.

Stattdessen sitze ich inzwischen hier in David Dunbars schnittigem Sportwagen, wir brausen in seinem gewohnt zügigen Stil auf die Autobahn zu (Hilfe! Ich brauche immer ein bisschen, um mich an den Linksverkehr zu gewöhnen!), und ich merke deutlich, wie ich schon wieder ein leichtes Grinsen im Gesicht habe. Ganz schön gerissen, Mr Ankermann-Schönfeld!

„Du bist so wortkarg heute, Angie!" David guckt mich prüfend von der Seite an und räuspert sich. „Ähm, ich meine natürlich, Cara!"

Ich lächele entschuldigend. „Bin nur in Gedanken."

„Und wo genau bist du?", fragt Nanas Anwalt und mein Guardian. „In Gedanken, meine ich?"

Ich schaue auf. „Schon im Cornwall College. Bei meinen Freunden."

David sieht sofort zufriedener aus. „Oh, jolly good! Hast du denn schon viele Freunde dort gefunden?"

„Och doch", antworte ich leichthin, „schon ein paar."

Ich zähle ihm Pippa und Hettie und Raine auf und berichte von unseren Ausflügen nach Truro, der kleinen Stadt in der Nähe von Brockhampton St. Johns, dem Dorf, an dessen Rand das Cornwall College liegt. Von lustigen Abenden mit viel Gekicher auf unserem Zimmer. Vom Reiten auf der wunderschönen Schimmelstute Titania mit der tollen Reiterin Raine. Und von der Theater-AG, mit der wir vor den Weihnachtsferien *Romeo und Julia* aufführen werden.

Pippa hat tatsächlich die Rolle der Julia ergattert. Ich spiele nur eine Bedienstete in ihrem Elternhaus. Aber – ha! – das wird die weltbeste Bedienstete werden, die je auf den Bühnen der Welt aufgetreten ist!

„Ausgerechnet du spielst eine Bedienstete?" David Dunbar lacht. „Ach, ich freu mich so für dich, Cara! Ich hätte glatt auch Lust, noch mal jung zu sein und mit all meinen Freunden ins Internat zu gehen."

Dann wird er ruhiger und guckt mich schelmisch von der Seite an. „Und die Jungs? Schon ein paar ansehnliche Knaben entdeckt?"

Knaben! Dass Erwachsene immer so altmodische Wörter benutzen!

„Quatsch!", erwidere ich schroff.

Und kann doch nicht verhindern, dass ich trotzdem sofort die mir reichlich bekannte Tomatenfarbe auf meiner Gesichtshaut prickeln fühle. Schnell drehe ich den Kopf weg und gucke betont an der Landschaft interessiert aus dem linken Seitenfenster.

Doch David prustet bereits triumphierend. (Ich muss mein Gesicht eine Sekunde zu spät versteckt haben.) „Ich wusste es! Deine Großmutter hat damals noch mit mir darüber gesprochen, ob es nicht ein wenig riskant sei, dich auf ein gemischtes Internat zu geben." Vor Vergnügen schlägt er aufs Lenkrad. „Ich wusste es!"

Weiß nicht, was daran so komisch sein soll!

Wieso finden eigentlich alle Leute die Vorstellung so amüsant, dass zwei Leute – möglicherweise sogar ein Junge und ein Mädchen – sich sympathisch finden könnten?

Ich gucke jetzt deutlich muffeliger. Vielen Dank, mit dem Thema haben mich auch Pippa, Hettie und Bailey schon vor den Herbstferien genug aufgezogen! Ich kann auf jeden Fall mit Gewissheit sagen, dass ein gewisser Moritz Riesenklappe NIEMALS so ein Junge für mich sein wird.

Ich meine, das mit Moritz …, ich meine, dass wir also jetzt

tatsächlich vielleicht so ein bisschen befreundet sind, das kam ja überhaupt nur durch den Zufall, weil er mich bei der versuchten Entführung damals vor ein paar Wochen gerettet hat. Ich meine, hätte mich zufällig ein anderer Junge begleitet, hätte bestimmt der mich gerettet.

Hm, hätte er?

Wer zum Beispiel?

Eden, Pippas Zwillingsbruder etwa, der ständig nur rumkichert, aus Bäumen fällt, weil er heimlich Mädchen beobachtet, und dabei nix wie Stroh – natürlich besprüht mit Parfum der Glitzergirls – im mädchenvernebelten Hirn hat? · **51** ·

Also ehrlich! So gern ich den immer gut gelaunten Eden mag, als Helden kann ich ihn mir wirklich nicht vorstellen. Dabei fällt mir leider gerade auf, dass auch Moritz Monkeyherz damals auf diesem Baum saß und mitsamt dem Ast, der ihn und Eden eben *nicht* mehr hielt, vor unseren Füßen zu Boden krachte. Okay, okay, ganz platt logisch gedacht, hätte insofern vielleicht auch Eden mich retten können. Als echter Held, meine ich. Nicht nur mit Muskeln und frechem Maul, sondern auch mit Mumm.

Hm. Irgendwie macht mich dieser Gedanke ein bisschen schlechtlaunig. Hätte mich wirklich jeder retten können?

Bin fast froh, als David meine Gedanken unterbricht.

„Hunger auf fettige Fish & Chips in echtem Zeitungspapier?", lacht er. „Letzte Station vor wochenlang gesundem Essen und den guten Manieren des Cornwall College!"

„Aber immer!", grinse ich.

Unvermeidlich muss ich daran denken, was Nana zu solch einem Stopp gesagt hätte. Gar nichts nämlich! Sie hätte nur ihre Augen gen Himmel gereckt, sich dann demonstrativ abgewendet und ihre schockartig aufgetretene Atemnot bekämpft. Das wäre als Antwort dann für jeden wohl vollauf genug gewesen.

Herzhaft beiße ich ein paar Minuten später in das knusprige Fischstück und angele gleichzeitig mit der anderen Hand nach zwei besonders dick geratenen Chips (die in Deutschland Pommes frites heißen). Sooo lecker!

David beobachtet mich wohlwollend. „Es ist eine Freude zu sehen, wie gut dir das Leben in Cornwall tut!"

Ich lecke meine fettigen Finger ab. „Weil mir das Essen schmeckt?"

„Nein", lächelt er, „weil du noch vor acht Wochen nach dem Bestellen der Fish & Chips vermutlich auf Besteck gewartet hättest!"

Ich gluckse. „Erzähl lieber nicht Nana, wo wir zum Lunch gehalten haben!"

Der alte Chip-Shop ist vermutlich seit den Fünfzigerjahren des letzten Jahrhunderts nicht mehr renoviert worden. Doch sein Ruf ist offensichtlich genauso legendär wie unsere Mahlzeit – yammi! Die Schlange der anstehenden Leute reicht bis weit auf den Gehweg hinaus. Mit Sicherheit kein Ort, an dem Nana auch nur den Wagen hätte halten lassen!

„Ich werde mich hüten!" David zieht eine lustige Grimasse, wobei ihm ein paar seiner halblangen grauen Haare ins Gesicht fallen. „Deine Großmutter vertraut mir blind!"

Ich nicke. Das weiß ich. Ohne ihren alten Jugendfreund David Dunbar wäre Nana aufgeschmissen. Ich glaube, David regelt alles, was Nana nicht selbst regeln kann. Er ist viel mehr als nur unser Anwalt. Das habe ich in der ersten Woche der Ferien gemerkt, als David bei uns in Hamburg war und ich ihn endlich besser kennenlernte.

Und genau deshalb finde ich es umso richtiger, dass ich meine schwer arbeitende Großmutter gar nicht mit dem Thema *Wochenende in London* belästige, sondern das lieber gleich mit David regele.

„Wir haben übrigens nächsten Samstag mit unserem Nature-Kurs einen Field-Day", fange ich harmlos an, „wir gehen ins Natural History Museum in London."

„Aaaah!" David reckt eine Augenbraue hoch. „Wie vorbildlich! Junge, wohlerzogene Damen lernen endlich ein paar Dinosaurier kennen. Pass auf, dass dich keiner frisst!"

Er schluckt seinen letzten Bissen Fisch herunter und knüllt das Papier zusammen.

„Es gibt dort Dinosaurier?", frage ich und setze eilig, damit er das nicht falsch versteht und ich nicht als kleines unwissendes Landei rüberkomme, hinzu: „Ausgestopfte, meine ich natürlich!"

Weiß ja jedes Baby, dass es schon seit Millionen von Jahren keine lebenden Exemplare mehr gibt.

David hatte die Mundwinkel schon zu einem kleinen Grinsen gehoben, doch jetzt gluckst er so, dass er sich fast verschluckt. „Ausgestopfte? Hahahaha! Ach … Caraaaa!" Er wischt sich doch glatt eine Träne aus dem Auge. „Es wird schwer sein, irgendwo einen ausgestopften Dinosaurier zu finden, denkst du nicht?"

Was ich denke, ist, dass es ein ziemlich ungehobeltes Benehmen ist, so über mich zu lachen! Ha! Wenn es die Situation erfordert, kann ich aber so was von Nanas Enkelin sein!

Ich werfe ihm einen eindeutigen Blick zu. Contenance, bitte!

David räuspert sich tatsächlich. (Oh, Nana, es wirkt ja sogar bei Erwachsenen! Das werde ich jetzt öfter mal probieren, hihi!)

„Sorry", meint er einlenkend, „ich wollte mich nicht über

dich lustig machen! Es ist natürlich nur so, dass lediglich Tiere, die direkt vorher GELEBT haben, auch ausgestopft werden können."

Ein kleines Giggeln, das auch als Grunzen durchgehen könnte, kann er dabei doch nicht unterdrücken.

Ich starre ihn immer noch mit Nanas vernichtendem Blick an. Hmrrrmpf. Vorher gelebt. Hmpf. Na ja, die haben ja irgendwann gelebt. Aber, hm, vermutlich gab es zu der Zeit noch keine Menschen, die sie nach ihrem Ableben ausstopfen konnten. Und, hm, vermutlich hätten sich diese ausgestopften Tiere sowieso nicht ein paar Millionen Jahre gehalten … (Wie lange ist es her, dass die Erde von diesen Viechern bevölkert war?) Hm … Verstehe. Mist.

Ich schiele zu ihm hoch und grinse nun auch ein bisschen. Und dann lachen wir beide. Was interessieren mich ausgestorbene Tiere!

Im Auto erzählt mir David von all den – anscheinend sehr spannenden – Dingen, die man im Natural History Museum außerdem noch bewundern kann. Logischerweise also keine ausgestopften Dinos, aber mühsam rekonstruierte Skelette aus gefundenen Knochen, die zu lebensechter Größe zusammengesetzt wurden und meterhoch über einem aufragen. In einem Raum soll es sogar einen künstlichen Nachbau eines Tyrannosaurus Rex geben, einen Roboter, der sich absolut lebensecht verhält und anscheinend laut brüllend nach den Besuchern schnappt, die an ihm vorbeigehen.

„Ehrlich?" Das Museum klingt nicht ganz so langweilig, wie ich dachte.

David nickt eifrig.

„Und wenn du nächstes Wochenende in London bist und sogar in Kensington, da ist nämlich das Natural History Museum, kann ich dich und deine Freundinnen gerne zum Dinner ausführen, wenn du magst", bietet er an. „Meine Kanzlei ist auch in Kensington. Ich fliege euch dann abends mit dem Helikopter zurück ins Internat."

Das ist zwar nett, aber geht ja nun leider in die falsche Richtung.

„Ich – ähm ..." Ich hole tief Luft. „Also eigentlich hatten Pippa und ich vor, am Samstagabend in London zu bleiben. Über Nacht, meine ich. Wenn ... also, ich meine, wenn du das okay findest."

David wirft mir einen erstaunten Blick zu, den ich sofort mit Stirnrunzeln quittiere.

„Ich bin ja kein Kleinkind mehr! Die Mädchen aus meiner Klasse fahren regelmäßig allein ..."

Auf die Bahamas, wollte ich sagen. Und übers Wochenende nach Monaco. Und überhaupt! Die Glitzergirls haben garantiert eine Monatskarte für die erste Klasse von British Airways.

„Du bist gerade mal fünfzehn!" David klingt plötzlich fast wie Nana.

„Ich werde im Frühjahr sechzehn!", erwidere ich automatisch.

David sagt nichts mehr. Eine Weile starrt er schweigend auf den stockenden Verkehr der M4 Richtung Bristol.

Dann schüttelt er den Kopf. „Ich kann ja verstehen, dass ihr Mädchen ab und zu ein bisschen shoppen wollt und dass das unten im ländlichen Cornwall vermutlich begrenzt ist, aber", er wirft mir einen fast vorwurfsvollen Blick zu, „du weißt genau, dass du nicht irgendjemand bist. Auch wenn du jetzt Cara Winter heißt, kannst du nicht einfach hierhin und dorthin fahren, wie du magst. Du weißt, wie schwer es war, deiner Großmutter überhaupt die Erlaubnis für deinen weiteren Aufenthalt im Internat abzuringen."

Ich seufze tief und fühle mich gleich ganz schlecht. David hat Recht. Ich sollte froh sein, dass Nana mir überhaupt gestattet hat, zu bleiben. Ich verpasse bestimmt nicht die Welt, wenn ich *nicht* auf Moritz' Geburtstagsparty gehen kann. Bestimmt nicht.

Mist. Leider fühlt es sich doch so an. Als ob ich die Welt verpassen würde nämlich.

Ich muss wohl sehr traurig aussehen, denn David wird gleich versöhnlicher. „Warum arrangieren wir nicht einen anderen Shopping-Trip für dich und deine Freundinnen in London?" Er nickt mir aufmunternd zu. „Ich hole euch morgens mit dem Helikopter ab, das geht schneller, und ihr habt einen ganzen langen Tag in London. Hm? Wie wäre das?" Doof. Langweilig wäre das.

Wie schätzt der mich eigentlich ein? Ich bin doch keine dämliche Kaufrausch-Kuh wie die Glitzergirls, die stundenlang mit tausend Teuer-Tüten rechts und links am Arm die Oxford Street rauf- und runterhecheln, um auch ja nicht das überflüssigste aller überflüssigen Teile zu verpassen. ICH möchte nur einfach nicht meine allererste Einladung zu einer Geburtstagsparty verpassen!

„Na, das scheint dich ja nicht besonders aufzuheitern", stellt David fest.

„Nein", murmele ich und rücke dann mit der Sprache raus. „Ein Mitschüler von mir hat Geburtstag. Moritz – du erinnerst dich? Du hast ihn doch kurz kennengelernt. Sein Vater hat mehrere Zimmer in einem Hotel reserviert. Und Pippa und ich würden uns ein Zimmer teilen." Ich hole Luft. „Im Hilton, in der Park Lane", setze ich dann noch hinzu. Nicht, dass David denkt, wir würden in irgendeiner zwielichtigen Spelunke übernachten!

„Ach so", macht David, „so ist das also." Und nach einer Pause fragt er: „Ist das dieser Moritz, der dich vor der Entführung gerettet hat?"

„Ja", antworte ich knapp.

Und dann sagt er wieder eine ziemlich lange Weile nichts. Erst als die Autobahn weit hinter Bristol endet und zu einer Schnellstraße wird, fragt er: „Gehe ich recht in der Annahme, dass du nicht vorhattest, deine Großmutter um Erlaubnis zu fragen?"

Als Antwort gucke ich so flehend, wie ich kann.

David schüttelt den Kopf. „Cara, Cara! Du entwickelst dich schneller zu Cara Winter, als wir uns das in unseren kühnsten Träumen gedacht hätten! Wo ist die schüchterne Angie geblieben?"

Schüchtern? Angie war nie schüchtern. Vielleicht *einge*schüchtert. Von all dem, was passiert ist. Und auf jeden Fall ein*gesperrt*. In einer Welt ohne gleichaltrige Freunde, Geburtstage oder aufregende Übernachtungen.

David guckt mich ernst an. „Du musst versprechen, mir am Abend, wenn du heil wieder im Hotelzimmer bist, eine SMS zu schicken, damit ich weiß, dass alles in Ordnung ist! Versprochen?"

„Natürlich mache ich das!", verspreche ich hastig. „Ich schicke dir jede Stunde eine SMS."

David lacht. „Bloß nicht! Ich möchte nicht, dass im Restaurant dauernd mein Handy klingelt!" Er wird wieder ernst. „Aber die SMS am Abend, auf die warte ich, damit ich beruhigt ins Bett gehen kann. Die vergisst du nicht, nein?"

„Auf keinen Fall!" Oh, ich könnte ihm um den Hals fallen! Ich habe ganz sicher den besten Guardian der Welt! „Danke!"

Als wir nach knapp vier Stunden Fahrt in die lange Einfahrt zum Cornwall College einbiegen, habe ich so gute Laune, dass mich auch Aretha, Madonna und Pixie – unsere Internatsschafe, die den heiligen britischen Internatsrasen auf Nagelscherenlänge halten – nicht weiter stören. Seelenruhig dösen sie mal wieder mitten auf dem Weg und lassen sich auch durch Davids Hupen nicht aus der Ruhe bringen. Ach, es ist schön, wieder hier zu sein!

Alte und neue Gesichter

C araaaaaa!" Ein blonder Wuschelkopf reckt sich aus einem alten, grün schimmernden Bentley, der gerade auf dem kieselsteinbelegten Schlosshof einparkt, und winkt mir wild zu.

Eine Sekunde später drängt ein frech sommersprossiges Gesicht den Wuschelkopf weg. „Hey, Cara! Na, wie geht's?"

„Pippa! Eden!" Eilig springe ich aus Davids Wagen und laufe zu den beiden rüber.

Ich kann es kaum abwarten, bis Pippa sich ebenfalls aus dem Auto geschält hat, um mir in die Arme zu fallen. Die zweiwöchigen Herbstferien haben sich angefühlt wie zwei Monate!

„Hast du schon Hettie gesehen? Oder Raine?" Pippa guckt sich suchend um.

Vor dem alten und sonst immer schrecklich würdigen Brockhampton Castle wuseln so viele Mädchen und Jungen zwischen tausend Autos und Eltern und Tanten und Brüdern und Opis herum, dass man meinen könnte, in einem Familienferienpark zu sein. Doch das hier ist mein Cornwall College!

„Oder Bailey?", sprudelt Pippa aufgeregt weiter. „Kannst du dir das vorstellen? Die treulose Tomate hat mir in den ganzen Ferien nur zweimal getextet! Möchte wissen, womit sie so beschäftigt war. Und du" – sie bufft mich freundschaftlich vorwurfsvoll gegen die Schulter –, „du hast nicht mal geantwortet, als ich heute Morgen fragte, wann du ankommst!"

„Oh, tut mir leid! Da war ich wahrscheinlich schon im Flugzeug. Und danach hab ich mein Handy nicht mehr gecheckt."

Das leise Hüsteln einer Dame in dunkelgrünem Tweed-Jackett und eng anliegender brauner Hose lässt Pippa herumfahren. „Oh, sorry, Mum! Hier – jetzt kann ich dir endlich Cara Winter vorstellen. Cara –" Sie zieht mich näher ran. „Dies ist meine Mum und dahinten" – sie winkt einem Mann zu, der hinter dem Auto mit zwei Riesenkoffern hantiert und aussieht wie Edens Ebenbild (einschließlich Sommersprossen) –, „das ist mein Dad!"

Pippas Eltern scheinen genauso nett und unkompliziert zu sein wie Pippa und ihr Zwillingsbruder.

Schnell stelle ich auch David Dunbar vor. Die Erwachsenen fangen sofort an, vom Cornwall College zu schwärmen, als wären sie es, die hier zur Schule gingen, und nicht wir. Das gibt Pippa und mir Zeit, wieder Ausschau nach den anderen aus unserem Flur in Pembroke House zu halten.

Das Internat ist aufgeteilt in sechs Wohnhäuser. In Pembroke House und Southwood wohnen die Mädchen, in Bryher und Gower Hall die Jungen. Dazwischen liegt das Schloss, in dem sich die Schule befindet. Samson Brook und Lakeside Cottage sind die Häuser der Oberstufe, die viel weiter hinten im Internatspark liegen.

Die Hälfte unserer Klasse teilt sich Zweierzimmer in einem Stockwerk von Pembroke House. Die andere Hälfte wohnt in Southwood. Ich kenne die Mädchen aus Southwood inzwischen natürlich auch ganz gut, aber am meisten befreundet bin ich mit Hettie und Bailey, die im Zimmer gegenüber von meinem wohnen – und mit Raine und Pippa.

„Dahinten! Ich glaub, da ist Raine!"

Hinten am Rand des großen Schlossplatzes rollen mehr und mehr luxuriöse Pferdetransporter im Schneckentempo auf den Kies. Das Knirschen der Steinchen gibt dem ganzen aufregenden Ankommenstrubel irgendwie den letzten perfekten Ton und Touch. Mein Bauch kribbelt und prickelt vor Glück.

Und tatsächlich habe ich zwischen den riesigen Wagen eben etwas Rot-Schwarzes hin und her wedeln sehen. Das könnten die schwarzen Indianerhaare von Pferdenärrin Raine gewesen sein. Sie liebt es, sich bunte Bänder ins Haar zu flechten. Niemals würde sie mit ihrem Schmuck aber so affig und übertrieben aussehen wie die Glitzergirls, sondern einfach nur wunderschön. Ich weiß, dass Raine ihren geliebten Araberwallach keine Minute zu lange im Transporter lassen wird. Thunder geht ihr über alles. Vermutlich hat sie Koffer und Eltern irgendwo abgesetzt und will nun sicherstellen, dass ihr Pferd auch heil und happy bis in den Internatsstall kommt.

„Hey, pass doch auf!" Nicht ganz zu Unrecht beschwert sich ein Junge, den ich gerade samt langem Zügel in seiner Hand (an dem ein Pferd hängt!) fast umgerannt hätte. Dann grinst er. „Ach, Cara, du bist's! Hallo! Auch wieder zurück?"

Ich halte nicht mal an, als ich ihm in letzter Sekunde ausweiche.

„Hallo George, nein, ich bin noch in Hamburg!", rufe ich über die Schulter zurück.

George Parker-Knowles, genauso eingebildet wie sein

Nachname klingt, ist an nicht viel anderem als an seinen zwei Pferden und an Polo interessiert. Vermutlich allerdings in der umgekehrten Reihenfolge. Wie ich gehört habe, spielt er sogar im Polo-Jugendkader für England. So gesehen – also, ich meine, rein pferdemäßig gesehen – könnte er natürlich gut zu Raine passen.

Aber natürlich passt die tolle Raine zu keinem Snob. Raine ist viel zu nett für George. Und viel zu wild und gleichzeitig wunderbar bodenständig dazu. Indianermädchen eben. Die klettert lieber im Stall rum, als mit 'nem schicken Kleidchen auf Partys Plattfüße zu kriegen oder die Polo-Jungs auf Turnieren zu bewundern und später in der Pause in High Heels den pferdehufgeschädigten Rasen wieder festzutrampeln. (Was die Ladys auf Poloturnieren ja tatsächlich tun! Unglaublich!)

George dagegen sieht immer wie aus dem Ei gepellt aus. Picobello! Ich nehme an, er bringt sogar seine Unterhosen zum Bügeln in die Internatswäscherei. Mich würde es nicht wundern, wenn er sich heimlich sogar seine Fingernägel lackieren würde, hihi! Viel putzen tut er seine Poloponys bestimmt nicht. Das überlässt er wohl den Stallburschen des Internats.

„Huiiiii!", macht Pippa plötzlich neben mir und pfeift leise durch die Zähne. „Wer ist DAS denn?"

Erstaunt folge ich ihrem Blick. Die meint doch nicht etwa George?

Doch Pip deutet auf einen anderen Jungen neben einem unauffälligen Mittelklassewagen (okay, zwischen all dem Prunk hier dann doch eher auffällig), der entweder neu im Internat ist oder aber der große Bruder von irgendjemandem sein muss.

Offensichtlich denkt Pippa dasselbe.

„Ich hoffe, das ist ein Neuer", giggelt sie. „Los, lass uns Bailey suchen! Das müssen wir ihr erzählen. Frischfleisch zum

Verknallen!" Das Giggeln verwandelt sich in hemmungsloses Kichern.

Bailey verknallt sich schneller in Jungen, als normale Menschen auch nur „Guten Tag" sagen könnten. Allerdings sieht dieser Typ hier tatsächlich – ähm – ganz und gar nicht schlecht aus. Ups! Und nun kommt er auch noch auf uns zu! Der hat doch nicht etwa gehört, was Pip gesagt hat?

„Hallo, ich bin Josh Williams, ich bin neu hier. Wisst ihr vielleicht, wo es zum Zimmer der Direktorin geht?"

Pippa steht stocksteif neben mir – im Gesicht noch immer ein Grinsen – und sagt keinen Ton.

Also muss wohl ich die Antwort geben. „Mrs Hampsteads Büro ist – äh – dort im Castle. Durch die Halle durch und dann die große Steintreppe hinauf."

„Danke." Er lächelt freundlich.

„Good heavens, wo bleiben denn deine Manieren, Angie!", erinnert mich mein unausrottbares Nana-Hirn, also schiebe ich schnell noch ein höfliches „Ich heiße Cara Winter, und dies ist Pippa Jones" hinterher.

Josh guckt mir erstaunlich direkt in die Augen. Weswegen ich keine andere Chance habe, als zu bemerken, was für eine unfassbar dunkelgrüne Farbe er da rund um seine hart fokussierten Pupillen hat. Dazu diese dunklen Haare. Phew!

„Freut mich! Dann gehe ich mich mal anmelden." Er überlegt. „Ihr seid nicht auch zufällig in Year 10?"

„Doch", antworte ich erstaunt, „du auch?"

Er nickt und holt leise Luft, als müsse er für diese Tatsache erst von irgendwoher ein wenig Mut schöpfen.

Kann ihm das nicht übel nehmen. Neu irgendwo anzukommen, ist immer ein bisschen einschüchternd.

„Sind deine Eltern nicht hier?", mischt sich endlich Pippa in die Unterhaltung ein.

Josh sieht kurz zu Boden, als wäre ihm die Frage peinlich.

„Doch." Er zeigt zu dem Wagen, aus dem er eben gestiegen ist. „Sie sind noch im Auto."

Er deutet zu dem nicht mehr ganz neuen dunkelblauen Ford rüber. Dann macht er eine kleine Pause, als wisse er nicht genau, was er jetzt noch sagen solle.

„Na gut, ich melde mich dann mal im Büro." Er lächelt. „Wir sehen uns."

Pippa und ich nicken stumm und glotzen ihm dann in bester Aretha-Madonna-Pixie-Schafsmanier hinterher, als er tapfer über den vollen Schlossplatz marschiert. (Nana hätte mir als Strafe für *Willentliches Anstarren* mindestens eine Stunde Blumendeckchen-Sticken aufgebrummt!)

„Hui!", haucht Pippa noch mal leise, und ich kann nicht anders, ich fühle das Gleiche.

Der Kerl sah nicht einfach nur gut aus (was ja oft langweilig ist), der sah irgendwie … cool aus (nicht affektiert), und intelligent (nicht arrogant), und nett, und auch irgendwie viel erwachsener als die meisten Jungs hier (überhaupt nicht kindisch), und …

„Wiiiiieh!" Pippa und ich quietschen gleichzeitig auf, als sich eine kalte Hand an unseren Hals legt.

Erschrocken fahren wir rum. „Raine!"

„Wer war DAS denn, bitte?", fragt Raine als Erstes und hat dabei fast solche Kulleraugen wie Pippa und ich. „Ist das ein Neuer für die Oberstufe?"

Ich hätte ihn auch älter eingeschätzt.

Pippa schüttelt den Kopf. „Glaub es oder glaub es nicht, der ist in unserem Jahrgang!"

Raine glaubt es. Anscheinend sogar sehr gern.

„Hat *Bailey* den schon gesehen?", grinst sie.

Da lachen wir alle drei. Oh, das wird lustig werden!

In Liebesdingen ist Bailey chronisch verdreht. Nach jedem vagen Blick des erstbesten hübschen Kellners ist sie felsenfest überzeugt, die Liebe ihres Lebens gefunden zu haben.

„Wir sollten sie zu ihrer eigenen Sicherheit besser von jetzt an abends ins Zimmer sperren", schlägt Raine vor.

„Oder uns als Leibwächter abwechseln, damit sie keinen Blödsinn macht", giggelt Pippa. „Nicht, dass der arme Typ vor lauter Schreck gleich wieder wegläuft."

„Oh ja, *das* wäre allerdings schade …", seufzt Raine und wirkt plötzlich auch ein bisschen liebesverdreht.

„Hey!" Ich kicke sie kurz mit der Hüfte an. „Brauchst du vielleicht auch einen Leibwächter?"

Raine zieht eine Grimasse und sieht gleich wieder normal aus. „Nee, nee, danke! Ich hab Thunder, der langt mir! So toll wie der kann sowieso kein Junge sein!"

Bailey hat so
ein Gefühl...

Am Abend, als die Eltern und Guardians und Brüder und Schwestern und schicken Autos und Pferdean- hänger und alle, alle endlich weg sind, sitzen Pippa, Raine, Bailey, Hettie und ich in meinem Zimmer und quatschen.

Oh ja, in MEINEM Zimmer! Sosehr ich es auch genieße, mit so vielen Freundinnen zusammen zu sein, so schön ist es doch, den kleinen Raum ganz für mich allein zu haben. Viehbaronin Judy Arnold hat mir in den Wochen vor den Ferien wahrhaftig genug zugesetzt!

Natürlich beschreiben wir Bailey den neuen Cornwall-College-Superstar, Mr Josh Williams, genüsslich in den hollywood-buntesten Farben, einschließlich seiner knall-grünen Augen. Baileys eigene Augen werden schon vom

bloßen Zuhören ganz glasig und ihre Ohren rot vor Auf-
regung.

„Ich wusste es!", haucht sie weltentrückt. „Oh, ich hatte
gleich so ein Gefühl, als würde in diesem Term etwas richtig Aufregendes passieren!"

Haha, das ist auch so ein Ding! Manchmal hat Bailey nämlich *Vorahnungen*. Und nichts und niemand kann sie davon
abbringen. Schon gar kein gesunder Menschenverstand.

„Auf jeden Fall wird es das!", stimmt Pippa ihr ernsthaft
zu. „Zum Beispiel erwartet Mrs McIntyre in zwei Wochen den Geschichts-Essay über Henry den Achten. Das
wird bestimmt aufregend." Sie rollt mit den Augen und
zieht eine geschichtsgrausige Grimasse. „Besonders, weil
ich noch nicht mal mit dem Lesen angefangen habe."

Wir – jedenfalls alle außer Bailey – kichern.

„Sehr witzig!", grunzt Bailey, sieht allerdings sofort deutlich weniger weltentrückt aus. (Vermutlich ist der Gedanke
an King Henry den Achten so ernüchternd, dass Bailey sogar den grünäugigen Josh darüber vergisst.)

„Du hast noch nicht mal angefangen?", fragt Hettie in einer
Mischung aus Überraschung und Mitgefühl.

Hettie, die netteste Streberin der Welt, hatte garantiert
schon am ersten Tag der Herbstferien den gesamten Aufsatz
fertig. Vermutlich mindestens achtzehn Seiten.

Mann, England und seine endlose Abfolge von Königen und Königinnen! Und ständig wiederholen sich auch noch die Namen! Hat man sich einmal gemerkt, wer Charles der Erste war und was er gemacht hat, stellt man zügig fest, dass danach noch ein ganzer Haufen anderer Charles kamen, die man von da an verständlicherweise ständig miteinander verwechselt. Mit all den Henrys ist es nicht anders.

Miss Gwynn und ich haben uns zu Hause leider wenig mit der britischen Geschichte beschäftigt – obwohl Nana immer mahnte, dass wir uns in der Richtung etwas mehr Mühe geben sollten! Dementsprechend hinke ich hinterher und werde regelmäßig ganz wirr im Kopf von all den James und Henrys und Williams und Charles. Dazu kommen dann auch noch die schottischen Könige, die – Überraschung! – größtenteils genauso heißen, und … ach!

Konnten Königseltern ihren Kindern damals nicht etwas einfallsreichere Namen geben, so dass man sie sich als arme überforderte Schülerin heutzutage leichter merken kann? (Obwohl das auch in unseren Zeiten ganz und gar nicht besser geworden ist. Der Thronfolger des britischen Königshauses heißt tatsächlich schon wieder Charles und seine Söhne heißen William und Henry, genannt Harry. Tsss, was soll man dazu sagen?)

Doch Henry der Achte ist natürlich hervorstechend. Das

war ja der mit den sechs Ehefrauen (hintereinander, nicht etwa zur gleichen Zeit!), von denen er zwei enthaupten ließ. Zugegeben, eine etwas unschöne Art, seinen Ehepartner loszuwerden, aber immerhin bleibt einem dieser König im Gedächtnis.

„Was ist mit dir, Cara?", will Hettie wissen. „Wie weit bist du mit dem Essay?"

„Och …"

Jetzt will ich erst mal die erste Nacht im Internat und in meinem schnuckeligen Zimmer genießen. Ab morgen ist noch genug Zeit, mich um all die Hausaufgaben zu sorgen.

„Und nächstes Wochenende fahren wir nach London!", erinnert uns Raine. „Ich wette, DAS wird lustig. Das Natural History Museum ist zwar bestimmt zum Einschlafen öde, aber", sie kichert, „London besteht ja nicht nur aus Museen!"

„Oh ja!", stimmt Bailey zu. Ihr Gesicht leuchtet augenblicklich auf und ihre Augen glänzen schon wieder verdächtig glasig. Mit breitem Grinsen lässt sie uns wissen: „Außerdem fahren wir mit allen zusammen. Der ganze Nature-Kurs kommt mit."

Als ihre Bemerkung offenbar nicht die Wirkung erzielt, die sie erwartet hat – schließlich wissen wir das ja bereits –, legt sie nach: „Alle, kapiert ihr? Alte und NEUE Schüler! Die Mädchenklasse UND die Jungsklasse!"

„Himmelherrgott, Bailey!" Pippa lacht laut auf und tippt sich an die Stirn. „Du hast doch echt gepflegt einen an der Marmel! Du glaubst ja wohl nicht im Ernst, dass Josh sich in London ruckzuck in dich verknallt!"

„Warum denn nicht?", raunzt Bailey beleidigt zurück und guckt fast trotzig. (Nicht ohne einen kurzen, prüfenden Blick in den Spiegel über meiner kleinen Kommode zu werfen, den ich wohl bemerkt habe.) „In irgendjemanden *muss* er sich doch verknallen!"

Nun lachen auch Hettie und Raine.

Und Bailey lacht mit. Über sich selbst lachen kann sie zum Glück fast am besten. Oh, ich mag alle vier so gern!

Klar hat Bailey das alles nicht ernst gemeint, das mit dem Verknallen und so – und dass sich ja jeder schließlich in irgendwen verknallen MUSS. So doof ist sie natürlich nicht. Trotzdem sieht sie gerade so aus, als ob sie sich bereits jetzt überlegt, was sie wohl am Wochenende für Klamotten tragen will. Dabei ist sie alles andere als ein Modepüppchen!

Hihi, diesmal hat sie der Liebespfeil anscheinend getroffen, bevor sie überhaupt sehen konnte, wer ihn abgeschossen hat! Das ist dann allerdings selbst für Bailey ein neuer Rekord. Ich muss ein bisschen lächeln. Ach, ich würde es Bailey wirklich gönnen, dass sie zur Abwechslung mal ihr Herz an jemanden verliert, der wenigstens auch ein kleines bisschen Interesse an ihr hat. Doch bis jetzt haben sich Super-Josh und sie ja noch nicht mal gesehen!

„Ich hab trotzdem so ein Gefühl …", wiederholt Bailey sinnend, als sie eine Stunde später mit den anderen rüber in ihr eigenes Zimmer geht.

„Ach, du – du hast immer *so Gefühle* …!", neckt Pippa sie und zieht aus Spaß an ihrem hellbraunen Pferdeschwanz.

Bailey wischt ihre Hand weg. „Nein, ehrlich! Ich habe diesmal eine ganz starke Vorahnung, dass in London etwas wirklich Aufregendes passieren wird!"

Ich atme tief durch, als ich endlich im Bett liege. Ja, diese wunderbare Vorahnung habe ich allerdings auch irgendwie. Ich hab sie, seitdem ich hier im Cornwall College bin. Denn das Aufregende, das wird mein Leben sein!

Henry der Achte und Josh der Erste

Es gab im sechzehnten Jahrhundert schon verschiedene Sprachen?"

Sapphire erfreut uns mal wieder mit ihrer uneingeschränkt glitzerigen Intelligenz.

Es ist Freitagmittag, wir sitzen im Geschichtsraum bei Mrs McIntyre und hören, wie gebildet Henry der Achte war und dass er sogar Latein und Griechisch sprechen konnte.

„Aber ich dachte …", stammelt Sapph und fummelt nach einem irritierten Blick unserer Lehrerin nervös an ihrem Brillant-Kettchen herum.

Komischerweise ist es Sapphire wichtig, gut in der Schule zu sein, weswegen sie Mrs McIntyre unbedingt gefallen will. Vielleicht sollte ihr mal jemand sagen, dass hier nicht nach der Kilomenge des Schmucks am Körper benotet wird?

„Du dachtest", hilft Mrs McIntyre mit scharfem Blick nach, „König Henry der Achte lebte in der Steinzeit?" Man sieht, was sie von Sapphires Bemerkung hält.

Spöttisch setzt sie nach: „Allerdings gehen die Wissenschaftler davon aus, dass auch in der Steinzeit an verschiedenen Orten verschiedene Sprachen gesprochen wurden."

„Oh", macht Sapph und fummelt nun an ihren Ringen rum. (Da hat sie ebenfalls reichlich zu fummeln.)

Ein paar Mädchen glucksen hinter vorgehaltener Hand.

Ich nicht. Ich höre kaum zu. Ich bin viel zu sehr damit beschäftigt, die Stunden zu zählen, bis wir morgen früh endlich nach London fahren. Was kümmert mich das Erbsenhirn von Miss Sapphire *mega-aufgedonnert* Lane?

Natürlich bin ich schon tausend Mal in London gewesen. Aber dieses Mal wird es bestimmt ganz anders sein als mit Nana. Mit ihr durfte ich den Anblick der wuselig aufregenden Straßen und Einkaufsläden immer nur wenige Sekunden inhalieren. Nämlich nur so lange, wie man braucht, um aus unserem Wagen auszusteigen und eilig von Nana oder Miss Gwynn in ein Geschäft geschoben zu werden. Dort ist unser Besuch in der Regel natürlich schon angekündigt und wir können uns deshalb nicht mal im normalen Verkaufsraum umsehen, sondern bekommen die Waren in einem anderen Raum vorgeführt.

Ach, einfach mal bummeln gehen! Ohne Ziel. Einfach dorthin gehen, wo es gerade interessant aussieht, ohne vorher alles genau durchzuplanen!

Ich meine, ich will shoppen ja nicht zu meinem Lebensinhalt machen, so wie die Glitzergirls hier. Aber in Ruhe – ja, vielleicht sogar stundenlang – bunte Stoffe zu befühlen, sogar mal in diesen komischen Grabbeltischen zu wühlen, mit dem Geruch von tausend Menschen um einen herum ...

Hihi, na schön, vielleicht ist nicht jeder Körpergeruch zwangsläufig angenehm! Aber all diesen Leuten, die man noch nie vorher gesehen hat, ganz nah zu sein, sie theoretisch anfassen, sie ansprechen zu können, richtig dabei zu sein, statt solche Szenen nur aus dem Fernsehen zu kennen – eben richtig im richtigen Leben zu sein! Oh, weite aufregende Welt, ich fühle mich, als möchte ich alles und alle auf einmal umarmen!

„CARA?"

Äh, wie? Hab ich meinen Namen gehört?

Ich gucke hoch und sehe in das Gesicht von Mrs McIntyre, die direkt vor meinem Pult steht. „Ja?"

„Willkommen im Klassenzimmer!" Mrs McIntyre lächelt nicht. „Ich gehe davon aus, dass du gerade woanders warst und meine Frage überhaupt nicht gehört hast?"

Das kann ich nicht ganz abstreiten.

Schuldbewusst gucke ich auf mein Pult. „Entschuldigen Sie bitte! Ich war …"

„Das interessiert uns eigentlich weniger", unterbricht mich Mrs McIntyre. „Komm bitte nach vorne und schreibe die Namen aller sechs Ehefrauen von Henry dem Achten auf! Und lass genug Platz hinter den Namen, sodass wir in der Stunde gemeinsam sammeln können, was wir über jede einzelne wissen!"

Ach du dicke Königskrone! Wie hießen die denn noch mal? Henrys erste Frau war Catherine of Aragon, die Spanierin, das weiß ich. Ich ziehe die Tafel auf meine Höhe runter und schreibe den Namen an. Mrs McIntyre sieht schon deutlich besser gelaunt aus.

Die zweite Frau fällt mir ebenfalls sofort ein. Vor den Herbstferien lief im College-Kino ein toller Film über sie. Ich schreibe *Anne Boleyn* an die Tafel.

Und jetzt?

„Nun Ehefrau Nummer drei", ermuntert mich unsere Lehrerin.

Sapphire in der ersten Reihe sieht aus, als wolle sie mich gleich beißen. Raine direkt hinter ihr verrenkt ihre Lippen dagegen so komisch, dass ich mich zusammenreißen muss, um nicht zu lachen.

Halt! Die formt ja Laute, Worte! Oh, liebe Raine!

Ich versuche, mich genauer auf ihren Mund zu konzentrieren. Hane? Cane? *Raine?*

„JANE!", knallt Mrs McIntyres bissige Stimme an mein Ohr. „Jane Seymour, liebe Cara! Brauchst du eine Brille?"

Oh, NEIN! Wie peinlich ist das denn!

Wo ist das Loch im Boden, das einen verschlingt, wenn man es braucht?

Ich bin durchgeschwitzt und vermutlich knallrot, als es endlich zur Pause läutet und wir aus dem Klassenzimmer strömen. Denn leider wurde es nach Ehefrau drei nicht viel besser für mich. Aber wer kann schon alle Gattinnen von Henry dem Achten aufzählen? Es sollte für Könige verboten werden, mehr als eine Ehefrau zu haben. Wie soll sich die Nachwelt all die Namen merken?

Raine ging's allerdings noch schlechter. Die Ärmste hat für ihren Versuch vorzusagen eine Stunde Nachsitzen aufgebrummt bekommen. Außerdem dürfen wir nun alle, also die ganze Klasse, zusätzlich zu unserem Essay auch noch ein Kurzreferat bis Montagmorgen zu einer von Henrys Ehefrauen vorbereiten, hmpf. Na ja, immerhin ist die die Auswahl ja recht groß.

„Wann sollen wir das bloß machen?", jammert Pippa auch schon los, während wir den langen Gang runter zum Treppenhaus gehen. „Ich hab noch kein Geschenk für Moritz, das muss ich heute Abend noch im Internet bestellen. Das geht zwar schnell, per Express ist das morgen früh hier. Trotzdem brauche ich natürlich Zeit, um zu suchen. Ich will ihm ja nicht irgendwas schenken. Und Sonntag werden wir es auch nicht schaffen, etwas über eine von den langweiligen Ehefrauen aufzuschreiben, weil wir noch in London sind."

„Ja, echt blöd!", stimme ich ihr zu.

„Ach je, ihr Armen!", stichelt Bailey. „Es ist wirklich ein Jammer, dass ihr zu Moritz' Party bleiben müsst und erst am Sonntagabend wieder ins Internat zurückkommt!"

Sofort kriegen Pippa und ich ein schlechtes Gewissen. Natürlich wären einige andere bestimmt auch gern zu Moritz' Party gegangen. Und ganz besonders Bailey.

„Es sind ja eigentlich nur Jungs da", versucht Pippa, unsere Freundin zu trösten. „Ich bin garantiert nur wegen Eden eingeladen worden."

„Und ich bin nur eingeladen worden, damit Pippa als Mädchen nicht ganz allein ist", nicke ich aufmunternd.

„Na, sicher", grinst Bailey, „und ich heiße Beyoncé, bin das vierte Schaf im Internat und glaube noch an den Weihnachtsmann! Määäääh!"

„Was soll denn das heißen?", grinse ich.

„Dass die Kette mit DIR anfängt und nicht mit Eden", stellt

Bailey klar. „Moritz wollte DICH dabeihaben. DANN hat er sich überlegt, dass er noch ein weibliches Anstandshündchen braucht, und hat Pippa gewählt, weil das so aussieht, als hätte er sie ihres Bruders wegen eingeladen."

„Quatsch!", behaupte ich automatisch.

Aber ich merke doch, wie mir schon wieder heiß wird und mein Gesicht eine verdächtige Farbe annimmt. Denn … was, wenn Bailey damit gar nicht so unrecht hat?

Genau in diesem Moment überholen uns Amy, Danielle, Sapph und Natasha, unsere Glitzergirls. Und – huch? – kommt da vorne etwa Josh Williams den Gang hoch? Was macht der denn schon wieder hier auf der Mädchenseite des Schlosses? Der kann sich doch nach einer Woche nicht immer noch verlaufen?

Die ersten zwei Tage hat er das nämlich ausgesprochen gern gemacht. Ständig tauchte er irgendwo im Mädchenbereich auf. Was ihm jedes Mal sichtlich peinlich war.

„Hallo Josh!" Als hätten wir es eingeübt, grüßen wir ihn im Chor. Bailey, Pippa und ich zusammen mit den glockenhellen (affektierten) Stimmchen der Glitzergirls.

An Joshs Stelle wäre ich sofort *ganz* weit weggelaufen.

Er tut nichts dergleichen.

„Hallo Ladys!", grüßt er zurück. „Lasst mich raten, ich bin schon wieder im falschen Teil des Gebäudes, was?"

Er gibt sich Mühe, schuldbewusst auszusehen. „Ich versuche wirklich mein Bestes, mich endlich zurechtzufinden. Aber das Schloss ist so groß."

Die Glitzergirls lassen ein glitzeriges Giggeln hören.

Bailey wird bei Joshs Anblick stumm.

Und ich werde noch eine Schicht roter. (Wieso eigentlich?)

Was Sapphire sofort bemerkt. „Ach, Cara, du solltest für dein Make-up wirklich zu einer guten Stylistin gehen! Man benutzt Rouge NICHT als Grundierung, weißt du?"

Blöde Zicke! Als ob ich überhaupt jemals Make-up benutzen würde!

Was ich allerdings tatsächlich weiß, ist, dass sie mir sowieso noch eins auswischen wollte. Ihrer Meinung nach haben wir die kleine Extraarbeit in Geschichte nämlich nur meiner mangelnden Kenntnis über Henrys Frauen zu verdanken. Ihr *ungemein intellektueller* Auftritt am Anfang der Stunde hat damit bestimmt nichts zu tun. Klar! Und danke, Sapph, dass du deine blöden Sprüche auch noch vor einem Jungen ablässt!

Pfff, so was sollte mich gar nicht mehr ärgern! Trotzdem dominiert mein *„Rouge"* zweifellos weiterhin meinen ansonsten hellen Teint. Und – damn! – hat Josh da eben gegrinst?

„CONTENANCE!", höre ich gerade noch rechtzeitig die Stimme meiner Großmutter.

„CONTENANCE in jeder Lebenslage! Und ganz besonders, wenn das Leben aussichtslos erscheint!", pflegt Nana zu sagen.

Nun ja, aussichtslos ist es nicht gerade, aber doch etwas nervig und vor allem peinlich.

„Rücken gerade und so tun, als wäre NICHTS passiert!"

Okay, Nan!

Ich versuche, Josh ruhig, freundlich und mit der angemessenen Selbstbeherrschung *(Contenance!)* anzugucken. „Du musst den Gang einfach wieder zurückgehen. Denselben Weg, den du hergekommen bist."

Ich frage mich allerdings, wieso der immer wieder auf unserer Seite landet. Ich meine, man läuft doch nicht aus Versehen in einen Flur auf der Nicht-Jungen-Seite rein. Jedenfalls nicht ständig.

Neulich hat Hettie ihn sogar im Treppenhaus von Pembroke House erwischt. Er habe die Architektur unseres Wohnhauses mit der von Bryher, seinem eigenen Wohnhaus, vergleichen wollen. Selbst der klugen Hettie ist daraufhin als Antwort nichts mehr eingefallen.

„Vielleicht wollte er zu mir und hat sich nur nicht getraut, das zu sagen?", hat Bailey allen Ernstes gefragt.

Dabei wirkt dieser Josh mit jedem Tag weniger schüchtern. Manchmal hab ich das Gefühl, der entwickelt sich zu einem zweiten Moritz!

Und Raine konterte auch sofort: „Klar, Bailey! Es gibt ja auch überhaupt keine Möglichkeit, dich im Esssaal oder draußen irgendwo anzusprechen! Du machst dich ja so rar!"

Wir grinsen alle. Schließlich haben wir uns Bailey zuliebe die halbe Woche in der Nähe der Jungs rumgetrieben. Da hätte es hundert Gelegenheiten gegeben, sie anzusprechen. Weil Josh sich gleich für die Rudermannschaft gemeldet hat, haben wir den ganzen Mittwochnachmittag sogar im Nieselregen auf der Veranda des Bootshauses gesessen und standfest (und mit nassen Haaren!) behauptet, der Kaffee, der dort serviert würde, wäre einfach der beste im ganzen Umkreis.

Nun hält uns garantiert nicht nur Josh für ein wenig plemplem, sondern auch Eden und Moritz, die ebenfalls rudern. Na ja, die behaupten ja schon die ganze Zeit, dass wir Mädchen meistens spinnen. So gesehen ist das also wohl nichts Neues.

Leider hat Josh aber weder einen ersten Blick und noch weniger einen zweiten für Bailey übrig gehabt. Obwohl er zweimal bei uns stehen geblieben ist, um ein bisschen Small-Talk zu machen. Die arme Bailey hat mir richtig leidgetan. Josh guckte abwechselnd zu Pippa, mir und Raine. Doch Bailey und Hettie schienen Luft für ihn zu sein.

„Komm einfach mit *uns* mit!", fällt mir jetzt Danielle ins

Wort und hakt den Hollywood-Schönling ungefragt unter.

„Wir bringen dich heil wieder raus aus dem *gefääääährlichen* Mädchen-Trakt."

Bei dem Wort *gefährlich* erreicht das Giggeln der Glitzergirls schmerzhafte Höhen.

„Möchte wissen, was daran komisch war", grunzt Bailey, als die vier mit Josh im Schlepptau abgezogen sind.

„Möchtest du nicht!", raunzt Pippa trocken. „Man möchte überhaupt nicht wissen, was in deren Hirnen vorgeht."

„Du nimmst also an, die haben *Gehirne* in ihren Köpfen?"

Unbemerkt ist auch Hettie dazugekommen und sieht uns unschuldig an.

Da lachen wir endlich alle. Ach, die können mich einfach mal, die Glitzergirls!

Leider nimmt Bailey das alles nicht ganz so leicht. Beim Mittagessen schielt sie ständig rüber zu den Jungstischen. Dort sitzt Josh mit Pippas Bruder Eden, unseren Top-Hockeyspielern Connor, Ben und Hayden sowie mit Moritz zusammen. George sitzt ebenfalls mit am Tisch, doch es wirkt nicht so, als wäre er viel an der Unterhaltung beteiligt. Am lautesten hört man Moritz' und Edens Stimmen. Hihi, alles wie immer also!

Leider ist Bailey nicht so gut aufgelegt wie sonst. Mürrisch stochert sie in ihrem Fischauflauf herum und guckt dann wieder unauffällig (also, was sie so für *unauffällig* hält!) rüber zu den Jungen.

„Mach's dir klar, Darling!", verkündet Pippa herzlos zwischen zwei Riesenhappen Fisch mit Käsekruste und sieht ihr streng in die Augen. „Er steht nicht auf dich. Also hör auf, da dauernd rüberzustarren!"

Sofort sieht Bailey aus, als hätte Pippa sie in den Magen geboxt. Wortlos schiebt sie ihren halb vollen Teller von sich weg und verschränkt die Hände vor der Brust.

Ich kann ihr die Enttäuschung nicht verdenken. Die ganze Woche lang hat sie sich solche Mühe gegeben. Schon am Montagmorgen erschien sie in einer gebügelten Uniform zum Unterricht. Gebügelt! Ausgerechnet Bailey! Die ganze Bailey ist normalerweise komplett ungebügelt!

Am Dienstagmittag hetzte sie nach dem Essen – statt mit uns im Gemeinschaftsraum zu chillen – mit einem Taxi nach Truro, um sich die Haare frisch schneiden zu lassen. Sie ist nicht mal davor zurückgeschreckt, die Glitzergirls nach einem Tipp für den besten Haarstylisten zu fragen.

„Der einzige Haarstylist in Europa, den man ohne Sorge aufsuchen kann", hat Danielle gleich geflötet, „ist Bellini's in Monaco. Aber dort kriegst du ohne Beziehungen sowieso keinen Termin."

Und Sapphire hat uns wissenlassen: „Meine Eltern und ich

haben automatisch jeden Monat dort einen Termin. Schon Jahre im Voraus. Mein Dad spielt mit Luigi Bellini Golf. Natürlich nicht in Monaco. Sondern in St. Andrews. Wo soll man auch sonst Golf spielen?"

Der Golf-Club im schottischen St. Andrews ist die erste Adresse weltweit. Das weiß sogar ich. Aber auch nur, weil ich von David Dunbar in den Ferien gehört habe, dass er früher Dad ab und zu dorthin mitgenommen hat. (Was mich eigentlich gewundert hat. Ich hatte bisher immer das Gefühl, David hat meinen Vater nicht besonders gemocht.) Ansonsten interessieren mich Golfbälle in Schottland genauso wenig wie Haarschnitte in Mittelmeerländern.

„Hat Bellini's auch *deine* neuen Haare gemacht?", hat Amy beinahe neidisch gefragt.

Tatsächlich hat Sapphire ihrem dämlichen Bob endlich bye-bye gesagt, sich die Haare in unterschiedlichen Längen wesentlich kürzer schneiden lassen und trägt jetzt alles mit zwölf Kilo Haargel pro Tag vom Kopf abstehend.

„Wenigstens einmal pro Halbjahr muss man seinen Typ ändern, finde ich", war ihre Begründung. „Sonst ist man einfach sooo *last season.*"

Als kleine freundliche Spitze setzte sie dann noch mit einem tiefen Blick in meine Richtung ein „Wenn du verstehst, was ich meine!" hinzu.

Danke, Sapph! Ich hab verstanden. Trotzdem werde ich meinen *Typ* nicht ändern, bloß weil es Herbst geworden ist. „Natürlich hab ich das bei Bellini's machen lassen!", hat Sapph am Dienstag genickt und ist mit beiden Händen noch mal extra durch ihre hochtoupierten pechschwarzen Strubbel gefahren. (Dabei macht sie das sowieso sieben Mal pro Minute.) „Ich bin doch nicht verrückt und lasse irgendeinen Nobody aus Paris oder London an meinen Kopf!"

Einen kleinen Moment lang war ich besorgt, dass unsere liebeskranke Freundin nun versuchen würde, am Wochenende einen Flug nach Monaco zu organisieren, doch die bodenständige Bailey hat nur höflich gelächelt und gefragt: „Ja, aber in Truro wart ihr doch auch schon mal, oder?"

„Im Langdon Way gibt es einen kleinen Laden, der einem die Haare zumindest waschen und frisieren kann", hat sich Tash schließlich bequemt zuzugeben und ihre langen Goldlocken geschüttelt.

Die goldige Farbe war bestimmt auch nicht billig. Sieht nämlich erstaunlicherweise fast echt aus. Die ganze Natasha sieht überhaupt wie ein kleiner zarter Engel mit Rauschgoldhaar aus. Schade, dass sie sich nicht auch so benimmt.

Jedenfalls kam Bailey vor der ersten Nachmittagsstunde tatsächlich mit einem frischen Haarschnitt zurück. Ihre dichten hellbraunen Haare fallen ihr immer noch gute fünf

Zentimeter über die Schultern, aber sie glänzen irgendwie mehr als vorher.

„Ganz, ganz dünne hellblonde Strähnchen", hat Bailey uns das Geheimnis verraten und glücklich gelächelt. „Sieht man auf den ersten Blick kaum, aber machen 'ne Menge aus."

Dabei ist Bailey schon von Natur aus richtig hübsch und auch ihre Haare hätten keine Blondpackungen gebraucht. Vielleicht aber ihre Seele.

Trotzdem hat Josh sie auch die Tage danach nicht beachtet.

Was schon einigermaßen ungewöhnlich ist. Jeder Kellner schenkt der schönen Bailey in der Regel das allererste Lächeln – bevor er sich uns anderen zuwendet, meine ich. Was Bailey leider jedes Mal falsch deutet. (Nein, Bailey, bloß weil man angelächelt wird, heißt das *nicht*, dass in der nächsten Viertelstunde der Heiratsantrag folgt!)

„Bailey!", versucht es Pippa jetzt noch mal. „Wenn dich zur Abwechslung einer mal *nicht* anlächelt, dann heißt das doch nicht, dass danach die Welt untergeht."

„Aber er ist der Erste, der mich nicht mal *beachtet*", gibt Bailey zurück. „Dabei merke ich ganz, ganz doll, dass gerade ER der Richtige sein könnte."

„Man will immer das haben, was man nicht hat", kommentiert Raine trocken und schnappt sich das leckere Mini-Vollkornbrötchen neben Baileys Teller (Raine selbst hatte

nur ein helles Brötchen), das die Liebeskranke nicht ange-
rührt hat.

„Ich will ja bloß, dass er mich nur EINMAL richtig anguckt!", beharrt Bailey stur. Stur und traurig.

„Dann ist Josh eben der Erste, der das nicht tut", meint
Pippa und zuckt die Schultern. „Einer muss immer der Erste sein."

Jetzt sieht Bailey aus, als ob sie gleich anfängt zu weinen.

Als tatsächlich eine kleine verstohlene Träne in ihr Dessert
fällt, tut sie mir richtig leid. Ich hoffe, dass wenigstens der
Tag in London sie aufheitern wird.

SWINGING LONDON!

„Irgendwann wird Angie sowieso etwas merken. Spätestens, wenn sie die Firmengeschäfte übernimmt."

„We'll cross that bridge, when we get there – das werden wir sehen, wenn es so weit ist."

„Ich verstehe nicht, wie du so ruhig bleiben kannst!"

„Jetzt misch dich bitte nicht in unsere Familienangelegenheiten ein!"

„Ich? Also …!"

„Bitte mach dir keine Sorgen, ich habe alles im Griff!"

„Hm. Ah, well, du musst es ja wissen."

„Eben."

London, wir kommen!

Wir schaukeln bequem im voll klimatisierten Cornwall-College-Reisebus die M4 runter Richtung London, allmählich kenne ich diese Strecke. Die Felder, Wiesen und buschbewachsenen Hügel fliegen nur so vorbei.

Nicht gerade leer auf der Autobahn an einem Samstagmorgen. Wann immer wir in den vielen Staus zum Halten kommen, starren die Menschen in den Autos neben uns neugierig den Bus an. Ich schätze, der hellbeige Hochglanzlack und das elegante Wappen vom Internat (die beiden ineinander verflochtenen Cs in goldenen Lettern) zeigen deutlich, dass wir keine Reisebüro-Normalos sind. Reingucken kann zum Glück keiner, die Scheiben sind verdunkelt.

Was wirklich keine schlechte Idee ist.

Die Jungen haben es sich im hinteren Teil gemütlich gemacht und schnarchen oder dudeln sich auf ihren Handys gegenseitig irgendwelche Rap-Songs auf YouTube vor.

Moritz lässt alle bereitwillig an seiner neuen Internet-Armbanduhr rumfummeln, die er von seinen Eltern zum Geburtstag bekommen hat. Langweiliger Technikkram. Das Display ist so klein, dass man sowieso kaum was darauf erkennen kann. Sehr süß ist aber die selbst gebastelte Geburtstagsmedaille, die ihm seine Kakao-Schwester Lucy geschenkt hat. Irgendwie cool, dass er die – zumindest hier im Bus – um den Hals baumeln hat. (Dem ist wirklich nichts peinlich!)

Die meisten Mädchen lesen oder tippen emsig auf ihren Tablets oder Phones herum.

Wieder einmal fällt mir auf, dass ich noch nicht mal jemanden habe, dem ich jetzt eine SMS schicken könnte. Außer Nana oder David Dunbar, meine ich. (Mrs Gwynn hat noch nicht mal ein Handy.) All meine Freundinnen sitzen im Bus direkt neben mir. Dafür habe ich in den Ferien aber eine Menge SMS geschrieben, hihi! Auch wenn Nan das nicht gefallen hat.

Ich lehne meinen Kopf gegen die verdunkelte Scheibe und sehe plötzlich einen roten Ferrari an uns vorbeiflitzen. Ein sehr altes Modell, vermutlich aus den Sechzigerjahren.

Automatisch recke ich mich hoch und japse nach Luft. Selbst nach so vielen Jahren puffen kleine Adrenalinkügelchen noch als Schock in meinen Magen auf. Ein kleiner Auslöser genügt. In genau so einem Auto sind Mum und Dad damals vor Jahren nach Frankreich gefahren. Mit genau diesem Wagen sind sie in den französischen Alpen von der Straße abgekommen und den riesigen Felsabhang hinuntergestürzt.

Ich atme flacher. Seit Jahren geistert diese Szene durch meine Gedanken und ich sehe immer und immer wieder das rote Auto den endlosen Hang hinunterstürzen, sich überschlagen …

„Alles klar, Cara?"

Ich hole so tief Luft, als würde ich nach einem Fünfzig-Meter-Tauchgang wieder an die Oberfläche kommen. Gerade noch rechtzeitig zum Überleben.

Mum haben die Taucher in dem See, in den das Auto gestürzt war, gefunden. Die Suche nach Dad wurde irgendwann eingestellt. Der See war zu tief, um jeden Meter zu durchforsten.

Mum wurde in London begraben. Viele, viele Male habe ich mich in den letzten Jahren an ihr Grab geflüchtet und ihr Dinge erzählt, die ich eben Nan oder Miss Gywnn nicht erzählen konnte. Dass es für Dad nicht mal einen Ort gibt, an den ich gehen kann, wenn die Sehnsucht zu grausam schmerzt, ist fast das Härteste. Es ist unfassbar schwer, zu akzeptieren, dass jemand weg ist, ohne dass man mit eigenen Augen seiner Beerdigung zusehen konnte.

Dass ich genau weiß, wo Mum liegt, weiß, wie ihr Sarg aussieht, ist mir unglaublich wichtig. Ich weiß sogar, in welchem Kleid sie begraben wurde.

Dad dagegen ist einfach weg. Von einem Moment zum anderen vom Erdboden verschwunden. Und dass er nun für immer da unten in diesem See liegt – kalt, nass ... Aaaaaah, das ist eine Vorstellung, die ich immer noch schwer aushalte.

Einmal – einmal hatte ich Nana endlich so weit, dass sie mir erlaubte, mit ihr an den Unfallort zu reisen. Sie wollte das nie. Jahrelang hatte sie alles getan, um mich davon abzuhalten.

„Was soll das bringen, Angie-Darling?", hat sie immer wieder gesagt. „Tote soll man ruhen lassen. Und auch du wirst deinen Vater nicht zurückholen."

Das wollte ich ja auch gar nicht. Ich wollte nur ..., ich wollte ... Ach, ich glaube, ich wollte einfach ... Abschied nehmen.

„Cara?"

Ich hole noch mal tief Luft und wende mich dann endlich

Hettie zu, die neben mir sitzt. „Sorry, ich war in Gedanken."

Hettie sieht besorgt aus. „Alles in Ordnung bei euch zu Hause?"

Wie kommt sie denn auf *zu Hause*? Ich bin etwas überrascht. „Äh, ja, wieso?"

„Ah, tut mir leid", wiegelt Hettie gleich ab, „du hast nur so unfassbar traurig ausgesehen, dass ich schon dachte, deine Großmutter wäre vielleicht ..."

Ich schüttele den Kopf und lächele. „Nein, nein, keine Sorge! Meine Nan hat eine eiserne Gesundheit. Die überlebt jeden Laternenmast, glaub mir!"

Hettie lächelt ebenfalls, drückt aber trotzdem schnell meine Hand. „Da bin ich aber froh! – Oh, guck mal!" Sie reckt ihre Nase an mir vorbei zum Fenster. „Hier ist schon die Ausfahrt für Reading. Das heißt, wir sind gleich in London, YAY!"

Sofort kommt Leben in den Bus.

Die Jungen hinten fangen gut gelaunt an, sich zu buffen – vermutlich, um ihre eingeschlafenen Knochen wieder aufzuwecken –, bis Mr Lambert (einer der Jungenlehrer, der fast alle Ausflüge im Internat organisiert) sich das Mikrofon greift und so laut „RUHE, LADIES AND GENTLEMEN!" brüllt, dass ich mir erschrocken die Ohren zuhalte.

„Ich erwarte ein angemessenes Benehmen!", lässt er uns nur wenig leiser wissen. „Cornwall-College-Schüler sind keine aus dem Zoo entlaufenen Orang-Utans! Merkt euch das!"

„Uuuuh!" und „Auiiii-oouuiii-uuuuuh!", kommt es sofort menschenaffengetreu von hinten zwischen lautem Gelächter und die Orang-Utans hopsen noch etwas wilder auf ihren Sitzen rum. (Unfassbar, dass die meisten Jungs unserer Jahrgangsstufe ebenfalls fünfzehn sind!)

Doch auch über Mr Lamberts Gesicht huscht ein Grinsen. Er ist tatsächlich einer der nettesten Lehrer der Schule.

Mit dabei, um uns zu beaufsichtigen, sind außerdem Miss Morley, die alle Wassersportarten einschließlich Rudern unterrichtet, Miss Henderson, die wir in Nature haben und deren Vorschlag es ja war, zum Natural History Museum zu fahren, und Mrs Dubois. Dass eine Französischlehrerin mitkommt, ist zwar eher ungewöhnlich, doch der andere Lehrer der Jungs, der eigentlich mitfahren sollte, ist kurzfristig ausgefallen und Mrs Dubois glücklich eingesprungen. Ich glaube, auch die Lehrer freuen sich richtig auf den Tag in London.

Bailey, deren Eltern auf einem Landsitz in der Grafschaft Buckinghamshire, ganz in der Nähe von Windsor Castle, wohnen, kennt sich natürlich bestens in London aus. Von ihrem Haus ist es ja praktisch nur ein Katzensprung bis zur City.

„Wir müssen unbedingt ins Quadrophenia!", kräht sie jetzt vorne neben Pippa und ist kurz davor, Miss Henderson an ihrem Kleid zu zupfen. „Bitte! Da gibt es die aller-aller-coolsten Frucht-Shakes! Das ist sooo Sixties! Und es ist total in!"

Ich muss mich wundern. Seit wann ist es Bailey wichtig, was gerade *in* ist? Die klingt ja wie Amy, Sapph oder Danielle! Macht sie das womöglich nur, um Josh zu imponieren? Wie wir mitgekriegt haben, kommt er nämlich auch aus London. Meine Güte, dann ist sie wirklich liebesverdrehter, als ich befürchtet habe.

Josh reckt tatsächlich seinen Hals. „Du kennst das Quadrophenia? Das gibt es doch überhaupt erst seit ein paar Monaten."

Bailey wirft mir einen triumphierenden Blick zu, der nur eines heißt: BINGO! Fisch an der Leine!

Na, endlich! Ich kann mir ein Grinsen nicht verkneifen.

Überglücklich dreht sich Bailey zu Josh. „Good Lord, natürlich kenne ich das!"

„Bist du nicht ein bisschen jung für das Quadrophenia?", fragt Josh frech.

„Ach, und DU nicht?", gibt Bailey keck zurück.

Josh sieht tatsächlich ein bisschen schachmatt aus.

Haha, eins zu null für Bailey!

Jetzt kommt sie richtig in Fahrt. „Wo sonst könnte man hingehen hier in der Gegend, um sich die Zeit zu vertreiben?"

„Ins Da Mario?", meint Josh. „Besonders, wenn man hungrig ist. Dort gibt es die besten Pizzen Londons. Es ist gleich um die Ecke vom Natural History Museum in der Gloucester Road."

Bailey versucht (idiotischerweise), genauso blasiert wie die Glitzergirls auszusehen. „Das weiß ich, das weiß doch jeder! Ins Da Mario bin ich schon gegangen, als ich in der Pre-School war."

„*Ich* kenne es nicht", werfe ich mal so ins Gespräch (Nana hat's nicht besonders mit Pizzen, sie isst lieber etwas *Vernünftiges*), hauptsächlich, um Bailey ein wenig von ihrem etwas eilig dahintrabenden Hochzeitsross runterzuholen.

Josh guckt mich an, als hätte ich verkündet, als kleines Kind im Dschungel von Borneo unter einer Bananenstaude gefunden worden zu sein. „Was? Du kennst das *Da Mario* nicht?"

Tsss, also das finde ich nun aber wirklich übertrieben! Es kann doch nicht jeder jedes Londoner Restaurant kennen. Und schon gar nicht jede x-beliebige Pizzeria!

„Das war Lady Dianas Lieblingsitaliener!", verkündet Josh, als hätte er meine Gedanken erraten. „Du MUSST eine von den Pizzen dort probieren." Er macht eine verzückte Grimasse, als schwebe die Pizza in Wolkenform bereits vor ihm. „Die Frutti di Mare ist *zum Sterben* lecker!"

Zum Sterben? Na, danke! Dann bestelle ich doch lieber Salat.

Weil mir Bailey aber in dieser Sekunde einen ihrer ausdrucksstarken Blicke à la *Kusch-kusch, haust du wohl ab! Der gehört MIR!* zuwirft, lasse ich das Argumentieren. Mir doch egal, ob Bailey ihren Josh mit Pizza kriegt oder mit Frucht-Shake. Hauptsache, er hat sie endlich wahrgenommen. Hihi, bloß gut allerdings, dass Josh durch die hohen Sitzlehnen Baileys Gesicht nur sehen kann, wenn er sich stark rüberbeugt.

Tatsächlich unterhalten die beiden sich weiter über In-Läden und Out-Läden und was man sonst noch so in London machen kann. Josh scheint sich wirklich extrem gut auszukennen.

Was mich ... hm ... gerade etwas wundert ...

Ich meine, Josh ..., der kam hier an in einem eher billigen Auto ... und war offenbar überhaupt das erste Mal in einem Internat ... Das erzählte er uns jedenfalls.

Was ungewöhnlich gewesen wäre für Sohn oder Tochter

wohlhabender Briten. Jeder, der es sich leisten kann, schickt seine Kinder auf Privatschulen, am liebsten Internate. Kein Wunder also, dass ich Josh, auch wegen des Eindrucks, den das Auto seiner Eltern auf mich gemacht hat, automatisch als Stipendiaten eingestuft hatte. Als Schüler also, der auf Grund guter Noten kostenfrei auf das Cornwall College gehen kann, weil seine Eltern kein Geld haben, um es zu bezahlen.

So wie Hettie. Ich finde es toll, dass es so etwas gibt.

Dass Josh aus London kommt, fand ich auch nicht ungewöhnlich. London ist absolut riesig. Und ein großer Teil der Stadt besteht natürlich aus Vierteln, in denen ganz und gar keine reichen Leute leben. Insgeheim hatte ich ihn bereits Stadtteilen aus dem East End, also aus einer ärmeren Ecke Londons, zugeordnet.

Und jetzt kennt er jedes Nobelrestaurant der Stadt? Und nicht nur das, anscheinend kennt er auch die Speisekarten rauf und runter. Es wirkt fast so, als wäre er genau wie Bailey an solchen Plätzen aufgewachsen. Wie kann sich ein Kind mit so armen Eltern das denn leisten?

Oder hat er gar kein Stipendium und seine Eltern bezahlen doch?

Aber wieso dann dieses ... äh, doch etwas *unscheinbare* Auto (um es nett zu formulieren)?

Hm, irgendwie passt das nicht zusammen.

Na, egal.

Ich lehne mein Gesicht an die verdunkelte Scheibe und sehe zu, wie der große Reisebus sich jetzt in den dichten Londoner Verkehr einfädelt.

Die Autobahn ist hier zu Ende. Riesige, moderne Geschäftshäuser der einschlägigen Marken ragen merkwürdig ungeordnet rechts und links der erhöhten vierspurigen Straße hoch auf. Ziemlich hässlich die meisten. Der schönste Teil Londons ist dies wirklich nicht. Obwohl wir direkt in den reichen Westen reinfahren. Aber es ist nur noch ein kleines Stück bis nach Kensington, und dort ist es wirklich schön.

Dieses kleine Stück hat es allerdings in sich. Doch unser Fahrer scheint den dichten Londoner Verkehr und die ignorante Fahrweise der Städter gewohnt zu sein. Gekonnt steuert er das breite Gefährt wie ein großes Schiff auf hoher See, nutzt jede Lücke, um sich da frech reinzuquetschen, und ist tatsächlich im Nu in dem noblen Viertel, in dem auch das Museum liegt.

„Alle bleiben sitzen, bis der Motor ausgestellt ist! Sonst könnt ihr den Rest des Tages dem Fahrer im Bus beim Krümelaufheben helfen!", warnt Mr Lambert durch sein Mikro, als wir jetzt auf einem großen Hof parken.

„NEIN!", schreit unser netter Fahrer von vorne entsetzt. „Bloß nicht! Ich hab schon genug zu tun."

Alles Weitere geht in lautem Lachen unter.

Ja, wir haben wirklich alle richtig gute London-Laune. Das kann doch nur ein klasse Tag werden!

Ein kurzer Besuch in David Dunbars Büro

D ie Lehrer haben beschlossen, dass wir nach der langen Fahrt (mehr als drei Stunden) erst einmal einen kleinen Lunch brauchen. Baileys begeistert vorgebrachter Vorschlag, doch ins Da Mario zu gehen, wird gleich mit zwei Begründungen abgelehnt. Erstens haben wir dafür zu wenig Zeit und zweitens werden wir ohne Reservierung in einem sehr beliebten Restaurant wohl kaum um die Mittagszeit zweiundfünfzig freie Plätze (für uns vierundzwanzig Mädchen, die vierundzwanzig Jungen und unsere vier Lehrer) kriegen. Das letzte Argument sticht. Also müssen wir wohl mit dem Museumscafé vorliebnehmen, das auch nicht schlecht sein soll.

Das Natural History Museum liegt an einer sehr befahrenen Straße. Als wir an der Ampel gegenüber warten, kann ich schon von außen sehen, dass sich der riesige Komplex aufteilt in einen alten Teil – vermutlich aus der viktorianischen Zeit – und einen supermodernen Glasbau, der nach hinten hin angebaut wurde. Die gelb-orangefarbenen Klinkersteine des imposanten Vorderhauses fügen sich nahtlos ins Straßenbild von Kensington. Der Bau erinnert mich sogar an die eindrucksvollen Parlamentsgebäude in Westminster.

Wir steuern auf den Haupteingang an der Cromwell Road zu.

Moment mal, Cromwell Road? Ich wusste gar nicht, dass das Museum in dieser Straße ist. Ist das nicht auch die Adresse von David Dunbars Anwaltskanzlei?

Ich gucke mich um. Ich war noch nie im Natural History Museum, aber auch noch nie in Davids Büro. Es soll direkt neben der französischen Botschaft liegen, hat Nana mal erzählt.

Oh, dort ist ja die Botschaft! Direkt gegenüber! Ob ich David vielleicht doch einen kurzen Besuch abstatte? Er würde sich bestimmt freuen.

Bevor ich noch lange überlege, laufe ich vor zu Miss Morley und frage sie, ob ich vielleicht eine Viertelstunde rüberhuschen kann, um meinem Guardian Hallo zu sagen.

„Ist er denn samstags im Büro?", fragt sie.

„Bestimmt", sage ich. „Zumindest will ich es mal probieren."

„Aber sei pünktlich um zwölf wieder hier!", ermahnt sie mich. „Wir wollen mit dem Rundgang nicht auf dich warten." Dann hält sie mich zurück. „Moment noch, willst du denn gar nichts essen?"

„Ich kauf mir hier schnell ein Sandwich und nehme es mit."

„Na gut." Miss Morley ist genauso entspannt wie die anderen Lehrer heute.

Ach, das Leben kann so einfach sein!

Ich suche mir ein schönes Gurkensandwich aus, sage kurz Pippa und den anderen Bescheid, und husche wieder zurück zum Ausgang.

„Wo willst DU denn hin?"

„Allein?"

Moritz und Josh tauchen plötzlich gleichzeitig vor mir auf. Nanu, die müssen sich den riesigen Dinosauriernachbau in der drei Stockwerke hohen Eingangshalle noch etwas länger als die anderen angeguckt haben.

„Irgendwas dagegen?", pfeffere ich ihnen als Antwort auf beide Fragen lächelnd entgegen.

Moritz guckt etwas verdutzt.

Josh dagegen sieht fast böse aus. Hat der sie noch alle? Was geht's den denn an, wann und wo ich hingehe?

„Kommst du nicht mit ins Museum?", fragt Moritz mit großen Augen. (Ehrlich, er kann innerhalb von einer Sekunde von Großer Klappe direkt auf Hundebabyblick umsteigen. Fließend!)

„Doch, klar! Aber ich will kurz David, meinem Guardian, Guten Tag sagen. Du kennst ihn ja. Seine Kanzlei ist hier ganz in der Nähe."

Moritz lächelt. „Grüß ihn von mir!"

„Gerne!"

Er lächelt verschwörerisch. Und, klar, ich fühle mich ebenfalls sofort an den Tag erinnert, an dem er David kennengelernt hat. Den Tag meiner Fast-Entführung. Ich lächele zurück. Seit diesem Tag sind wir Freunde.

„Hast du was dagegen, wenn ich mitkomme?", fragt plötzlich Josh in unser Lächel-Komplott hinein.

„Wie bitte?" Ich meine, geht's noch?

Erstens, ich kenne diesen Josh ja praktisch kaum. Zweitens würde Bailey mich umbringen, wenn ich mit ihrem Traummann abziehe. Und drittens, spinnt der?

Josh merkt wohl, wie deplatziert seine Frage ist. „Ich meinte ja nur ..., ein Mädchen so ganz allein in London ..."

Der hat sie doch wohl nicht mehr alle! Es ist ja nicht gerade Mitternacht! „Danke, ich glaube, das schaffe ich gerade noch."

„ICH komm mit!", drängt sich Moritz da schnell vor, geht schon los und zieht mich mit. Er dreht sich kurz zu Josh.

„Würdest du bitte Mr Lambert Bescheid sagen, dass ich Cara begleite?"

„Hm", macht Josh.

Wie ein belämmerter Wolf, kommt es mir in den Sinn.

„Irgendwas stimmt mit dem Kerl nicht", meint Moritz, als wir die Cromwell Road überqueren und auf der anderen Seite nach Davids Kanzlei suchen.

Ich kann ihm nur Recht geben. Vielleicht ist er doch nicht der richtige Junge für Bailey?

Es ist nett, dass Moritz dabei ist. Denn eigentlich habe ich ja keine Ahnung, wo genau das Büro ist. Zu zweit macht das Suchen mehr Spaß. Außerdem fühle ich mich in seiner Gegenwart … hm … irgendwie wohl.

So was, dies scheint wohl das französische Viertel Londons zu sein! Direkt neben der Botschaft ist eine französische Schule und auf der anderen Seite weist ein Schild an einer Nebenstraße die Richtung zum French Institute – was immer das ist. Vermutlich kann man da Französisch lernen. Davids Kanzlei finden wir allerdings nicht.

„Ich rufe ihn kurz an und frage nach, bevor wir hier noch stundenlang rumirren", beschließe ich.

Zum Glück nimmt David gleich ab, ist tatsächlich im Büro,

freut sich über meine Idee und beschreibt uns den Weg. Seine Kanzlei ist im Cromwell Place, einer Nebenstraße der Cromwell Road. Da hätten wir natürlich lange suchen können!

Mir gefällt London. Die supersauber hellweiß leuchtenden viktorianischen Häuser rechts und links der kleineren Straße mit ihren schwarz lackierten Eisenzäunen davor müssen wohl genau so schon vor hundert Jahren hier gestanden haben. Schick! An einem Eingang mit dicken Säulen rechts und links, auf denen ein Balkon thront, finden wir endlich Davids Kanzleischild.

Im ersten Stock empfängt er uns. „Cara, wie schön! Und Moritz, ja …, sicher erinnere ich mich! Kommt rein! Zeit genug für eine Tasse Tee habt ihr hoffentlich?"

Seine großzügigen Kanzleiräume sind überwiegend modern eingerichtet. Nanas Anwalt führt uns einen langen Gang entlang in sein Büro, in dem es in der einen Hälfte eine bequeme Sitzecke gibt, die andere nimmt ein riesiger Schreibtisch ein. Wertvolle Antiquitäten wechseln sich ab mit … Moment, gucke ich richtig?

Ja, die zwei Sofas und drei Sessel in hellem altrosa Bezug stammen tatsächlich aus unserer stylischen nordoo-Kollektion! Die erkenne ich sofort. Auch wenn ich mich natürlich nicht besonders für unsere Unternehmensgeschäfte interessiere, weiß ich doch, wie die meisten Möbel des Norden-Konzerns aussehen. Ich glaube, diese hier sind sogar ein echter Dauerbrenner in unserem nordoo-Internetportal.

Haha, well done, David, du unterstützt den Norden-Konzern! Ich wette, viele deiner illustren Klienten fragen sofort, wer die hübschen Sofas denn designt hat, und – schwupp! – hat nordoo schon wieder neue Kunden. Und ich wette außerdem, dass Nana sie dir geschenkt hat.

An dieser Stelle schießt mir die Frage durch den Kopf, *wie* gut die beiden sich eigentlich kennen.

Moritz fragt nach der Toilette (die lange Busfahrt …) und David entschuldigt sich kurz, um in der Küche unseren Tee zu kochen. Das gibt mir Zeit, mich genauer umzuschauen. Als Erstes fallen mir die Fotos auf, die hinter dem imposanten Schreibtisch an der Wand in einer langen, geraden Reihe hängen. Das ist ja Nan! Mit ungefähr zwanzig! Wie hübsch sie damals war! Und wie strahlend sie in die Kamera lacht. Aus jeder Pore strömt Glück pur. Nana ist ja wirklich nicht immer streng, aber lauthals lachen höre ich sie selten. Wer das Bild wohl aufgenommen hat? Ob David das selbst geknipst hat?

Ich stutze. Ja, wirklich, WIE gut kennen sich die beiden eigentlich? Schließlich hat Nana ja schon ziemlich jung mei-

nen Großvater geheiratet. Der leider ebenfalls viel zu jung –
er war gerade fünfzig – gestorben ist.

Dass Nan und David sich schon lange kannten, weiß ich
natürlich. David war immer schon unser Anwalt. Auch als
Dad noch der Boss des Norden-Imperiums war.

David selbst war, glaube ich, nie verheiratet. Jedenfalls hat
er keine Kinder. Die einzigen Kinder auf einem der Bilder
hier sind … Oh, das muss Mum sein – an der Hand von
Nana! Wie süß! Und an der anderen Hand hält Nana eine
total kindergartenschnuckelige Tante Rosie – das heutige
schwarze Schaf der Familie.

Mums Schwester habe ich das letzte Mal auf Mums Beerdigung gesehen. Nan und sie vertragen sich nicht. Weswegen
Tante Rosie es vorzieht, auf einer winzigen Insel in der
Nähe von Tahiti zu leben und uns weitestgehend zu igno-
rieren. Irgendwie schade. Ich wünschte, sie würde uns ab
und zu besuchen so wie früher. Bestimmt könnte ich mit
ihr über Mum und Dad reden.

„Sie hat die Hippiezeit in den Siebzigern nie überwun-
den", ist Nanas trockener Kommentar, wenn jemand fragt,
was Rosie dort am Ende der Welt bloß macht.

Und wenn ich vorschlug, doch mal Urlaub bei ihr zu machen (wer möchte nicht mal auf eine Südseeinsel?), ließ
meine Großmutter nur einen dreideutigen Grunzlaut hö-

ren. Positiv klang der jedenfalls nicht. Damit war das Thema beendet.

Interessiert gehe ich näher ran, trete hinter den Schreibtisch, und betrachte auch die anderen Bilder genauer.

Noch ein Foto von Nana. Da muss sie wohl so um die sechzig sein. Immer noch bildhübsch. Sie lehnt an einem Baum und guckt ziemlich keck in die Kamera. Meine Güte, solche Aufnahmen haben wir zu Hause nicht!

Und da – das bin ja ich, auf dem Arm von Nan! Im Hintergrund ist eine Schaukel in einem großen Obstgarten. Oh, das ist in Nanas altem Cottage in der Nähe von Oxford, wo Mum und Dad und ich so viele Sommer verbracht haben! Happy days! Dann müssen Mum und Dad auch irgendwo in der Nähe gewesen sein.

Ich überfliege die anderen Bilder. Nein, es ist leider keines von meinen Eltern dabei. Wohl aber eins mit David im gleichen Obstgarten. Und wieder ich auf dem Arm von Nana. Dabei kann ich mich gar nicht erinnern, dass auch David mal mit in Oxford war. Wer wohl dieses Bild aufgenommen hat? Mum? Dad? War mein Großvater da schon tot? War David nur für einen Tag dort oder hat er die ganzen Ferien mit uns verbracht?

Ich nehme mir vor, Nan bei Gelegenheit danach zu fragen. Komisch, was man als kleines Kind alles so *nicht* mitkriegt!

Man könnte den Eindruck haben, David betrachtet uns als seine nächsten Angehörigen, schießt es mir durch den Kopf. Ich meine, Leute haben ja immer Familienfotos in ihren Büros stehen, aber dies hier ist doch gar nicht seine, sondern *meine* Familie. Hm.

Ich drehe mich um und lasse meinen Blick über den großen Schreibtisch wandern. Besonders aufgeräumt ist er nicht. Überall pappen Post-it-Zettelchen mit To-do-Listen. Auf Aktenordnern, Kontoauszügen oder auf dem – bestimmt nicht preiswerten – Holz selbst.

Bis Mittwoch!! steht mit dicken Ausrufezeichen auf einem knallgelben Zettel, der auf einem Stapel Papiere klebt. *Dringend!* auf einem anderen. Sieht so aus, als leide David nicht gerade an Arbeitsmangel.

In dem Moment, in dem ich wieder zurück zur Sitzgruppe gehen will, um nicht den Eindruck zu erwecken, ich würde in seinen Sachen schnüffeln (das ist ja nun tatsächlich nicht meine Art!), fällt mein Blick auf einen knallrosa Post-it-Zettel direkt vor meiner Nase. Ehrlich, ich kann praktisch gar nicht anders, als ihn zu lesen.

Enid Bescheid geben, dass ich das Geld wieder mit Privatscheck transferieren werde! Warnen, dass T2 nach A sucht! Außerdem wird es allmählich sehr gefährlich, kann so

Dann ist der kleine Zettel voll. Offensichtlich geht der Satz auf der anderen Seite weiter. Darunter lugt die Hälfte eines Schecks hervor.

Die Sätze springen mir automatisch in die Augen, trotzdem begreife ich kein Wort. Ich überfliege die Zeilen schnell noch mal … bis ich David im Flur mit Moritz reden höre. Hui! Schnell rüber zum Sofa!

Mein Herz klopft wie rasend, als David gut gelaunt den Raum betritt. Offensichtlich hat er gerade Moritz zum Geburtstag gratuliert, denn Moritz bedankt sich überschwänglich.

Ich hole tief Luft. In meinem Kopf ist Leere. Absoluter Stillstand. Was stand da?

Enid Bescheid geben …

Enid, das ist meine Großmutter, Enid Hatherley-Brompton.

Aber bestimmt gibt David Nana in vielen Dingen Bescheid. Sie sind ja ständig in beruflichem Kontakt.

… Geld … mit Privatscheck transferieren …

„Na, komm schon, Cara, sing mit!", dringt Davids Stimme an mein Ohr. „… happy birthday, dear Moritz, happy birthday …!"

„… to youuuu!", krächze ich ein wenig geistesabwesend. David hat tatsächlich ein Mini-Schokotörtchen auf dem

Tablett stehen, in dem eine brennende Kerze steckt. Ich bemühe mich zu lächeln. Das ist ja wirklich süß von ihm!

Es ist nicht das Wort *Scheck*, das mir in die Glieder fährt, es ist das Wort *warnen*.

Warnen, dass T2 nach A sucht!

Wer ist T2? Ein Geheimname? Für wen?

Aber was mir noch mehr Sorge macht: WER IST A?

Okay, okay, ganz bestimmt spinne ich. Ich meine, wieso sollte A ausgerechnet Angie heißen? Das A könnte für eine Million anderer Dinge stehen. Für Apfelernte, Angorawolle, Antiquitäten … Leute könnten nach allem Möglichen suchen. Total harmlos. Doch wieso sollte Nana dann davor gewarnt werden?

Es ist vielleicht nachvollziehbar, dass ich auf Grund meines Lebens ein ziemlich sensibles Frühwarnsystem aufgebaut habe. Ich *rieche* praktisch, wenn Gefahr droht. Zu viel sind Nana und ich auf der Flucht vor Erpressern durch die halbe Welt gereist – ich als kleines Mädchen oft in einem Koffer versteckt, den Nan eigenhändig in immer neue Hotels geschleppt hat. Mir sollte nicht passieren, was so vielen Milliardärskindern passiert. Entführung, Erpressung, und das glücklichste Ende davon ist dann ein Überleben mit schwerem Trauma.

Davor hat Nana mich tatsächlich bewahrt. Doch zu einem

hohen Preis. Ich habe mein Leben im gepanzerten Käfig verbracht. Erst in den letzten Jahren schien die Gefahr abzunehmen. Vermutlich, weil Nana mich so lange abgeschottet hatte, bis in Vergessenheit geriet, dass der Norden-Konzern eine minderjährige Erbin hat.

Geht das Ganze jetzt etwa wieder von vorne los? Die Kerle, die Nana im Sommer erpresst haben, sind doch geschnappt worden. Und hatten Nan und David mir nicht versprochen, mich das nächste Mal WISSENZULASSEN, wenn ich in Gefahr bin?

Ich meine, das ist doch wohl das Mindeste! Allerdings ..., wenn man meine Großmutter kennt, weiß man, dass sie sowieso nur tut, was SIE für richtig hält. Und Nana findet und fand es immer am richtigsten, wenn ich möglichst nichts von dem, was schwierig oder gefährlich ist, mitkriege.

„Damit du unbeschwerter leben kannst", hat sie mir vor nicht allzu langer Zeit erklärt.

Unbeschwerter? Paranoid kann man davon werden!

Wenn ich mich darauf verlassen könnte, dass Nana mir tatsächlich von jeder Gefahr erzählt, bräuchte ich mir nicht dauernd selbst Gedanken machen und in beunruhigende Fantasien abgleiten.

Wer ist T2? Und wieso sollte David Nana warnen, dass dieser T2 nach mir sucht, wenn der nichts Böses im Sinn

hat? Aber natürlich hat er was Böses im Sinn, denn David schreibt ja ausdrücklich *wird es … sehr gefährlich …*
SEHR GEFÄHRLICH!
Ich merke, wie sich nun auch in meinem Magen ein leicht panisches Gefühl ausbreitet.
„Zucker?" Davids Gesicht schwebt nur wenige Zentimeter über meinem und eine heiße Tasse hängt bedenklich nahe vor meiner Nase.
Hups! Beinahe hätte ich sie ihm beim hastigen Aufrichten aus der Hand gefegt.

Ich mag generell keine Getränke, die nach aufgelösten Marshmallows schmecken, vermeide also Zucker.
„Ja, bitte", antworte ich, „viel!"
Dies ist ein Notfall. Zucker braucht mein Kreislauf dringend. Ich möchte hier ja nicht gleich wegen eines blutleeren Hirns womöglich vom Sofa und direkt in Moritz' Geburtstagstörtchen reinkippen.
Moritz lacht. „Endlich mal ein Mädchen, das nicht dauernd rumkräht, sie würde zu dick werden!"
David schmunzelt. „Ja, Cara ist ganz bestimmt kein gewöhnliches Mädchen!"
Um nichts sagen zu müssen, stopfe ich mir schnell ein Stück des schokoladigen Törtchens in den Mund. Noch mal eine geballte Ladung Süßes. Doppelt hält besser.

Beim Kauen werde ich tatsächlich ein kleines bisschen klarer.

David und Moritz unterhalten sich inzwischen über die geplante Party heute Abend. Oder vielmehr steht Moritz Davids Fragen brav Rede und Antwort. Das gibt mir Zeit, es ein weiteres Mal mit logischem Denken zu versuchen.

Also ganz in Ruhe: David lässt Nana wissen, dass er irgendwelches Geld irgendwo anders hin gezahlt hat. Das könnte ja einfach für einen Angestellten von uns sein. Allerdings ..., bekommen Angestellte nicht automatisch ihr Geld? Kann mir kaum vorstellen, dass David jedes Gehalt eigenhändig auszahlt. Hm, vielleicht eine Bonusleistung für gute Arbeit?

Zur Sicherheit nehme ich ein zweites Stück und kaue brav weiter.

Ist ja auch egal. Irgendjemand kriegt Geld. Das ist ja an sich nichts Schlimmes. Aber ein gewisser T2 (womöglich der Empfänger des Geldes?) sucht nach etwas, das mit A anfängt. Und das findet David gefährlich. Weshalb er Nan davor warnen will.

Oder ist was anderes gefährlich? Immerhin steht ein *Außerdem* vor dem Satz. Oh, ich kann überhaupt nicht mehr klar denken!

Also zurück zum Anfang. Wer oder was ist A? Ich meine, wenn *ich* es *nicht* bin …

Und wenn *doch* ich gemeint bin? WER sucht nach mir? Vor WEM warnt David meine Großmutter?

Jetzt klumpt sich allmählich auch Wut zu kleinen Ballen in meinem überzuckerten Magen zusammen. Denn – ehrlich! – WARUM sagt mir schon wieder keiner was?

Ich schiele unauffällig zum Schreibtisch rüber. Hätte ich doch bloß einen kurzen Blick auf den Scheck geworfen! Da muss ja als Empfänger ein Name stehen. Dann wüsste ich

jetzt wenigstens, vor wem Nana gewarnt werden soll. Und den Rest des Zettels würde ich auch gern lesen. Vielleicht verstehe ich dann mehr.

Mist! Wie komme ich jetzt noch mal rüber zum Schreibtisch, ohne dass David das merkt? Ich will wissen, an wen der Scheck gerichtet ist. Ich meine, wenn es irgendein Geschäftsmann ist oder jemand aus unserer Firma (die Namen der höheren Angestellten oder bekannten Geschäftsmänner könnte ich vermutlich googeln – und kleinere Angestellte werden wohl kaum Zahlungen von David persönlich bekommen), dann weiß ich immerhin, dass ich doch etwas überreagiert habe. Dann wird bestimmt auch das A nichts mit mir zu tun haben.

Nur ein kleiner Blick!

„Ja, schade!", meint David jetzt und erhebt sich. „Ihr müsst mich bald wieder besuchen. Ich freue mich, Caras Freunde aus dem Internat kennenzulernen."

„Sehr gerne", bedankt sich Moritz für die Einladung und wirft mir dann einen ebenso fragenden wie auffordernden Blick zu.

Hastig lächele ich und stehe ebenfalls auf. „Auf jeden Fall! Das machen wir!"

Los jetzt, Cara, denk nach! Irgendein Vorwand, damit ich noch mal kurz zum Schreibtisch und einen zweiten Blick erheischen kann!

Aaaah, ich hab's! Ist nicht gerade eine originelle Idee, aber funktioniert dafür immer. Als wir uns auf den Weg in den Flur machen, lasse ich unauffällig meine Handtasche neben dem Sessel stehen. Das werde ich dann erst an der Eingangstür bemerken, ich husche schnell allein zurück und … bäng. Genial.

„Hey, Cara, warte!", höre ich Moritz' Stimme hinter mir. „Du hast deine Handtasche vergessen! Hier, bitte!"

Der Blödmann hält sie mir strahlend entgegen.

Vernichtender als ich kann man wohl nicht gucken. „Danke!"

David lächelt lobend. „Sehr aufmerksam, Moritz!"

Ja, wirklich! Großartig!

Wir sind schon halb den Gang runter, David hat verkündet, dass er jetzt ebenfalls nach Hause geht (ach ja! Es ist ja Samstag!), da reckt eine etwas jüngere Frau den Kopf aus einer der Türen, die vom Flur abgehen.

„Oh, David, du bist noch da! Könntest du vielleicht bloß eine Sekunde …" Sie macht ein entschuldigendes Gesicht. „Ich versuche verzweifelt, meine Ordner umzuverteilen, und mir kommt gerade der halbe Schrank entgegen."

„Klar!" David eilt tatkräftig auf sie zu und verschwindet mit ihr hinter der Tür. „Bin gleich wieder bei euch!", ruft er uns über die Schulter zu.

Meine Chance! David ist weg. Doch Moritz ist noch da. Egal. Meine Nervenruhe ist mir wichtiger. Panikgestörte Fantasien zu entwickeln wegen irgendetwas, was möglicherweise total harmlos ist, ist bestimmt kein guter Auftakt zu einer entspannten Geburtstagsparty heute Abend.

Ich rase den Flur runter, zurück zu Davids Büro, renne zum Schreibtisch – wo ist denn der blöde rosa Zettel? – und … Mist! … höre aus dem Nebenzimmer Davids Stimme: „Bitte, gern geschehen …" Verflixt, er ist mit der Aktenordner-Aktion schon fertig! Panik!

Fürs Lesen hab ich keine Zeit mehr. Ohne nachzudenken, greife ich mir Zettel und Scheck und stopfe beides eilig in meine Tasche, während ich schon zurückhaste.

Außer Atem komme ich gerade noch rechtzeitig, als sich David rückwärts aus der Tür rausschiebt. „Und denk bitte daran, abzuschließen und die Balkontür zuzumachen, wenn du nachher ebenfalls gehst! Ich will noch ein bisschen lüften."

„Natürlich!", höre ich die Stimme der Frau. „Und schönes Wochenende!"

„Dir auch!", ruft David.

Dann wendet er sich wieder uns zu. „So, jetzt ist Feierabend. Der Rest kann bis Montag warten." Er zwinkert. „In meinem Alter soll man es nicht übertreiben mit der Arbeit."

Als David zu einem Garderobenschrank geht, starrt Moritz mich mit einer Mischung aus Missbilligung und Ungläubigkeit an.

Was soll denn das jetzt? Der muss gerade den Moralprediger rauskramen! Als ob er selbst nicht ständig Dinge tut, die man nicht gerade in einem von Nanas Anstandsbüchern findet!

Mit Nanas anerzogener Atemtechnik versuche ich, mein aufgeregtes Japsen zu unterdrücken (man klaut schließlich nicht alle Tage was), und schaffe es trotzdem, Moritz einen warnenden Blick zuzuwerfen. (Gelernt ist gelernt!)

Während David sich mit dem Rücken zu uns seinen Mantel anzieht, fragt Moritz leise: „Hast du da drin etwa gerade eben …?"

„Schschttt!", zische ich.

Und schenke David ein gewinnendes Lächeln, als er sich wieder zu uns dreht. „Danke für den Tee und dass du dir Zeit genommen hast!"

„Es war mir ein Vergnügen!" David drückt mich kurz, winkt uns zu, als wir uns zum Museum aufmachen, und geht dann in die andere Richtung zu seinem Auto.

Ja, und außerdem danke, David, dass ich jetzt mittelmäßig aufgelöst und total verwirrt zurück zu meiner Klasse komme! Dass ich gerade zur Diebin geworden bin! Und dass ich vermutlich gleich Moritz schon wieder was erklären muss, wofür es wirklich keine gute Erklärung gibt …

Zickige Glitzergirls, zackige Urtiere und ein beißender Tyrannosaurus Rex

esonders gesprächig warst du ja nicht gerade!"
Nachdem wir uns von David verabschiedet haben,
überqueren Moritz und ich die jetzt fast noch stärker befahrene Cromwell Road und steuern auf den Eingang des Natural History Museum zu.

„Hmpf", mache ich nicht sehr viel mitteilsamer.

Er hat ja Recht. Ich fürchte, ich hab kaum mehr als drei Sätze beim Tee geredet. Aber wie hätte ich auch? Ich war total damit beschäftigt, in meinem Kopf nicht in komplett paranoide Sorgen abzurutschen.

Weswegen ich mir die Papiere in meiner Tasche gleich auch ausgesprochen beherrscht angucken werde. Ohne panisches Kopfrotieren. Ruuuuhig, vernünftig und die Situation absolut unter Kontrolle behaltend.

„PASS AUF!" Moritz zieht mich gerade noch von einem roten Doppeldeckerbus weg, der mit hohem Tempo um Haaresbreite an uns vorbeidonnert. „Mann, Cara! Du setzt dein Leben wirklich gern aufs Spiel, was?"

Huch? Wäre ich eben unter diesem Bus gelandet, wenn Moritz mich nicht im letzten Moment ...? Ich sehe schon die Schlagzeile in der Zeitung: *Milliardenerbin unter mysteriösen Umständen von Londoner Touristenbus platt gefahren!* Super, dann hätte ich mir ja um etwaige gefährliche Erpresser auch keine Sorgen mehr machen brauchen! So viel zum Thema Kontrolle behalten.

„Alles klar?" Moritz sieht mich prüfend an. „Ich glaube, das nächste Mal nehme ich dich lieber an die Hand, wenn wir irgendwohin gehen."

„Hriigghiiff ..." Ein merkwürdiger Laut kommt aus meiner Kehle, den Nana vermutlich als hysterisches Kichern bezeichnen würde. (Immerhin wäre ich eben fast tot gewesen. Und hat Moritz gerade gesagt, er wolle mit mir Händchen haltend gehen?)

Da greift Moritz einfach zu. Zu meiner Hand, meine ich. Und marschiert weiter. Mit meiner in seiner. Hmpffff – aaaaah – das nennt man dann wohl handlungsfreudig.

Moritz' Hand ist warm und fest zugleich.

Leider ist mein Körper damit nach dem kleinen Schreck im Büro ein wenig überfordert. Er produziert schon wieder Hitzeschübe, obwohl der schönste Londoner Nieselregen kühlend auf uns herabtröpfelt. Der Zuckerflash von eben hilft vermutlich auch nicht. Ich fühle mich leicht wirr im Kopf. Allerdings anders als vorhin. Sehr viel …, nun ja, zuckeriger und … wolkiger und …

Der Blick von Miss Henderson und Mr Lambert, die – mit den tuschelnden Glitzergirls im Hintergrund – in der Eingangshalle des Museums stehen und offenbar schon auf uns gewartet haben, lässt mich nicht nur wieder auf dem gefliesten, festen Boden landen, sondern auch Moritz' Hand abrupt loslassen.

Na, toll! Dass Moritz und ich Hand in Hand zurückkamen, wird in weniger als drei Sekunden die Runde machen. Dafür werden die Glitzergirls schon sorgen. Und ich werde mir mindestens drei Millionen blöde Sprüche anhören müssen.

Wenigstens hat Moritz im Moment keine Zeit, mir unangenehme (wenn auch nicht ganz unberechtigte) Fragen zu stellen, was mein unauffälliges Zurückhuschen in Davids Büro angeht, sondern zieht mit Mr Lambert, Mrs Dubois und der Jungenherde ab zum Rundgang. Ich flüchte schnell zu Pippa, Hettie, Bailey und Raine – und folge mit ihnen zusammen Miss Morley und Miss Henderson.

Meine Güte, das Natural History Museum ist riesengroß! Vermutlich um den Besuchern die Orientierung zu erleichtern, ist das gesamte Gebäude je nach Sachgebieten in verschiedene Farbzonen aufgeteilt.

Moritz wandert mit seiner Gruppe rüber zum orangefarbenen Teil, wir fangen direkt hier in der grünen Zone an. Doch zwischen all den Vögeln, Bäumen in Echt-Größe und vielem anderen Zeugs – iiiih, ist das ein ganzer Kasten voller Spinnen? – kann ich meine Gedanken einfach nicht stoppen. Ich muss mir sofort einen Platz suchen, wo ich ungesehen den Zettel in meiner Tasche lesen kann. Ob ich mal schnell aufs Klo …?

„Nein, Amy", unterbricht Miss Hendersons strenger Ton meine Überlegungen, „du kannst jetzt NICHT zur Toilette gehen. Wir bleiben hier alle zusammen. Und außerdem", sie guckt nicht nur Amy, sondern auch deren Busenfreundin Danielle etwas missbilligend an, „müsst ihr euch nicht alle fünf Minuten eure Haare kämmen oder euren Lidschatten noch dicker auftragen!"

Mist.

Weil Wochenende ist, brauchen wir keine Schuluniformen zu tragen und dürfen uns außerdem so anziehen, wie wir wollen. Oder – im Falle der Glitzergirls – auch anmalen, wie wir wollen. So ein Ärger, nur weil unsere glitzernden Paradiesvögel siebzehnmal pro Stunde in den Waschraum rennen, kann ich mir jetzt meinen Zettel nicht angucken!

Na gut, Davids Zettel.

Puh! Diese Erkenntnis überkommt mich überhaupt auch erst jetzt. David wird ja ohne Zweifel am Montagmorgen merken, dass der Zettel weg ist. Und sein Scheck dazu!

Ach, du Schreck! Ich muss die Sachen unbedingt wieder zurück in sein Büro kriegen!

Mein Gehirn rattert weiter … Denn wenn sie einfach weg sind, würde er natürlich überlegen, wo sie sein können. Und dann würde ihm sofort einfallen, wer zuletzt in der Nähe seines Schreibtischs war. Ich nämlich. Und dann wird er zweifellos denken …

Tssss! Würde er so was Ungeheuerliches wirklich denken? Würde er im Ernst annehmen, ICH, *Anna-Louise Norden*, Erbin eines Weltkonzerns, aufgewachsen mit Nanas strengen Anstandsregeln, ja, könnte er wirklich annehmen, ich würde so etwas Unerhörtes tun, wie Dinge von einem Schreibtisch zu stehlen?

Oh, Hilfe, ich kann nicht glauben, dass ich das getan habe! Wobei ich noch nicht mal ein richtig schlechtes Gewissen habe. Ich meine, es geht ja um MICH! Also habe ich doch wohl das Recht zu wissen, was hier gespielt wird! Oder nicht?

Aber … es könnte eine Menge Schwierigkeiten nach sich ziehen, wenn David denken würde, in seinem Büro wäre eingebrochen worden. Noch schlimmer wäre es, wenn er gleich auf mich käme. Dann war das Cornwall College für mich nichts weiter als ein schöner Traum. Nana würde keine Sekunde zögern, mich „*without any delay*" (ich höre direkt ihre Stimme) wieder nach Hause zu holen, wo ich – ihrer Meinung nach – eine solidere moralische Erziehung bekomme.

So oder so, Zettel und Scheck müssen wieder auf Davids Schreibtisch gelangen, bevor er merkt, dass sie weg sind.

Als Miss Henderson vor einem Glaskasten mit absolut ekligen Krabbeltieren einen kleinen Vortrag hält, plätschern Pippa und Bailey mit großen, neugierigen Augen gleichzeitig auf mich ein.

„Cara, das ist ja so aufregend!"

„WIE ist denn DAS passiert?"

Was? Wie können die das bereits wissen??? Sehe ich so verdächtig aus?

„Ich hab Moritz NOCH NIE mit jemandem Händchen halten gesehen!", giggelt Bailey.

„Und das, wo Cara immer behauptet hat, ÜBERHAUPT nicht an ihm interessiert zu sein!", stichelt Pippa grinsend.

Oh, DAS meinen sie, puuuh! Ich hoffe, man sieht mir meine Erleichterung nicht allzu deutlich an.

„Ach …" Ich mache eine wegwischende Handbewegung. „Das, das war nichts! Das war nur, weil …"

„WEIL?", echoen Pippa und Bailey ungeduldig, wie Katzen, die an einer Fischtheke anstehen.

Wir müssen leise reden, damit Miss Henderson uns nicht hört. Ich bemühe mich, doch Bailey vergisst das leider.

„Du sagst, es war SICHERER, seine Hand zu nehmen?", tönt sie ungläubig durch die halbe Halle.

„Ssschttt!", raunen Pippa und ich gleichzeitig.

„Bailey?" Sofort macht Miss Henderson ein paar Schritte auf uns zu. „Was ist *sicherer*? Und was hat das bitte mit den verschiedenen Arten von Tasmanischen Spinnen hier zu tun?"

Die ganze Klasse giggelt.

„Cara ist bestimmt auf der Straße von einer Spinne angefallen worden", dröhnt Danielle frech durch den Raum, so dass sogar eine Gruppe amerikanischer Touristen neben uns aufhorcht. „Deswegen hat sie nach Moritz' Hand gegrabscht!"

Ein paar in der Klasse lachen jetzt laut. (Danielles Glitzerfreundinnen und Gemma.) Ein paar glucksen verhalten. (Gemmas Freundin Apple und Pippa und Raine. Giggelt *Miss Morley* dahinten etwa auch?) Nur Bailey und Hettie bleiben einigermaßen ruhig.

Ich habe überhaupt nicht nach Moritz' Hand *gegrabscht*. Frechheit!

Aus meinen Augen schieße ich Feuerbällchen zu Danielle rüber, die sie eigentlich niederstrecken sollten.

Tun sie nur leider nicht. Dafür schafft das aber Miss Hendersons Blick.

Die nächste halbe Stunde folgen wir brav unseren Lehrerinnen treppauf und treppab, tauschen mit den Jungen die Farbzonen, bewundern jetzt das Attenborough Studio (der orangefarbene Bereich) und die Wildlife Gardens (Schmetterlinge und *noch mehr* Spinnen) und haben nur wenig Gelegenheit zu quatschen. Trotzdem versuchen Pippa und Bailey, noch mehr aus mir rauszuquetschen.

„Ehrlich, wir waren bloß bei meinem Guardian Tee trinken", flüstere ich ihnen zu. „Auf dem Rückweg wäre ich beinahe unter einen Bus gekommen und dann hat er meine Hand genommen."

„Und hat sie zur Sicherheit erst drinnen im Museum wieder losgelassen", grinst Pippa. „Nur für den Fall, dass dich auf den Eingangsstufen noch mehr Busse bedrohen sollten!"

„So ungefähr." Ich ziehe eine etwas hilflose Grimasse.

„Ehrlich, das hat überhaupt nichts zu sagen!"

Hat es ja nun wirklich nicht.

Ähm.

In der blauen Zone, zwischen Orange und Grün gelegen, treffen wir die Jungen wieder. Zusammen wandern wir durch riesige Hallen mit Dinosaurier-Skeletten. Im abgedunkelten Licht hier drinnen kann man sich nur zu gut vorstellen, wie gigantisch diese Dinger damals gewesen sein müssen. Auf Bildern daneben kann man bestaunen, wie sie richtig aussahen. Einige tatsächlich mit den klassischen Zacken auf dem Rücken.

Hettie macht ein paar Fotos von uns vor den Knochennachbildungen und dann dürfen wir endlich zu dem lebenden Tyrannosaurus Rex. Hihi, oder vielmehr zu dem *scheinbar* lebenden T-Rex! Darauf haben wir alle schon gespannt gewartet.

„Ihr geht immer zu viert in den Raum hinein!", bestimmt Mr Lambert. „Ihr könnt natürlich einen Moment gucken, aber dann bitte zügig auf der anderen Seite wieder herauskommen. Ihr seht ja, wie viele Besucher hier sind, die sich das auch alle ansehen wollen."

Zu viert? Das ist blöd. Hettie, Bailey, Raine, Pippa und ich sind ja fünf. Immerhin besteht keine Gefahr, mit den Glitzergirls gehen zu müssen. Die sind sowieso vier und stapfen bereits los.

„Viel Spaß!", ruft Pippa hinterher. „Und lasst euch schön langsam und genussvoll fressen!"

„Ha, so einen kleinen T-Rex dressieren wir schnell!", ruft Sapphire zurück. „Der frisst nicht uns, sondern uns aus der Hand!"

Und schon sind sie hinter der Tür verschwunden.

„Würde nicht schaden, wenn sie wirklich aufgefressen würden", höre ich Hettie hinter mir murmeln.

Mr Lambert und Mrs Dubois sind mit der erste Kleingruppe hineingegangen und warten jetzt auf der anderen Seite, um uns dort in Empfang zu nehmen. Miss Henderson und Miss Morley sortieren uns auf dieser Seite zu Gruppen zusammen.

Pippa löst das Problem schnell und stellt sich mit Raine zu Apple und Gemma. Apple und Gemma sind eigentlich ganz nett und nur ganz manchmal etwas nervig. So bleibe ich bei Hettie und Bailey – und wir gehen als Dreiergruppe.

Ich bin fast ein bisschen aufgeregt, als Hettie, Bailey und ich als Letzte dran sind. Alle Jungen sind schon durch und auch Pippa und Raine müssten bereits auf der anderen Seite warten.

Uuuuh, ist das dunkel! Man kann kaum seine Hand vor

Augen sehen, als wir den Raum endlich betreten. Automatisch verlangsamen wir unseren Schritt, werden aber von den anderen Touristen gleich weitergeschoben.

„Halt meine Hand, Cara!", wispert Bailey neben mir. Dann grinst sie. „Auch wenn ich nicht Moritz bin."

„Klappe!", grinse ich zurück. „Sonst werfe ich dich über die Brüstung dem T-Rex vor die Füße."

Ein winziges blaues Licht leuchtet den täuschend echt aussehenden Körper des alten Urviehs an. Er ist viel kleiner als die Skelette in der vorigen Halle, sieht aber wesentlich unfreundlicher aus. Die grünlich schimmernde Haut hebt und senkt sich so realistisch, als würde er tatsächlich atmen.

Bailey, Hettie und ich drängeln uns näher ran, bis wir ihn theoretisch berühren könnten. Zumindest, wenn wir uns über das Geländer lehnen und unsere Hände ausstrecken würden. Das tun wir aber nicht. Denn nun kommt Leben in den Dinosaurier. Huiiii!

Ruckartig schiebt er seinen Kopf nach vorne und lässt ein schauerliches Röhren hören. Gleichzeitig beleuchtet den Kopf jetzt ein grelles orangefarbenes Licht. Uuuuh, nee, hat der sich wirklich damals so angehört? Er reckt seinen Hals hoch und zeigt grässlich viele, bedrohlich spitze Zähne. Ein weiteres gruseliges Röhren folgt.

Mir läuft ein kleiner Schauer den Rücken runter. Donnerwetter, man kriegt hier ja richtig was geboten!

Auch in den Gesichtern der anderen Besucher kann ich einen Mix aus Unsicherheit und Staunen sehen. Ein paar kleinere Kinder giggeln aufgeregt. Vor mir stolpert eine ältere Dame über die Füße von jemand anderem. Es ist immer noch stockdunkel. Lediglich das Maul des T-Rex ist – nun wieder ziemlich spärlich – beleuchtet.

„RRROOORRRHHH!" Wieder leuchtet ein grelleres Licht das bedrohliche Maul zeitgleich mit dem Geräusch aus.

Neben mir weichen ein paar Leute erschrocken zurück. Auch ich drehe mich kurz zu Hettie. In diesem Moment röhrt das Viech nicht mehr, sondern brüllt hinter meinem Rücken zum Angriff.

„Wiiiiiih!", quietschen die Kinder und flüchten zu ihren Müttern.

„WAAAAAAAAAH!", schreie ich auch aus Leibeskräften, denn das Ding hat mich gebissen! Und hält mich fest! Und …

NEIN!

Ich strampele mich panisch frei, drehe mich um und … gucke direkt in das feixende Gesicht von Moritz Scherzkeks Ankermann-Schönfeld! Der Mistkerl will sich ausschütten vor Lachen.

Wenigstens der T-Rex neben uns hat sich wieder beruhigt und seinen Kopf friedlich gesenkt.

„DEIN GESICHT!", grölt Moritz hemmungslos. „Hahahaha, dein Gesicht!"

„Harmpff …", mache ich halblaut und muss mich nach dem Schreck einen Moment am Geländer festhalten. Dann hole ich Luft. „SEHR witzig!"

„Oooooh, ich wünschte, jemand hätte ein Video davon gemacht!" Moritz hält sich ungerührt seinen Bauch vor Lachen. „Ooohuhuhahaha, soooo komisch!"

Der Blödmann muss sich im dunklen Raum versteckt und auf uns gewartet haben. Bloß, um mich beinahe zu Tode zu erschrecken. Na, warte! Das kriegt der zurück!

Ich bin immer noch leicht wackelig auf den Beinen, als wir zur anderen Tür wieder rausstolpern und im hellen Tageslicht auf die anderen treffen.

„Cool, was?"

„Soooo real!"

Na, klasse, das war ohne Zweifel der Höhepunkt des Museumsbesuchs für alle. Für mich allerdings auch – schlotter!

Pippa und Raine kommen auf mich zu. „Na, wie war's?"

Ich werfe einen deutlichen Blick zu Moritz Mäuschengesicht rüber, der sich gerade harmlos lächelnd aus dem Staube macht und zu Eden und seinen anderen Kumpeln

rübergeht. „Och, ganz okay, nur dass wir noch einen kleinen Extra-T-Rex im Raum hatten."

Hettie lacht. „Aber dein Gesicht war wirklich zu lustig,
Cara!"

Da fällt mir Josh auf, der in einiger Entfernung an einer
Säule lehnt. Alle von uns kichern oder quatschen, bloß er
ist merkwürdig still. Und guckt genau in dem Augenblick,
in dem ich ihn ansehe, weg. Hat der mich die ganze Zeit
beobachtet?

Ich gucke noch mal hin. Und wieder scheint er zu mir rü-
bergeguckt zu haben, doch sieht schnell wieder weg.

Jetzt starre ich mal ganz offen zu ihm hin. Was ist eigentlich
los mit dem? Erst will er mit zu David kommen, als wären
wir alte Bekannte, obwohl er mich gerade mal eine Woche – und David überhaupt nicht – kennt. Und jetzt glotzt
er, als wäre ich ein Fernsehbildschirm. Was hätte Nana
wohl zu so einem Benehmen gesagt?

Auch Bailey hat den Blick ihres Schwarms verfolgt.

Traurig guckt sie mich an. „Ich glaube, den kann ich mir
abschminken. Der hat ja nur Augen für dich."

„Was?" Ich werde richtig böse. „So ein Blödsinn!"

„Tja, sieht tatsächlich so aus", meint auch Pippa und igno-
riert meinen Einwand in der ihr eigenen knallhart direkten
Art. „Der hat's auf Cara abgesehen!"

Hilfe! Ich glaube, zu dem Kerl muss ich mal ein bisschen unfreundlicher sein! Nicht, dass der noch auf völlig absurde Ideen kommt! Vielen Dank, ich steh nicht auf Hollywood-Schönlinge!

Geburtstagsdinner mit Landung auf kalten Fliesen

Ich bin ganz schön erschöpft, als Pippa und ich am Spätnachmittag zusammen mit Moritz und Eden in einem schwarzen Londoner Taxi sitzen. Das war ein langer und voller Tag bereits jetzt. Dabei liegt der ganze Abend noch vor uns!

„Puh!", stöhnt auch Pippa. „Ich hätte nichts gegen ein kleines Nickerchen!"

„Nichts da! Man wird nur einmal sechzehn!", ruft Moritz voller Tatendrang. (Woher nimmt der bloß so viel Energie?) „Jetzt geht die Party endlich los!"

Er dreht sich um und macht Faxen aus dem Fenster raus. Ben, Connor, Hayden und Freddy O'Grady (unser immer gut gelauntes Musik-Genie) sitzen in dem Taxi hinter uns. Wir acht sind Moritz' Geburtstagsparty. Vier Doppelzimmer haben Moritz' Eltern für heute Nacht im Hilton gebucht.

Es ist nicht allzu weit vom Natural History Museum in Kensington rüber nach Mayfair zur Park Lane, wo das Hilton auffällig hoch in den Himmel ragt. Wir hätten im Grunde auch laufen können. Aber natürlich haben wir Gepäck dabei.

Mr Lambert und Miss Henderson haben sich persönlich davon überzeugt, dass wir sicher in die Taxis kommen und uns dann sogar noch nachgewinkt

„Ganz viel Spaahaaß!", haben Hettie und Raine und ein paar andere gebrüllt und gelacht.

Ich muss grinsen. God knows, was die sich vorstellen, was heute Nacht passieren soll!

Nur Baileys Nase hat so dicht und sehnsüchtig an der Scheibe des Internats-Busses geklebt, dass sie mir fast leidtat.

Ihre Stimmung ist von freudig-aufgeregt warmen Vibes, die sie den ganzen Tag verbreitet hat, in polarnahe Minusbereiche gekippt, seitdem ihr klar geworden ist, dass sie sich mit ihrer neuen Frisur und dem superschicken Outfit heute umsonst Mühe gegeben hat. Die Arme! Aber ich glaube, Josh ist tatsächlich nicht besonders an ihr interessiert, da muss man den Tatsachen wohl ins Auge sehen. (Immerhin hat er auch mich nicht mehr dauernd angestarrt.) Doch jetzt, wo Bailey Josh fast aufgegeben hat (wie jeden Kellner, Referendar und Milchmann vor ihm), ist sie anscheinend nahtlos wieder rübergewechselt in den Dauerverknalltzustand, der Ben gilt. An dieser unheilbaren Krankheit leidet sie schon, seit sie im Internat ist, wie Pippa gerne anmerkt. Ben Miller ist allerdings tatsächlich ein schicker Kerl und witzig dazu. Über sein kantiges Gesicht fallen ihm die langen braunen Locken weich ins Gesicht. Ein paar Sommersprossen auf der Nase machen ihn umso sympathischer. Nicht unbedingt *mein* Typ, ich meine, so als Jungentyp, aber zu Bailey würde er ausgesprochen gut passen, finde ich. Er, Moritz, Eden und Hayden sind absolut beste Freunde. Weswegen Ben jetzt auch nicht im Reisebus sitzt, sondern im Taxi auf dem Weg zu Moritz' Geburtstagsparty.

Und so wurde Baileys Nase immer platter und mein Herz immer mitleidiger.

Doch ich bin mir sicher, dass die süße und fröhliche Bailey irgendwann auch in Liebesdingen Glück haben wird. Und zur Not helfen wir ihr dabei, hihi!

„Erster Punkt heute Abend", tönt Moritz *Ich-bin-der-Größte* Ankermann-Schönfeld jetzt, „Abendessen molto italiano in einem coolen Restaurant, nur ein paar Schritte vom Hotel!"

Na, schön, heute darf er der Größte sein, immerhin hat er Geburtstag!

„Das klingt gut!", seufzt Pippa neben mir. „Wenn schon kein Nickerchen, dann wenigstens ein schönes Fresschen! Ich mag Italienisch." Dann lehnt sie sich über mich rüber, um näher an Moritz ranzukommen. „Aber wir haben trotzdem ein bisschen Zeit im Hotel, um auszupacken, oder?"

„Auspacken?", fragt Eden, der auf einem kleinen Klappsitz gegenüber hockt. „Wie viel Zeit brauchst du dazu? Tasche auf, umdrehen, auskippen, fertig. Und los! Ich bin hungrig!"

„Genau!", pflichtet ihm Moritz sofort bei. „Wir wollen heute wirklich keine Zeit vertrödeln."

Pippa verdreht die Augen. „Ihr seid ja schlimmer als Sklaventreiber. Ich muss mich auf jeden Fall erst frisch machen."

„Frisch machen!", wiehern Eden und Moritz sofort los. „Du klingst ja wie Glitzer-Babe Danielle!"

Tsss, diese Heuchler! Ich verdrehe auch mal die Augen. Machen sich hier über unsere edelsteinigen Mitschülerinnen lustig, aber laufen ihnen im Internat nach wie kleine Hündchen. Sind Jungs so?

„Du brauchst dich nicht frisch zu machen, Schwesterchen", setzt Eden nach, „du siehst hinterher sowieso nicht anders aus als vorher."

PENG! Eden kriegt als Antwort Pippas Handtasche in die Magengrube geknallt. Und seinem Stöhnen nach zu urteilen, ist die nicht eben ein Leichtgewicht.

Moritz und ich müssen beide kichern.

Wir kabbeln uns noch ein bisschen weiter, während wir die Brompton Road runter bis zum Hyde Park fahren, und dann – mit dem Park auf der linken Seite – weiter bis zur Park Lane, wo das Hotel liegt.

Ich war garantiert schon ein paar Mal in einem Hotel der Hilton-Kette irgendwo auf der Welt, auch wenn ich mich gerade nicht erinnern kann. Aber Nana mag die Häuser nicht sehr. Sie sind ihr *too common*, zu gewöhnlich. Untere Mittelklasse sind sie natürlich auch nicht gerade und für die meisten rangieren sie vermutlich doch unter Luxushotels. Ich schätze, für Moritz' Eltern ist es schon viel Geld, acht Jugendlichen eine Nacht hier zu schenken.

Auf dem kicherigen Weg nach Mayfair habe ich sogar die Papiere in meiner Handtasche völlig vergessen. Doch jetzt, als wir aussteigen, fallen sie mir wieder ein. Ich muss unbedingt sofort mal für kleine Mädchen und sie mir in Ruhe angucken.

Blöderweise wird im Moment nichts daraus.

Gerade als wir in die Empfangshalle vom Hilton gehen, kriegt Moritz einen Anruf und bedeutet uns, zu warten.

Dann gibt er uns die Botschaft weiter: „Das war mein Dad. Er hat einen Tisch für uns für sechs Uhr gebucht. Später war nichts mehr frei für acht Personen."

Wir gucken alle gleichzeitig auf unsere Uhren. Sechs? Das war vor fünf Minuten!

„Ich MUSS mir aber was anderes anziehen!", heult Pippa auf.

Ich auch!, denke ich. Aber vor allem will ich endlich wissen, was auf dem blöden Zettel steht!

„Ihr habt genau dreißig Sekunden", bestimmt Eden, „um hoch in euer Zimmer zu rasen, das Gepäck abzustellen und wieder runterzukommen!"

„Genau!", nickt Ben und grinst. „Wenn ihr nach weiteren dreißig Sekunden nicht zurück seid, gehen wir ohne euch los. Und ICH kriege eure Portionen!"

Die Jungen deponieren ihre Taschen tatsächlich einfach unten beim Empfang, doch Pippa und ich jagen zu den Fahrstühlen, rennen im fünften Stock die langen Gänge entlang (ich hasse Hotelflure!) und finden natürlich erst beim dritten Versuch den richtigen für unsere Zimmernummer. (Hotels sind Labyrinthe!)

Drinnen reißen wir uns die Tageskleidung runter, wühlen die Taschen durch, ziehen eilig was Neues raus (ich hatte mir extra von Bailey ein Kleid geliehen) und verzichten tatsächlich auf eine erfrischende Dusche. Und ich darauf, auf meinen Zettel zu gucken. Muss ich eben gleich während des Essens mal auf die Toilette verschwinden.

Gefühlte drei Minuten später stehen wir wieder im Foyer. Die Jungen haben tatsächlich gewartet, wenn auch ungeduldig.

Interessiert gucke ich mir die Gegend an, als wir durch das große Portal aus dem Hotel treten. Direkt an der mehrspurigen Straße vor uns liegt eine Bushaltestelle, an der eine Gruppe von Menschen wartet. Und zwar *nicht* in einer Schlange – wie unbritisch ist das denn! Ich grinse in mich hinein. Ganz offensichtlich also Touristen.

Ein paar Kinder hüpfen um zwei Frauen herum. Daneben steckt sich ein Typ gerade eine Zigarette an. Huch? Ist das etwa JOSH?

Ich stoße Pippa an, um sie darauf aufmerksam zu machen. „Guck mal, der da vorne!"

Doch als ich ihn ihr zeigen will, ist keiner mehr da. Dafür fährt gerade ein Bus an, der eben noch an der Haltestelle wartete. Vermutlich sitzt der Typ jetzt da drin.

„Wo denn?"

„Ach, nichts", antworte ich etwas verwirrt. „Sorry, ich dachte, ich hätte jemanden gesehen."

Muss mich wohl geirrt haben. Was sollte auch Josh hier

machen? Der sitzt ja mit den anderen im Bus zurück nach Brockhampton Castle. Und außerdem würde er ja wohl kaum rauchen!

Wir schlagen uns rechts vom Hotel in das Gewirr kleiner Gassen, die zu einem schnuckeligen Restaurant-Viertel hier mitten in Mayfair führen. In den kaum drei Meter breiten Gässchen fühlt man sich fast an Italien erinnert. Vor jedem Restaurant stehen Tische und Stühle, überall sitzen Menschen und genießen den frühen Abend. Nur, dass es in Bella Italia eher selten nieselt.

Ich wickele mir meine Jacke dichter um mein rotes Geburtstagspartykleid. Vielleicht hätte ich doch lieber was Wärmeres anziehen sollen? Ende Oktober ist eben auch in England tatsächlich Ende Oktober.

„Weiß nicht, warum Mädchen immer so blöde mit ihren Klamotten rummachen", neckt Eden seine Schwester kopfschüttelnd. „Diese weiße Bluse sieht auch nicht anders aus als die hellblau gestreifte, die du vorhin anhattest."

„Für *dich* habe ich sie ja auch nicht angezogen!", muffelt Pippa zurück.

„Ohooo!", ruft Hayden. „Für wen denn dann, my dear?"

Und schon geht das Gekicher wieder los.

Auch im Restaurant sind wir alle bester Laune. Ich vergesse sogar meine Sorgen wegen der Zettel und lache fröhlich bei jedem Witz mit. Das Essen ist köstlich und die Jungen wirklich nett. Trotz ihrer Art, uns ständig aufzuziehen.

Bis es sich anhört, als würde jemand am Tisch mit Mundwasser gurgeln, und mir gerade noch einfällt, dass das mein Handy ist. Eine SMS von Bailey!

Hi Cara, hoffe, ihr habt eine gute Zeit! Wir stehen schon wieder im Stau - grässlich. Übrigens gebe ich Mr Josh Williams hiermit offiziell an dich ab. Lol. ☺ Er ist nicht mal mit uns zurückgekommen. Laut Miss Morley hatte er ebenfalls eine Genehmigung, über Nacht bei seinen Eltern in London zu bleiben. Er ist nicht zufällig bei eurer Party?? 😄😄😄
Love, Bailey xxxxx ☺

Was? Sofort fällt mir wieder der Junge an der Bushaltestelle ein. War das etwa doch Josh?

Quatsch! Warum sollte der sich vorm Hilton rumtreiben und von dort aus einen Bus nehmen, wenn er seine Eltern besuchen will?

„Ist was?" Pippa guckt neugierig unter den Tisch zu meinem Handy.

„Josh ist auch in London geblieben", wispere ich leise, so

dass die Jungen es nicht mitkriegen, und halte mein Smartphone so, dass Pippa die Nachricht ebenfalls lesen kann.

„Merkwürdiger Typ", meint auch Pip, „irgendwie so 'ne Art einsamer Cowboy, findest du nicht?"

„WER ist ein Cowboy?", unterbricht Ben laut unser Gemurmel.

„Josh", antwortet Pippa, „finde jedenfalls ich."

„DAS kannst du laut sagen!", stimmt ihr Freddy sofort zu. „Ich hab letzte Woche drei Anläufe gemacht, ihn abends zu einem Shake im Ruderclub einzuladen, aber Mr Williams zog seine eigene Gesellschaft der unsrigen vor."

Er spitzt seinen Mund zu einer herrlich aristokratischen Schnute, die perfekt zu seiner ironischen Sprache passt. Freddy sieht sowieso schon wie der personifizierte britische Adlige aus: groß schlank, hageres Gesicht. Das allerdings ständig lacht und kein bisschen *snobby* ist.

„Mit wem teilt sich Josh eigentlich das Zimmer?", fragt Pippa neugierig. „Möchte wissen, ob er da ein bisschen zugänglicher ist."

„Mit keinem", antwortet Moritz. „Er hat das Zimmer gekriegt, in dem George vorher allein war. George wurde nach den Herbstferien zu Will aufs Zimmer verfrachtet."

„Armer Will", seufzen Hayden und Moritz wie aus einem Mund.

„Oh, nein!", lacht auch Pippa. „Das hat Will wirklich nicht verdient."

„Aber wieso kommt ein Neuer allein in ein Zimmer?", frage ich erstaunt. „Ich meine, ich bin ja bloß allein, weil Judy mitten im Term die Schule verlassen hat."

„Verlassen musste", korrigiert Freddy feixend.

„Wie auch immer", fahre ich fort, „man lernt doch viel schneller die anderen kennen, wenn man sich mit jemandem ein Zimmer teilt."

„Vielleicht ist er aber lieber allein?", gibt Moritz zu bedenken. „Du bist ja auch ganz glücklich ohne Judy, oder?"

„Na ja, ohne *Judy*!", betone ich und grinse. (Wer wäre wohl *mit* ihr glücklich?) „Aber im Prinzip fände ich es schön, mit jemandem zusammenzuwohnen."

„Klasse!", grinst Moritz. „Ich frag sofort Mr Lambert, ob ich umziehen kann. Hab sowieso keine Lust mehr auf meinen langweiligen Zimmergenossen."

Er streckt Eden – dem langweiligen Zimmergenossen – lachend die Zunge raus.

„Hahahaha, Moritz und Cara!", grölt der ganze Tisch und ich kichere mit.

Obwohl ich komischerweise genau an dieser Stelle merke, dass es doch recht heiß, puh, sogar *sehr* heiß hier im Restaurant ist … ähm.

Ich MUSS dringend an meiner ständig wechselnden Hautfarbe arbeiten. Vielleicht sollte ich mir für Notfälle weißen Puder in die Handtasche stecken? Vielleicht in einer praktischen Sprühdose? Zisch und drauf? Gibt's so was? Tsss, die wirklich wichtigen Dinge im Leben einer Lady hat natürlich noch keiner erfunden!

Ich krame in meiner Tasche nach einem Taschentuch, so dass ich mein glühendes Gesicht wenigstens für einen Moment verbergen kann. Muss ja schließlich jeder ab und zu mal das Näschen schnauben. Leider kommen mir die Zettel von Davids Schreibtisch eher in die Hände als das Päckchen Taschentücher, nach dem ich eigentlich gesucht habe.

Mist, ja – die Zettel! Und sofort knallt mir wieder dieses Gefühl in den Magen. Das drohende Gefühl meiner Kindheit. Nirgendwo sicher zu sein.

Ich werde noch irre, wenn ich jetzt nicht endlich weiß, was los ist. Ich muss mir dringend die Papiere angucken. Und jetzt kann ich ja wohl auch endlich mal in Ruhe zur Toilette gehen.

„Bin gleich wieder da."

Die Jungen reden laut und wild gestikulierend und merken kaum, dass ich mich erhebe und die enge Wendeltreppe runter zu den Waschräumen steige. Unten ist es angenehm kühl. Ich öffne die Tür zum Waschraum und halte meine

Hände unter kaltes Wasser. Dann spritze ich mein erhitztes Gesicht ab.

Mir ist schlagartig ein bisschen mulmig. Halb wünschte ich, ich hätte diesen dämlichen rosa Zettel nie auf Davids Schreibtisch gesehen. Dann würde ich mir jetzt keine Sorgen um vermutlich nichts machen und müsste mir nicht die Birne blau denken, wie ich die Sachen wieder unbemerkt zurückkriege. Denn egal, was draufsteht ...

Oder vielleicht ist es mir auch ganz egal, ob David merkt, dass die Sachen weg sind? Ich meine, wenn es wirklich ... richtig schlimm ist?

Mit einem Ruck ziehe ich den kleinen quadratischen Post-it-Zettel und den länglichen Scheck aus der Tasche. Los jetzt, Cara, nicht so feige!

Zuerst gucke ich auf den Scheck.

Pay Mrs Enid Hatherley-Brompton fiftythousand Pounds.

Ich stutze. Meiner Großmutter? Nana kriegt das Geld selbst? Ich dachte ..., es klang so, als ob David von unserem Konto Geld auf irgendein anderes Konto bringen wollte. Dabei geht es auf Nans eigenes Konto?

Und fünfzigtausend Pfund? Das ist eine Menge Geld. Wo Nana doch sonst immer so sparsam ist.

Auf dem Scheck steht allerdings der Name einer französischen Bank, Crédit Mutuel. Wir haben doch gar keine Konten in Frankreich, oder? Doch wenn da Nanas Name steht, dann muss sie wohl auch ein Konto dort haben. Hm. Das macht keinen Sinn.

Okay, dann jetzt den rosa Zettel.

Ich fange an zu lesen. Ja, das war die Seite, die ich bereits kenne. Mit leichtem Alarmzwicken im Bauch drehe ich das Papier um und lese auf der anderen Seite weiter. Nur im Hintergrund nehme ich wahr, wie sich die Waschraumtür öffnet und wieder ins Schloss fällt.

Ich begreife überhaupt nicht, was da steht. Ich lese die Rückseite ein zweites Mal. Und verstehe genauso wenig.

Ich lese noch mal. Und noch mal.

Und dann höre ich von weitem Pippas Stimme. Von sehr weitem …

„Cara? CARA! Hey! NEIN!"

Irgendwas macht ein unschön klatschendes Geräusch.

Bin ich das?

Dann wird es still.

Eine Erkenntnis wie ein Karateschlag

CARA! Cara, hörst du mich?"

Ooooh, mir ist nicht gut … Und, huch, nee, klatscht mir da jemand ins Gesicht?

Ich öffne die Augen.

„Cara! CARAAA!"

„Ja?", nuschele ich matt. „Wo bin ich?"

„Du sitzt auf eiskalten Fliesen", erwidert Pippa in ihrem typischen Down-to-earth-Ton, den auch Matron, unsere Hausmutter, gerne benutzt.

Trotzdem sieht sie ernstlich besorgt aus. „Du bist plötzlich schneeweiß geworden und einfach hier am Waschbecken runtergerutscht. Und dann peng."

Mit einer eindeutigen Handbewegung zeigt sie an, in welche Richtung ich mich plötzlich bewegt habe.

„Aaaah …", mache ich. Und gleich danach „Ooooh …",
weil die Erinnerung in diesem Moment wieder einsetzt.
Eilig suche ich mit den Augen den Steinboden ab. Der Zettel! Der darf nicht wegkommen! Ah, da liegt er ja – direkt
neben mir. Er muss mir beim Ohnmächtigwerden aus der
Hand gerutscht sein.

Ich greife nach dem Papier und umklammere es fest.

„Was ist das?", fragt Pippa natürlich sofort.

„Ach, nur eine Notiz von meinem Guardian", antworte
ich wahrheitsgemäß und füge dann schnell hinzu: „Nichts
Wichtiges. Ich wollte gerade lesen, was er schreibt, als mir
plötzlich schwarz vor Augen wurde." Ich versuche, entschuldigend zu lächeln. „Ist mir noch nie vorher passiert."

Pippa kauft es mir ab. Dabei hab ich noch nicht mal gelogen. Jedenfalls nicht richtig fett.

„Steck den Zettel weg", bestimmt Pippa halb streng, halb
mütterlich, „den kannst du auch später noch lesen. Komm,
ich helf dir auf!"

„Danke, geht schon."

Ich ziehe mich am Waschbecken hoch und starre in ein
buttermilchweißes Gespenstergesicht. Na, großartig, das
Puderspray brauche ich jetzt immerhin nicht mehr, aber
an dem wirren Ausdruck im Gesicht sollte ich wohl noch
arbeiten, bevor ich zurück zu den Jungs gehe.

„Trink einen Schluck Wasser!", rät Pippa. „So was passiert schon mal. War ein langer Tag und die Luft im Restaurant ist ziemlich stickig."

Nachdem ich meinen Mund unter den Wasserhahn gehalten und ein bisschen getrunken habe, fühle ich mich tatsächlich etwas stabiler. Wenn ich an den Wortlaut des Zettels denke, wird mir allerdings wieder schlecht. Kann es bitte, bitte sein, dass ich irgendetwas davon falsch verstanden habe?

Als Pippa in einer der Toiletten verschwindet, lese ich die Zeilen das gefühlte achtzehnte Mal.

Enid Bescheid geben, dass ich das Geld wieder mit Privatscheck transferieren werde! Warnen, dass T2 nach A sucht! Außerdem wird es allmählich sehr gefährlich, kann so –

lautet der mir schon bekannte Text auf der Vorderseite und auf der Rückseite geht es weiter mit:

– große Summen nicht ständig unbemerkt an der Steuer vorbei auf Enids privates Konto in Frankreich schaffen. Steuerprüfung! Andere Lösung finden! Soll mir Bescheid geben, was ich in Sachen Angie unternehmen bzw. was ich T2 sagen soll. T2 wird ungeduldig! Möchte nicht, dass A einen ähnlichen Schock erlebt wie vor ein paar Wochen!

Pippa kommt zurück in den Waschraum, und ich stopfe die rosa Bedrohung schnell wieder in meine Handtasche.

... *auf Enids privates Konto* ... Nana hat also ein Konto in Frankreich. Komisch, dass sie das nie erwähnt hat. Wieso braucht sie dort ein Konto?

Wir haben natürlich Konten überall auf der Welt. Geld muss man gut verteilen, sagt Nana immer, das ist sicherer. Doch jedes Konto hat seinen Sinn und Zweck. Manche Leute haben ihr Geld aus Steuergründen in der Schweiz liegen oder auch auf den British Virgin Islands und den Channel Islands. Aber ich habe nie gehört, dass Frankreich irgendwelche Vorteile bietet.

Aber, wie auch immer, was geht's mich an, wo Nana Konten hat.

Was mich allerdings stutzen lässt, ist die Tatsache, dass David offensichtlich fürchtet, die Steuerprüfung würde ihm Probleme bereiten können. Heißt das, Nana macht irgendwelche krummen Dinger?

So eine Prüfung führt der Staat gelegentlich durch und man kann sehr streng verurteilt werden, wenn man gelogen oder Steuern nicht so, wie es die Gesetze vorschreiben, gezahlt hat. Dieser Art Dinge hat mir Nana schon als kleines Kind in den Kopf gehämmert. Da ist sie sehr, sehr streng und korrekt. Wie kann es also sein, dass David sie warnt? Es klingt so, als habe Nana das schon öfter gemacht und als sei es schon öfter eben *nicht* korrekt gelaufen. Das ist überhaupt nicht Nanas Art!

Warum verschiebt meine Großmutter Geld von unserem normalen Konto auf ein privates von ihr in Frankreich?

„Kommst du, Cara?" Pippa sieht mich erwartungsvoll an. „Bist du fit genug?"

„Klar", antworte ich, obwohl ich noch tief in Gedanken bin, „lass uns den Nachtisch ordern!"

Noch ein bisschen mehr Zucker wird vermutlich nicht schaden. Was für ein gnadenlos überzuckerter Tag! Mir ist immer noch schlecht.

Die lange, geschwungene und steile Wendeltreppe gibt mir weitere zwei Minuten zum Nachdenken. Denn das wirklich Bedenkliche ist ja das zweite Thema, das David in seinen Zeilen für Nan erwähnt. Außerdem ist nun klar wie Katastrophenalarm, dass A tatsächlich für Angie steht, also für mich.

David will Nana fragen, was er ... *in Sachen Angie* ... unternehmen soll. Offenbar wissen die beiden schon länger, dass ich wieder in Gefahr bin.

Und sagen mir NICHTS!

In mein mulmiges Gefühl mischt sich gesunde Wut.

Außerdem fällt mir noch was auf. Dafür, dass ich in *sehr*

gefährlicher Gefahr schwebe, war David ausgesprochen entspannt heute Mittag. Man könnte auch sagen, emotional praktisch unberührt. Kein ängstlicher, sorgender Blick in meine Richtung oder so. Dabei muss er diese Zeilen doch kurz vorher erst aufgeschrieben haben! Tut der womöglich nur vor Nana so, als ob ich ihm am Herzen liege?

Ich muss an die Fotos hinter seinem Schreibtisch denken. Ständig er und Nan. Fast als ob sie ein Paar wären. Waren sie jemals ein Paar? Womöglich ohne dass mein Großvater etwas davon wusste?

Nein, absurd. Nana hätte meinen Großvater nie betrogen. Aber was ist mit heute? Versucht David womöglich, sich *heute* an Nana ranzumachen? Immerhin habe ich mich schon in den Herbstferien gewundert, dass er eine Woche in unserem Haus in Hamburg verbracht hat. Will er an Nanas, an unser, an *mein* Geld?

Ich bin so geschockt von dieser Vorstellung, dass mir fast die Tränen kommen. Ich meine, ich mag ... ich mochte ... David richtig gern! Und jetzt? Weiß ich überhaupt nicht mehr, was ich denken soll.

Doch die aller-aller-allerwichtigste Frage ist – ich hole tief Luft, als ich oben im Restaurant ankomme, wo sich Pippa gerade wieder an unseren Tisch quetscht –, die allerwichtigste Frage ist natürlich: WER IST T2?

Denn das ist offensichtlich der Mann, von dem die Bedrohung gegen mich ausgeht! Und das anscheinend nicht zu knapp. David will ja Nana extra noch mal daran erinnern, dass dieser T2 *ungeduldig* wird. David befürchtet sogar, ich könne in eine ähnliche Situation geraten wie *vor ein paar Wochen*. Vor ein paar Wochen …, als ich in ein Auto gezerrt und fast entführt wurde …

Einen Moment bleibt mir vor Panik fast die Luft weg. Dann habe ich mich wieder unter Kontrolle. Jetzt ganz ruhig bleiben, Cara! Trotzdem, die Erkenntnis trifft mich wie ein Karateschlag – hart und schmerzlich klar.

Okay, manchmal ist das Leben eben ein Karateschlag. Mein warnendes Gefühl war jedenfalls keine übertriebene Paranoia, die Gefahr ist real. Irgendjemand hat es schon wieder auf mich abgesehen.

Doch durchdrehen nützt jetzt keinem. Was auch immer passiert, ich muss die Nerven behalten.

HIIIILFE! Oh, Mum, Dad, warum seid ihr nie da, wenn ich euch brauche?

Was mache ich denn jetzt?

Kleiner Spaghetti-Lauf durch Mayfair

Und jetzt: London Eye!", schreit Moritz volle Lautstärke, als wir mit angenehm gefüllten Mägen aus dem Restaurant torkeln. „Alle mir nach!"

Das London Eye, das größte und höchste Riesenrad Großbritanniens, liegt direkt an der Themse. Jetzt, am späten Abend, muss es märchenhaft sein, von dort oben auf das mit tausend Lichtern erhellte London runterzublicken. Fast wie durch den Himmel schweben.

Ähnliche Gedanken, wenn auch weniger poetische, haben offenbar auch die Jungs.

„Yeah, London Eye, wir kommen!", rufen Hayden und Ben und laufen wie kleine Propeller-Maschinen in albernen Kindergarten-Schlangenlinien durch die eng mit Tischen besetzte Gasse Moritz hinterher.

Die Arme weit ausgebreitet wie ein etwas zu langbeiniges Segelflugzeug, brüllt Eden: „Ich fliiiiiege!"

„Ja", meint Pippa, „gleich in den nächsten Teller Spaghetti, wenn du nicht aufpaaa…" Sie bricht ab und starrt wie ich fassungslos auf das Bild vor uns. „Okay, zu spät."

„Yep." Wo sie Recht hat, hat sie Recht.

Sogar die Jungs haben vor Schreck ihren Flug unterbrochen.

Langsam, sehr langsam, richtet sich Eden auf. Sein dunkelblaues Hemd – Marke Teuer-Teuer – ist ausgesprochen malerisch angereichert mit halblangen gelben Streifen und größeren und kleineren Tupfen in verschiedenen Rottönen. Ein paar der Streifen fallen gerade auf den Boden und hübschen nun dort die dunklen Pflastersteine auf.

Die Besitzer der gelben Streifen und roten Tupfen sind sprachlos wie Eden selber. Seit der Bruchlandung des Segelflugzeugs in ihrem Teller steht ihr Mund offen, als ob er in dieser Position eingerastet ist. Ich glaube kaum, dass sie vorhaben, in nächster Zeit noch Essen dort hineinzubefördern.

„Ich … ich …", stammelt Eden endlich und ringt sichtlich um seine gute Erziehung, „ich, ich ersetze Ihnen natürlich die Mahlzeit!"

Fast verzweifelt dreht er sich zu Pippa. Jetzt hilf mir doch!, fleht sein Blick.

Pippas Gesicht ist starr. Ich kann nicht erkennen, ob sie sauer ist oder nur geschockt.

Dafür kommt jetzt Leben in das ältere Paar, das vor einer Minute noch einen – vermutlich durchaus appetitlich angerichteten – Teller voller Spaghetti bolognese vor sich stehen hatte.

„Jo, san ma do bei die Wuiden?", brüllt der Mann los, nimmt sich die Serviette vom Schoß und erhebt sich. „Dia soiad ma fei die Lederhosnn stramm ziang, Burschi!"

Die Faust, die dabei vor Edens Gesicht schwingt, sieht beeindruckend aus.

Das scheint auch Eden zu denken. Gute Erziehung hin oder her. Mit einer ruckartigen Handbewegung rupft er einen Packen Geldscheine aus seiner Hosentasche, knallt sie auf den Tisch, bevor es womöglich woanders knallt, und gibt Gas.

Aus purer anerzogener Sparsamkeit schaue ich kurz auf die Banknoten. Soweit ich sehen kann, liegen dort mindestens drei Zwanziger. Gut, das dürfte zumindest für das Essen reichen.

Keine Sekunde später galoppiere ich hinter Eden her. Ein Blick zur Seite zeigt mir, dass auch Pippa neben mir in bewundernswertem Eilzugtempo keucht. Die Augen strikt geradeaus gerichtet.

Ich habe keine Ahnung, wo wir hinrennen. Ich persönlich renne Eden hinterher. Und der folgt vermutlich Ben, Hayden, Connor, Moritz und Freddy. Hinter der nächsten Biegung am Ende der Gasse kann ich kurz noch Haydens dunkle Locken im Wind flattern sehen. Da lang!

Eden fliegt mit seinen langen Beinen keine Zehntelsekunde später wie eine Giraffe auf der Flucht um die gleiche Ecke. Pippa und ich hinterher. In olympiareifem Tempo laufen wir bestimmt fünf volle Minuten in maximalem Sprint, ohne anzuhalten. Mein persönlicher Rekord. Ich wünschte, Mrs Bonneville, unsere nimmermüde und mega-ehrgeizige Sportlehrerin, wäre Zeugin dieser Top-Leistung!

Endlich sehen wir in einiger Entfernung Hayden, Ben und Connor an eine Telefonzelle gelehnt auf uns warten. Kein Wunder, dass die drei am schnellsten waren! Ben ist nicht nur der beste Hockeyspieler des Internats, sondern auch Kapitän der Mittelstufen-Mannschaft und spielt außerdem in der Cornwall-Auswahl auf nationalem Level. Hayden und Connor spielen ebenfalls Hockey. Ein Spiel, bei dem man noch mehr Kondition braucht als beim Fußball.

Freddy (Pianospieler, konditionell nur Mittelmaß) und Moritz erreichen die drei kurz danach. Etwas verspätet kommt auch Giraffe Eden angehechelt. Und schließlich – völlig außer Atem – Pippa und ich.

Das kleine beschauliche Viertel mit den engen Gässchen haben wir schon lange hinter uns gelassen. Blind für irgendwelche Straßennamen, sind wir einfach gelaufen und gelaufen. Ich habe keinen blassen Schimmer, wo wir uns befinden. Bei unserem Tempo könnten wir in den letzten fünf Minuten Meilen zurückgelegt haben. (Noch mal: Was für ein Jammer, dass Mrs Bonneville das nicht sehen konnte!)

„Wo sind wir?", keucht Pippa, als sich ihre Atmung so weit normalisiert hat, dass sie zumindest wieder ein paar Laute von sich geben kann.

Hayden, Ben und Connor, die unsere Flucht ja angeführt haben, zucken nur mit den Schultern.

Doch dann zuckt es auch in ihren Gesichtern. Und nur einen Moment später liegen die Jungen praktisch auf dem Boden und kugeln sich vor Lachen.

„Der Hammer!"

„Echt wie im Film!"

Und Moritz jault schon wieder: „Warum hat bloß keiner ein Video gemacht?"

Pippa und ich können nicht anders, als hilflos mitzukichern.

„Oooouuuu!", stöhnt Pippa schließlich. „Ich sah schon den Faustschlag und mich mit Brüderchen auf dem Weg ins nächste Krankenhaus!"

Eden sieht aus, als ob er ähnliche Visionen hatte. Da muss ich gleich noch mal loskichern.

„Das waren Bayern, oder?", grinst Moritz zu mir rüber.

Ich nicke. „Hundertpro!" Und muss schon wieder lachen.

„Das waren Leute aus Süddeutschland", erklärt Moritz den anderen. „Die reden ganz anders als wir in Hamburg. So unterschiedlich wie Schotten und Engländer. Und die Bayern sind *mindestens* so handfest wie die Schotten. Höhöhö, wenn du verstehst, was ich meine!"

Eden versteht.

„Flipping heck!", ruft er. „Dann war mein Instinkt abzuhauen also richtig."

„Unbedingt, Mann!", gluckst Moritz. „Unbedingt!"

Und dann lachen wir weiter, und lachen und lachen.

Oh, es ist erstaunlich, wie gut so ein kleiner Sprint am Abend mit anschließendem kicherigen Bauchmuskeltraining tut! Ich habe fast meine Sorgen wegen der T2-Sache vergessen. Zumindest fühlen sie sich gerade einige Kilo leichter an.

Good heavens! Ich kann allerdings dem Himmel nur dankbar sein, dass Nana keine Ahnung hat, wo ich bin und was ich tue! Doch eines ist sicher: Angie war mal. Heute ist Cara, yeah!

„Ich hab ja zuerst gedacht, der Kerl verfolgt uns!", japst

Pippa und hält sich ihre Seiten. „Hast du nicht gehört, dass die ganze Zeit jemand hinter uns lief, Cara?"

Ich schüttele den Kopf. „Nein."

Aber ich war auch voll damit ausgelastet, die Jungen vor mir nicht zu verlieren.

„Doch, doch, er war direkt hinter uns", beharrt Pippa, „ich bin ja nicht taub, ich hab doch gehört, dass da jemand läuft! Aber jedes Mal, wenn ich mich umgedreht habe, war es abrupt still und keiner zu sehen."

„Genial! Jetzt haben wir auch noch einen Geist!", kreischt Freddy begeistert auf. „Echt, Moritz, ich liiiebe deine Geburtstagsparty!"

Da zieht Pippa extra für ihn eine so gruselig grässliche Geistergrimasse, dass Freddy vor Freude quietscht.

„Da war wirklich jemand", raunt sie mir leiser zu. „Ehrlich, ich spinne nicht. Die ganze Zeit. Durch jede Gasse und jede Straße, die wir entlanggelaufen sind."

Dann hellt sich ihr Gesicht auf und die gewohnt sorglose Pippa gewinnt wieder die Oberhand. „Ist ja auch egal. Jetzt ist er jedenfalls weg. Offensichtlich wollte er nichts von uns." Sie grinst. „Oder – haha – er hat zum Schluss gesehen, dass wir sechs superstarke Jungs dabeihaben, und hat die Idee, uns ausrauben zu wollen, aufgegeben."

Die sechs superstarken Jungs gucken geschmeichelt.

„Auf jeden Fall habt ihr starke Beschützer, ihr schwachen Weiber!", ruft Hayden mit witzig theatralischer Stimme und ballt dramatisch wie ein alter Stummfilmheld eine Faust gen Himmel. „Oh, ihr Londoner Schurken und Halunken! Wagt es ja nicht, euch an unseren Mädchen zu vergreifen!"

„An *euren*?", wiederholt Pippa keck und grinst. „Das hättest du wohl gern, was?"

Als Antwort strahlt Hayden Pippa so kerzengerade (und gar nicht mehr ironisch) in die Augen, dass selbst ich mich beinahe verschlucke.

„Och", meint er, „ich hätte jedenfalls nichts dagegen!"

Ups?

Ich bin baff. Pippa und *Hayden*? Hallo? Hab ich die Wochen vorher was übersehen?

Und – Moment mal! – wird Pippa gerade rot? So herrlich rot wie sonst nur ich? Ich glaub's ja nicht! Na, da haben wir heute Abend im Bett aber noch ein bisschen zu quatschen, liebste Pip, hihi!

„Da vorne geht's zum Piccadilly Circus", unterbricht Eden den leisen Moment und zeigt auf ein Schild.

Sofort ist auch Pippa wieder voll konzentriert. „Dann sind wir in die richtige Richtung gerannt, das ist ja schon mal gut! Von dort aus weiß ich, wie wir zum Fluss kommen und zu der Brücke. Wir müssen ja noch über die Themse …"

Wir halten uns aber lieber an die Hauptstraßen, statt uns noch mal zu verlaufen. Wären wir in dem Tempo weitergerannt, könnten wir längst schon am London Eye sein. Aber gemütlicher ist es so, keine Frage!

Als wir am Piccadilly Circus ankommen, staune ich. Wie voll es selbst um diese Uhrzeit noch ist. Ich hatte ja keine Ahnung! Überall drängeln sich Menschen, obwohl die Geschäfte natürlich alle bereits geschlossen sind. Ein paar Jüngere haben Gitarren dabei, singen und alle scheinen bester Laune zu sein.

Hihi, Nana hat früher immer von *Swinging London* geredet und die Zeiten gemeint, als die Hippies und die Beatmusik in vollem Schwung waren! Aber ich finde, das swingt heute immer noch ganz flott.

Vom Piccadilly Circus gehen wir den Haymarket runter, überqueren die Pall Mall und kommen dann runter zum großen Charing-Cross-Kreisverkehr.

Ich kenne all diese Straßen. Doch nur vom Autofenster aus. Wirklich entlanggegangen bin ich noch keinen einzigen dieser Wege. Wie wunderbar, endlich mal nicht Nanas oder Miss Gwynns mahnende Stimme im Rücken zu haben! („Schnell, Angie, komm! Hier ist es sehr unübersichtlich. Chop-chop – hopp-hopp, rein ins Geschäft, da ist es sicherer!")

Ja, ich staune über die vielen Menschen auf den Straßen, wundere mich über den immer noch starken Verkehr, freue mich über meine Freunde an meiner Seite und … hihi, bin unheimlich froh, dass Moritz mich zu seinem Geburtstag eingeladen hat!

London sieht so schön aus um diese Uhrzeit. Und – oh, ich merke gerade, dass sogar der Nieselregen aufgehört hat und oben die Wolkendecke aufreißt! Pünktlich zu unserer Riesenrad-Fahrt! Ein hell leuchtender Halbmond macht die Szenerie so perfekt, dass ich nicht anders kann, als ganz tief aus dem Bauch heraus zu lächeln.

Entführungsgefahr oder nicht.

Ich bin ja nicht allein. Solange ich mit allen zusammen bin, *kann* mir ja gar nichts passieren.

Oder? Oh, ich könnte gerade mal wieder die ganze Welt umarmen! Ist es nicht einfach herrlich, Freunde zu haben und mit ihnen nachts lachend und vogelfrei durch die Gegend zu ziehen?

Die Augen von London

Vor dem London Eye am anderen Themse-Ufer sind Metallgitter aufgebaut, die lange Gänge bilden, in denen sich die Schlange der Menschen, die mitfahren wollen, nur sehr langsam voranschiebt. Doch auch vor den Gittergängen drängelt noch ein ungeordneter Riesenpulk von Leuten.

„Oje", meint Pippa, „das kann Stunden dauern! Vielleicht solltet ihr Jungs anstehen und Cara und ich trinken dort drüben", sie deutet auf ein großes Café, „einen Kaffee oder einen Kakao."

„Nix Kaffee!", grinst Moritz. „Mein Vater hat Karten vorbestellt, ich muss sie nur eben abholen. WIR", er macht eine theatralische Pause, „sind selbstverständlich V.I.P.s!"

Er deutet auf einen kleineren Eingang neben den Gängen, der direkt zu der Plattform führt, an der die Gondeln halten. Daneben hängt ein kleines Schild mit einem Pfeil, auf dem die drei magischen Buchstaben kleben. V.I.P. – Very Important Person. Für mich bedeutet das oft nichts anderes als *Abkürzung*, noch öfter allerdings *Nicht-mit-den-Anderen-zusammen-sein-dürfen*. Es hat alles Vor- und Nachteile im Leben.

„Seht ihr, wie *very important* ich bin?", grinst Moritz und hampelt herum, als wäre er ein *very important Clown*, so dass die Leute schon anfangen zu gucken.

Zur Sicherheit checke ich schnell, ob irgendwo volle Spaghettiteller rumstehen, doch Moritz zieht schon ab zu einem kleinen Häuschen, um unsere Tickets zu holen.

Ich denke gerade darüber nach, was für ein genial gewählter Name *London Eye* – das Auge von London – für ein Riesenrad ist, von dem aus man hoch über der Erde die ganze Stadt betrachten kann, da sehe ich sie.

Die Augen.

Knallgrün.

So grüne Augen habe ich erst einmal gesehen. Und sie starren direkt in meine.

Automatisch fährt mir eine kleine Panikwelle in den Bauch.

„DA!" Ich stoße Pippa an. „Da ist JOSH!"

„Was? Wo?" Pippa guckt angestrengt in die Richtung, in die ich deute.

Doch die Zehntelsekunde, in der ich mich zu Pippa gewandt habe, hat genügt, um den Punkt zu verlieren. Die Augen sind weg. Ich suche die gesamte wartende Gruppe ab, Mensch für Mensch.

Nichts.

„Er war da", wiederhole ich, „irgendwo zwischen den ganzen Leuten."

„Bist du sicher?", fragt Pippa.

„Absolut", nicke ich.

„Na, wennschon!", meint Pippa. „Bailey hat ja geschrieben, dass er in London geblieben ist. Vielleicht ist er mit seinen Eltern auch zufällig heute Abend hier." Sie grinst. „Ist ja kein Verbrechen, oder?"

Zufall. Verbrechen. Wenn ich eins bei Nana und in meiner Kindheit gelernt habe, ist es, dass es weit weniger *Zufälle* im Leben gibt, als Leute allgemein annehmen – und weit mehr Verbrechen.

„Hmmm." Ich atme tief aus und versuche, Joshs Gesicht in der Menge wiederzufinden.

Da grinst Pippa etwas breiter. „Oder *möchtest* du vielleicht gerne, dass er zu uns rüberkommt?"

„Was? NEIN!" Mein Entsetzen ist echt. „Bist du verrückt?"

Irgendetwas warnt mich vor diesem Jungen.

Irgendwas stimmt nicht mit ihm.

Pippa lacht. „Übel aussehen tut er jedenfalls nicht. Und jetzt, wo Bailey ihn freiwillig aufgegeben hat …?"

„Hör auf, Pip!" Um deutlich zu machen, dass ich es ernst meine, schubse ich sie mal so kräftig, dass sie fast umfällt.

„Hey! Autsch!" Sie versucht wieder, ins Gleichgewicht zu kommen, und sieht mich etwas verwundert an. „Okay, okay, Cara, dann ist er eben *nicht* dein Typ." Sie reibt sich stöhnend die Schulter. Dann hält sie inne und grinst. „Aber du vielleicht seiner!" Und schon kichert sie wieder.

So kann man das auch ausdrücken, denke ich, und mir ist alles andere als wohl dabei.

„So unnormal wäre das ja nicht, oder?", fährt Pippa fort. „Was ist denn dabei, wenn er dich hier gesehen und mal rübergeschaut hat?"

Rüber*geschaut*? Der hat mich fixiert, als wäre ich ein kleines Reh und er der Jäger mit der Flinte. Doch das sage ich Pippa lieber nicht. Sie hält meine Reaktion ja so schon für völlig übertrieben.

„Wäre es nicht normaler", gebe ich zu bedenken, „wenn er einfach kommen und *Hallo* sagen würde, statt mich nur stumm anzustarren?"

Pippa zuckt mit den Schultern. „Vielleicht. Aber vielleicht möchte er seinen Platz in der Schlange nicht aufgeben oder vielleicht ist er auch einfach schüchtern."

Schüchtern? Also *das* glaube ich nicht. So selbstsicher, wie der schon in der ersten Woche überall im Internat herumlief, mit den Mädchen rumalberte und spruchmäßig sogar Moritz ernsthaft Konkurrenz machte. Nein, schüchtern ist Josh Williams garantiert nicht.

In diesem Moment kommt Moritz mit den Tickets zurück. Triumphierend schwenkt er sie über dem Kopf.

Erstaunlicherweise entspannt sich mein Bauch sofort. Mr Große Klappe Ankermann-Schönfeld hat eine ausgesprochen beruhigende Wirkung auf mich.

Huch, was sag ich denn da? Hm. Also, gelegentlich hat er die jedenfalls. Natürlich selten. Na gut, jetzt gerade anscheinend schon.

„Bitte einsteigen, die Herrschaften!", ruft Moritz gut gelaunt. „Folgen Sie mir!"

Und das tun wir.

Ich kann die neidischen Blicke der Menschen in den Gittergängen förmlich in meinem Rücken spüren und habe sogar ein leicht schlechtes Gewissen. Trotzdem bin ich sehr froh, dass wir schon in die zweite Gondel, die hält, einsteigen dürfen. In der Mitte der Gondel gibt es Bänke, aber man kann auch einfach stehen bleiben oder umhergehen und in alle Richtungen durch die rundherum verglasten Wände hinaussehen. Ich stelle mich ans Fenster. Als die Gondel sich ruckelnd in Bewegung setzt, versuche ich beim Aufsteigen von höher oben, Josh in der Menge zu entdecken. Vergeblich. Egal. Hier drin ist er jedenfalls nicht. Und wenn wir wieder runterkommen, wird er bereits in einer anderen Gondel in der Luft hängen. Und erst wieder aussteigen können, wenn wir schon auf dem Weg zurück zum Hotel sein werden. Was es wohl recht unwahrscheinlich macht, dass wir ihm heute noch mal begegnen werden. (Obwohl ich doch ziemlich neugierig auf seine Eltern bin, die hätte ich mir gern mal angesehen.)

„Uuii, guck mal!", quietscht Pippa mit der Nase an der Glasscheibe. „Dort hinten sind die Parlamentsgebäude!"

Wir steigen höher und höher. Alle paar Meter halten wir für einige Minuten. So lange brauchen die Leute jeweils unten, um die nächste Gondel zu besteigen. Bis wir irgendwann am höchsten Punkt angelangt sind.

Und da vergesse ich endlich Josh. Und genieße.

Nicht nur die Parlamentsgebäude am gegenüberliegenden Ufer liegen vor uns wie kleine Bausteine aus Legoland, sondern auch alle anderen Häuser der Stadt. Kilometerweit kann man gucken. Überall blinken weiße Lichter. Schnurgerade oder auch in sanften Windungen kann man die hell erleuchteten Straßenzüge klar und deutlich verfolgen. Ein Stadtplan mit magischem Flair.

„Und da ist Big Ben!", rufe ich.

Ich mag den viereckigen Glockenturm, der auf jeden zweiten London-Kaffeebecher draufgedruckt ist.

Die anderen quatschen und albern und finden immer neue Gebäude in dem Spielzeugland unter uns, doch ich werde ganz still.

Wie ein Märchen ist das alles. Anna-Louise Norden, das einsamste Kind der Welt. Hier steht sie, inmitten von lachenden Gleichaltrigen, in einer Gondel des größten Riesenrads von Great Britain.

Das Glück überkommt mich wie ein Schluckauf. Automatisch atme ich ganz tief durch. Ist das alles schöööön!

London Eye – das Auge von London! Ja, wirklich – lauter funkelnde Lichter, die uns wie die blinkenden Augen von London zuzwinkern!

Da fällt mein Blick schon wieder auf ein Paar Augen. Doch dieses Mal ein Paar wunderschön blaue. Auf Moritz *Manchmal-auch-sanft* Ankermann-Schönfelds Augen nämlich.

Er ist ebenso still. Guckt einfach nur. Und lächelt.

„Happy Birthday!", sage ich einfach mal so.

„Danke!" Er lächelt immer noch. „Das ist einer der schönsten Geburtstage, die ich je hatte."

Ein paar Sekunden sagen wir nichts, während die anderen um uns herum unverändert lachen und Sprüche machen.

„Guck, da unten!", deute ich, „da sind sie, die Augen von London."

„Hab ich gesehen", nickt Moritz leise, weich und alles andere als großmäulig. „Und hier oben sind deine!"

Meine?

Ich hab keine Ahnung, was ich darauf erwidern kann. Verlegen lehne ich mich mit beiden Händen gegen die Fensterwände − fast, als wolle ich mich bereit machen zum Losfliegen. Und am liebsten täte ich das auch. Die Arme ausbreiten wie Flügel und …

Ich muss wieder an die Freiheit denken, die man nur hoch oben über den Wolken empfinden kann. Muss an das Lied denken, das Miss Gwynn immer gesungen hat. Auch wenn wir nicht über den Wolken sind, ein wenig spüre ich davon auch hier.

Mit einem Ruck setzt sich die Gondel wieder in Bewegung. Kurz komme ich ins Wanken, und Moritz' und meine Hände berühren sich zufällig.

Moritz lächelt immer noch. „Wirklich der schönste Geburtstag."

„Das ist gut", murmele ich, als würde mir nichts noch Idiotischeres einfallen.

Egal.

Ich genieße die letzten Minuten des dunklen Londons mit

den tausend Lichtern unter uns, bis wir langsam wieder ganz unten auf der Plattform landen. Am liebsten würde ich sofort noch ein weiteres Mal hinauffahren.

„Ladies and Gentlemen, bitte aussteigen!" Der Mann, der uns die Tür öffnet, lässt keine Missverständnisse aufkommen. Aus die blinkenden Träume. Willkommen auf dem Boden.

Seufzend trete ich auf die Plattform und gehe dann brav den angezeigten Weg zum Ausgang entlang.

Auch Pippa sieht selig aus. „Das war sooo toll!"

„Echt cool, Mann!" Hinter Pippa kommt Eden angelaufen und schlägt Moritz auf die Schulter. „Das machen wir bald noch mal!"

Ich fühle mich wunderbar leicht und glücklich.

Leicht? Moment mal, wo ist denn meine Handtasche? Die habe ich doch nicht etwa …? NEIN! Ich glaub es nicht, wie konnte mir denn DAS passieren?

Es wäre mir ja um mein Portemonnaie und all den Kram, den man so mit sich rumschleppt, total egal, das kann man alles ersetzen. Aber Davids Zettel ist da drin. Und der Scheck! Ich muss sofort zurück!

„Meine Handtasche!", rufe ich den Menschen als Erklärung zu, gegen die ich mich in der falschen Richtung versuche durchzudrängeln. „Ich hab meine Handtasche in der Gondel vergessen!"

Als ob das irgendjemanden interessieren würde!

„Hier außen rum!", versucht mir Hayden zu helfen. „Wir sagen einem von den Angestellten Bescheid."

„DA!" Hilflos deute ich zu den Gondeln. „Die, in der wir waren, fährt gerade wieder los. NEIN! HAAAALT!"

Moritz und Pippa versuchen wild winkend, einen der Männer, die beim Ein- und Aussteigen helfen, auf uns aufmerksam zu machen.

Als plötzlich – wie aus dem Nichts – Josh vor uns steht.

„Hier, Cara, suchst du die hier?"

Ich fasse es nicht. Das ist ja … das ist ja … Spuk!

Wie kann der denn auf einmal … so schnell … Und überhaupt – hätte der nicht etwa sieben Gondeln hinter uns sitzen müssen?

Ich bin so baff, ich kann absolut nichts sagen. Wortlos reiße ich meine Tasche an mich.

Er sieht ein wenig überrascht aus. Okay, normalerweise bedankt man sich wohl anders. Nur – ich kann nicht.

„Du hast deine Augen ja überall!", entfährt es mir stattdessen, ohne dass ich über meine Worte nachgedacht hätte.

Dafür waren sie klar und deutlich, wenn auch vielleicht einen Tick zu laut. Auf jeden Fall vermutlich unangemessen unfreundlich.

Das scheint sogar für einen Hollywoodstar wie Josh eine

ziemlich geballte Ladung zu sein. Für einen Moment sieht er so aus, als würde ihm die gesamte Selbstsicherheit wie welk gewordene Herbstblätter aus dem Gesicht fallen.

Da erst wird mir klar, was ich gesagt habe. Doch seinem Gesicht nach zu urteilen, war das ein Treffer ins Schwarze.

„Äh, ja, ich …" Offenbar sortiert Josh *Sonst-so-cool* seine Worte. „Ich … hab dich vorhin schon gesehen. Äh, du mich auch?"

Ich starre ihm offen ins Gesicht. „Ja."

Josh guckt tatsächlich verlegen.

„Du hättest gerne einfach zu uns rüberkommen können", versucht Pippa zu vermitteln – bemüht, die Lage zu entspannen.

Mir ist aber gar nicht nach Entspannen. Ich will endlich wissen, was der Kerl eigentlich von mir will!

Doch Pippa schiebt mich zur Seite und übernimmt. „Danke auf jeden Fall!", nickt sie freundlich. „Das war total nett von dir!"

Nett?

Der Typ verfolgt mich! Nennt man so was nicht Stalken? Also *nett* finde ich das nun gerade nicht.

Stur schweige ich.

„Na ja, ich will dann nicht weiter stören", meint Josh nach einer ungemütlichen Minute, in der keiner von uns mehr

weiß, was er sagen soll. „Viel Spaß noch bei eurer Geburtstagsparty!"

Er winkt und geht.

Von hinten sieht er gar nicht mehr so bedrohlich aus. Eher
wie ein ganz normaler Junge. Er dreht sich nicht mal mehr
um.

Ich schweige immer noch.

„Oink, das war unangenehm!", lässt sich Freddy von hinten
vernehmen und sieht ziemlich gequält aus.

Das finde ich nicht. Doch die Engländer finden ja alles, was

nicht zu einer höflich wohlgeordneten Tea-Time passen
würde, *unangenehm*. Alles muss immer superfreundlich ab-
laufen. Ich dagegen bin wütend. Nie habe ich mich deut-
scher gefühlt als gerade jetzt.

„Meinst du, wir hätten ihn einladen sollen?", überlegt Hayden.

„Wozu?", fragt Ben. „Wir gehen doch sowieso nur noch
zurück zum Hotel, oder nicht?" Er gähnt. „Ich bin echt
müde."

„Du hättest dich wenigstens bedanken können", meint
Pippa vorwurfsvoll.

„Hrmpf", mache ich.

Weil ich natürlich weiß, dass Pippa Recht hat. Trotzdem,
ich hab einfach kein *Danke* über meine Lippen gebracht.

Als wir am Hilton ankommen, sieht Moritz ein wenig enttäuscht aus. Die anderen haben auf dem Weg schnell wieder angefangen zu albern, trotzdem war die schöne Stimmung irgendwie dahin.

Mit den Zimmerschlüsseln in der Hand gehen wir auf die Fahrstühle zu. Freddy und Eden können ein lautes Gähnen nicht unterdrücken.

„Schlappschwänze!", grunzt Moritz.

Doch auch das heitert die beiden nicht sonderlich auf.

„Night-night! Wir sehen uns beim Frühstück!" Die beiden verschwinden mit Connor und Ben Richtung Aufzug.

Jetzt stehen nur Moritz und ich mit Pippa und Hayden in der Halle. Pippa und Hayden sehen genauso müde aus, wie ich mich fühle.

„*Noch* habe ich Geburtstag." Moritz versucht es mit einem gewinnenden Lächeln in meine Richtung.

Ich gucke auf die Uhr in der Halle. Es ist halb zwölf.

„Und das heißt?", frage ich ahnungslos.

Ich will in mein Bett. Der Tag war aufregend genug. Und außerdem zermartere ich mir das Hirn, wie ich morgen noch unter einem Vorwand Zettel und Scheck wieder ordnungsgemäß auf Davids Schreibtisch zurückbekomme. Auch dafür sollte ich vermutlich fit und ausgeschlafen sein. Automatisch gähne ich.

Moritz sieht noch enttäuschter aus. „Ich …, hm, was hältst du davon, wenn ich jetzt von einem Versprechen Gebrauch mache, das du mir gegeben hast?"

„ICH? Ein Versprechen?"

Pippa rollt hinter Moritz mit den Augen.

„Ich hab keine Ahnung, wovon du sprichst", behaupte ich.

„Wir haben es Schuldpfand genannt", sagt Moritz. „Vor ein paar Wochen in …"

„Schsschtt!", unterbreche ich ihn schnell.

Nicht, dass er sich hier noch verplappert. Schließlich darf keiner wissen, was mir damals – fast – passiert wäre.

„Ohooo!", macht Hayden natürlich sofort. „Wenn das nicht spannend klingt!"

„Und ob!", pflichtet ihm Pippa bei. „Und ob!"

Moritz grinst das erste Mal wieder und wiegelt ab. „Nein, Leute, das ist wirklich nur zwischen Cara und mir."

„Ohohohooooo!", ruft Hayden. „Das wird ja immer besser!" Doch ein Gähnen übermannt auch ihn.

„Na, schön!", grinst Pippa und gibt mir einen Kuss auf die Wange. „Dann hau ich mich ins Bett. Aber tu nichts, was ich nicht auch tun würde, Darling!"

Ich grinse ebenfalls. „Dann kann ich also praktisch alles tun!"

Pippa und Hayden lachen und gehen zu den Fahrstühlen.

Ich bleibe mit Moritz in der Halle zurück.

„Ähm, ja, wo waren wir?" Moritz stochert etwas verlegen mit seinem Schuh auf dem sternförmigen Muster der Empfangshalle rum.

„Beim Schuldpfand", erinnere ich ihn, obwohl ich mich auch nicht gerade wie Miss Selbstsicherheit fühle.

Ich war damals vor ein paar Wochen tatsächlich in seiner Schuld, weil er mir versprochen hatte, niemandem zu verraten, was an dem Tag alles geschehen ist. Und sein Versprechen hat er gehalten. Also ... muss ich meins wohl auch halten.

„*Irgendwann*, haben wir gesagt", erinnert mich nun Moritz, „wann immer ich will."

„Ja, ja", mache ich, weil mir ein bisschen mulmig wird.

„Ich dachte ...", fängt Moritz an, „also, ich fände es schön, wenn wir ..., also du und ich ..."

„Ja?"

„Noch ein bisschen spazieren gehen würden."

„Jetzt?"

Moritz nickt und guckt mich erwartungsvoll an.

Spinnt der? Es ist mitten in der Nacht. Okay, er hat noch eine halbe Stunde Geburtstag, aber deswegen kann er doch nicht erwarten ...! Obwohl ... Da kommt mir doch gerade eine, äh, ich glaube, ziemlich geniale Idee!

„Okay."

„Okay, was?" Moritz sieht aus wie ein Schaf auf der Schulbank. Er hat nicht gerade den intelligentesten Ausdruck im Gesicht.

„Okay, ich komme mit." Aufmunternd lächele ich ihn an. „Lass uns noch ein bisschen spazieren gehen. Es ist wunderschön draußen."

„Ja", blökt Moritz Schulschäfchen und sieht aus, als habe er gerade eine Eins bekommen, nur leider keine Ahnung, wofür. „Das ging ja einfach!"

„Tja", stelle ich trocken fest, „manchmal ist das Leben voller Überraschungen."

Ich schicke schnell die versprochene SMS an David.

Hatte einen wunderbaren Abend. Sind jetzt alle wieder heil im Hotel. Gute Nacht!

Und freue mich, dass ich nicht mal lügen musste. Dass zwei von uns gleich nach der SMS noch mal losgehen, ist ja nun eine ganz andere Sache.

Entschlossen stecke ich das Handy zurück in meine Tasche, dann geben wir die Schlüssel wieder ab und verlassen das Hotel.

Sanft dirigiere ich ihn rüber zum Hyde Park. „Was ist, wollen wir vielleicht hier lang durch die Parks Richtung Kensington schlendern?"

„Wohin auch immer", sagt Moritz, das Geburtstagskind, und lächelt zufrieden.

Und irgendwie lächelt mein Bauch mit. Jetzt kann doch gar nichts mehr schiefgehen! Mit Moritz neben mir habe ich ein richtig gutes Gefühl.

London swingt,
ich schwinge mit

„Hey, wir sind ja fast schon wieder beim Natural History Museum!", stellt Moritz erstaunt fest.

„Ja, tatsächlich", stimme ich zu, „was für ein Zufall!"

Es ist eine milde Nacht. Ideal zum Bummeln. Die Oktoberbäume im Hyde Park – nur schummrig angeleuchtet von den Laternen – zaubern bunte Herbstlandschaften.

Wir haben über den Tag geredet, über das Internat, über Deutschland, über England, über alles und nichts – ich glaube, ich könnte stundenlang mit Moritz quatschen. Und das ganz ohne blöde Sprüche. Erstaunlich, wenn man bedenkt, wie er sonst immer ist. (Hihi, Moritz Großkotz habe ich ihn früher genannt!)

Vielleicht sollte ich dann jetzt …?

„Ich, äh …", fange ich mutig an, „ich muss dir ein Geständnis machen."

Moritz guckt verwirrt wie vor einem Hochzeitsantrag.

„Nein, nein, nicht, was du denkst!", rufe ich eilig.

Er sieht deutlich erleichtert aus.

Wieso sieht der denn erleichtert aus? Wäre ein Liebesgeständnis so schlimm gewesen? Hmpf!

„Ich …", fahre ich etwas wackeliger fort, denn vermutlich wird er gleich nicht allzu begeistert sein. „Ich habe ein Problem."

„Oh, nein, nicht schon wieder!", haucht Moritz kaum hörbar und sieht sich automatisch um, ob uns vielleicht wieder dunkle Autos verfolgen wie damals. (Ich kann es ihm nicht verdenken.)

„Nein, nein, NEIN!", versichere ich ihm sofort. „Auch nicht so, wie du *jetzt* denkst!"

„Gut." Moritz seufzt. „Dann schlage ich vor, ich denke überhaupt nichts und du packst aus."

Ich nicke. „Okay, also, die Sache ist die … Als ich heute Mittag noch mal kurz zurück in Davids Büro gelaufen bin, du weißt schon, da …"

Ich gestehe ihm, dass ich vorher den rosa Zettel gesehen hatte, der mich verwirrte, und den ich mir deshalb noch mal in Ruhe durchlesen wollte.

„Klar", kommentiert Moritz trocken, „das würde selbstverständlich jedem das Recht geben, Dinge zu stehlen."

Sein beißender Sarkasmus lässt mein schlechtes Gewissen wieder aufflammen. Natürlich hätte ich nichts von Davids Schreibtisch wegnehmen dürfen, was immer es auch ist, das weiß ich selber!

„Ich hab so was ehrlich *noch nie* vorher gemacht!", verteidige ich mich.

Moritz zieht die Augenbrauen hoch. „Aaaah! *Diesen* Satz hören die Richter bei den Strafverhandlungen besonders gern."

Strafverhandlung? „Du wirst mich doch nicht anzeigen?"

„Tssss!" Moritz zischt abfällig. „Mach's kurz, Cara! Weswegen sind wir hier? Willst du *noch mehr* klauen?" Sein Gesicht verdüstert sich. „Dann kannst du das vergessen. Auf KEINEN Fall werde ICH dir dabei helfen!"

„NEIN! Du verstehst mich ganz, ganz falsch!" Ich bin jetzt mittelmäßig verzweifelt. Das läuft überhaupt nicht so, wie ich mir das vorgestellt habe. „Ich will die Sachen zurückbringen! Damit David am Montagmorgen nicht merkt, dass was weg ist."

Nun wird Moritz neugierig. „Was steht denn drauf, auf diesen oh so wichtigen Zetteln?"

„Es ... ach ..., es geht da um Geld, das von einem Konto aufs andere verschoben wird", fange ich ein bisschen an zu erklären. „Irgendwie sieht es so aus, als ob meine Groß-mutter Gelder von unserem Firmenkonto auf ein Privat-konto von ihr bringen lässt und …"

„Du meinst, deine Großmutter bereichert sich privat an eurer Firma?" Moritz überlegt. „Was habt ihr denn eigent-lich für eine Firma? Du hast nie was erzählt."

Hui – Achtung! Jetzt nicht verplappern, Cara! Auch Moritz darf auf keinen Fall wissen, wer ich wirklich bin!

„Eine Möbelfirma", antworte ich möglichst beiläufig. „Wir haben so eine Möbelfirma, weißt du."

Und das ist ja nicht mal gelogen. Dass hinter unserer klei-
nen *Möbelfirma* das zurzeit weltweit konkurrenzlose Inter-netportal *nordoo* und damit der milliardenschwere Norden-Konzern steckt, darauf wird er ja wohl nicht kommen!

Noch mal gut gegangen! Moritz fragt nicht weiter.

Dafür denke ich weiter … Was hat Moritz gesagt? Nana würde sich bereichern? Das würde ja bedeuten, *Nana* klaut! Ich fasse es nicht, so habe ich das ja noch überhaupt nicht gesehen!

So gesehen würde auch Davids Angst vor einer Steuerprü-fung Sinn machen! Ob die beiden womöglich sogar zusam-men unter einer Decke stecken? Zusammen Geld beiseite-schieben? Wofür?

Vielleicht um … später …, wenn ich mal Chefin bin …?

Aber ich würde Nana doch immer genug Geld zum Leben geben! Warum tut sie das? Es kann doch nicht sein, dass meine eigene Großmutter …!

Mir wird gerade ein bisschen schlecht.

„Und wie hast du dir das vorgestellt?"

„Was?" Ich versuche, mich zusammenzureißen.

„Na, wie willst du die Zettel wieder zurückbringen", meint Moritz. „Es ist Samstagnacht. Denkst du, die Mitarbeiterin von deinem Guardian sitzt immer noch in ihrem Zimmer und arbeitet? Oder wer soll dir die Tür öffnen?"

„Äh, nun ja …"

Jetzt wird's knifflig. Ich versuche mal die *Augen groß auf und von unten schräg hochgucken*-Nummer.

Moritz ist allerdings mindestens so gut in der *männlich grimmig von oben nach unten gucken*-Antwort.

„Sag sofort, dass du nicht vorhast, in ein Haus, das vermutlich mit einer exzellenten Alarmanlage ausgerüstet ist, einzubrechen!", verlangt er barsch.

„Also …, einbrechen ist vielleicht *nicht ganz* das richtige Wort …", versuche ich, meine geniale Idee etwas salonfähiger zu machen. „Es geht ja wirklich nur um das Zurückbringen … Und außerdem", erkläre ich hastig weiter, „hoffe ich darauf, dass die Balkontür offen ist, so dass wir gar nicht …"

„Du meinst die Balkontür, an die dein Guardian seine Mitarbeiterin extra noch mal erinnert hat, bevor wir gingen?", fragt Moritz nach.

Und schon wieder fühlt sich seine Ironie wie eine Ohrfeige an.

Ich nicke hilflos. „Wir könnten doch wenigstens mal nachsehen? Wir sind ja praktisch nur noch hundert Meter entfernt."

Ich gucke so flehend, wie ich kann.

Moritz grunzt. „Also ehrlich, Cara, dafür, dass du eigentlich ganz anders bist als die meisten Glitzerküken bei uns im Internat, hast du 'ne Menge Tricks drauf!"

Darauf sage ich lieber nichts. Und versuche, das stattdessen als Kompliment zu nehmen, hihi! Immerhin machen wir uns jetzt tatsächlich auf den Weg zum Cromwell Place.

Keine fünf Minuten später stehen wir vor dem schneeweißen viktorianischen Haus mit den hübschen, schwarz lackierten altmodischen Eisenzäunchen, in dem wir erst wenige Stunden vorher mit David Tee getrunken haben. Und als wir hochgucken zu dem Balkon im ersten Stock über der Eingangstür, springt mir mein Triumph vermutlich aus allen Knopflöchern.

HA! Sie HAT vergessen, die Tür zuzumachen!

„Unfassbar!", meint Moritz mit staunend hochgerecktem

Kopf. „An Davids Stelle würde ich die Frau feuern! Ich meine, das ist ja geradezu eine Einladung für einen Einbruch!"

„Ja, nicht?", lächele ich so gewinnend, wie ich kann.

Moritz stöhnt. „Mann, Mann, Cara! Ich kann nicht glauben, in was für Situationen ich mit dir immer komme!"

„Das ist bestimmt das letzte Mal!", quietsche ich kleinlaut.

Er guckt, als wolle er sich die Sache noch mal überlegen. Dann siegt sein Abenteuergeist. „Na ja, langweilig bist du immerhin nicht."

Weil ich nicht weiß, was ich darauf erwidern soll, lächele ich tapfer noch mal möglichst überzeugend. Leider verlässt mich gerade der Mut. Es ist *eine* Sache, sich vorzustellen, in ein Gebäude einzubrechen, aber eine *ganz andere*, das auch tatsächlich zu tun. Zum Glück ahnt Moritz nichts von meinen spontanen Angsthase-Gefühlen.

Seine Stimme wird forsch. „Dann los, bringen wir's hinter uns! Ich hieve dich hoch."

Der tatkräftige Junge an meiner Seite geht die zwei Stufen zur Eingangstür hoch, baut sich direkt unter dem Geländer des Balkons auf und faltet seine Hände zu einer Räuberleiter. „Hopp, rauf hier!"

Und bevor ich es mir noch anders überlege, steige ich schnell mit einem Fuß auf seine angebotenen Hände und ziehe mich an seinen Schultern hoch, bis ich die Stangen ganz unten am Balkongeländer erreiche.

Moritz unter mir ruckelt bedenklich hin und her.

„Bin ich zu schwer?"

„Leicht wie eine Feder", kommt die Antwort grunzend von unten. „Trotzdem wäre es nett, du würdest ein bisschen Gas geben."

„Ich komme nicht weiter." Mit den Händen am Geländer schaue ich runter zu Moritz.

„Du musst dich auf meine Schultern stellen!", gibt Moritz mir Anweisung. „Dann kannst du das Geländer weiter oben anfassen und dich hochziehen. Wenn du mit den Füßen den Balkonboden erreichst, schaffst du es auch, drüberzuklettern."

Ja, *wenn*!

Langsam versuche ich, es wenigstens auf seine Schultern zu schaffen. Es ist mir ein bisschen unangenehm, so auf ihm rumzuklettern. Ich will ihm ja nicht wehtun. „Geht's?"

„Mach zu!", zischt Moritz von unten. Seine Stimme klingt gepresst.

Ich grabe meinen rechten Fuß zum Abstützen in seine Schulterbeuge und will mich gerade mit dem linken Bein auf seine Schulter knien, da bricht er unter mir zusammen. HIIILFEEE!

Wie eine vermutlich schon von weitem leicht erkennbare Christbaumkugel – mein rotes Kleid hebt sich ganz wunderbar von den weißen Steinmauern ab – baumele ich am untersten Teil des Geländers. Hin und her schaukele ich, wie früher an der Schaukelstange, die Dad mir in die alte Eiche gehängt hatte. Hin und her. Wenn meine Hände jetzt noch mehr Panikschweiß entwickeln, rutsche ich ab.

„Scheiße!", grunzt Moritz tief unter mir. „Warte, ich halte dich."

Ich sehe, wie er sich mühsam aufrappelt. Ich hab ihn doch nicht verletzt?

Leider muss ich genau in diesem Moment wieder an Nanas *Swinging London* denken, und ein kleiner Anfall von Hysterie überkommt mich.

Ja, hier schwinge ich nun. Mitten in London. Wenn auch nicht ganz so, wie Nana das wohl gemeint hat …

Eine Sekunde später hat sich Moritz wieder unter mir aufgebaut und meine Füße finden Halt auf seinen Schultern. Sofort kann ich das Geländer tatsächlich einen halben Meter weiter oben anfassen. Nur bringt mich das immer noch nicht weiter. Es ist unglaublich schwer, sich nur mit den Armen allein irgendwo hochzuziehen. Wie machen das diese professionellen Einbrecher nur? Die müssen ja Mörder-Muskeln in den Armen haben.

„Was ist, willst du da oben Wurzeln schlagen?", ruft Moritz zu mir hoch.

Vermutlich kann der Ärmste nicht mehr lange stehen. Leider schaffe ich es aber beim besten Willen nicht, mich hochzuziehen.

„Beeilung, Cara!" Moritz wird ungeduldig. „Der Typ dahinten guckt schon merkwürdig."

Ich kann es ihm nicht verdenken. Weder Moritz noch dem Mann, der tatsächlich zwei Häuser weiter auf dem Gehweg steht und uns offen beobachtet. Kommt wohl in Londons guten Gegenden nicht allzu häufig vor, dass fünfzehnjährige Mädchen um Mitternacht an Balkonbrüstungen hängen.

Jetzt kommt der Typ auch noch näher. Doch sogar zum Weglaufen ist es zu spät. Außerdem trau ich mich nicht, abzuspringen.

„Kann ich Ihnen helfen?"

Ich lache fast laut los. Oh, diese Engländer!

Statt wie jeder anständige Deutsche sofort loszubrüllen, die Polizei zu rufen oder wenigstens den nächstbesten Baseballschläger zu ergreifen, um Schlimmeres zu verhindern, ist es den Engländern am liebsten, jede Situation ruhig und freundlich zu klären. Am sichersten noch mit einer Tasse Tee dazu.

Sogar der schüchternste Deutsche hätte wohl mindestens ein „Hey, was machen Sie da?" zu uns hochgebrüllt. Und das ist natürlich exakt das, was auch der Engländer wissen will, wenn er höflich fragt: „Kann ich helfen?"

„Wir haben unseren Schlüssel vergessen", behauptet Moritz, ohne zu zögern, allerdings nicht besonders originell.

„Warum sagt ihr das nicht gleich?" Erleichtert atmet der Mann aus.

Man sieht direkt, wie er es gehasst hätte, Zeuge eines echten Einbruchs zu sein. Was nicht sein *darf*, ist auch nicht.

Oh, diese Engländer!

„Wartet einen Moment!" Eilig läuft er zum Ende des Häuserblocks und kommt keine drei Sekunden später mit einer Leiter zurück. Unsere Rettung!

Er sieht genauso glücklich aus wie wir. „Hier! Ich bin dieses Wochenende gerade beim Fensterputzen." Er lächelt fast verschwörerisch. „Klettert lieber hiermit hoch! Sonst kommt am Ende noch jemand auf die Idee, ihr wolltet einbrechen!"

„Oh!" Ich verschlucke mich fast. „Ja, äh, nein, also, ich meine, das, ähm, wäre gar nicht gut."

„Nicht wahr?", nickt der Typ und lehnt die Leiter trittsicher gegen den Balkon.

Ich brauche nur einmal mit meinem linken Fuß zu angeln,

schon habe ich eine Sprosse erwischt und ziehe jetzt auch den zweiten Fuß nach. Ich stehe. Puh!

„Na, nun rüber da!", ermuntert mich der Mann und nickt freundlich hoch. „So ein junges Mädchen, das schaffst du doch, oder?"

Ich lächele genauso freundlich runter. Klar, aber gerade jetzt finde ich die Vorstellung, mutterseelenallein nachts in ein dunkles Gebäude einzusteigen, gar nicht mehr so verlockend.

Und was, wenn die Alarmanlage losgeht in dem Moment, in dem ich durch die Balkontür ins Innere trete? Was denkt der Mann wohl dann? Gibt es dafür immer noch eine logische und friedliche Erklärung?

Moritz scheint mein Zaudern richtig zu deuten. „Los! Sobald du über dem Geländer bist, komme ich nach."

Oh, ich könnte ihn küssen! Moritz *Mega-Kavalier* Ankermann-Schönfeld! Ich bin so froh, dass er bei mir ist!

Mit neuem Mut klettere ich rasch die Sprossen hoch, schwinge mich über das Geländer und zeige ihm von oben den hochgereckten Daumen. Und flink wie ein Affe ist auch Moritz die Leiter hoch- und auf den Balkon geklettert.

„Vielen Dank!", ruft Moritz dem Mann von oben zu. (Wohlerzogen in jeder Situation des Lebens. Genau wie Nana es immer predigt, hihi!)

„Sehr gerne!", ruft der Mann zurück. „Freue mich, dass ich helfen konnte."

Er nimmt die Leiter wieder runter und klappt sie zusammen, um sie zurücktragen zu können. „Die braucht ihr ja jetzt nicht mehr."

„Nein!", ruft Moritz fröhlich von oben und winkt zum Abschied.

Nein? Und wie, bitte, sollen wir wieder runterkommen?

Doch *jedes Problem zu seiner Zeit*, sagt Nana immer.

Außerdem drängt Moritz zur Balkontür. „Wir fallen auf, wenn wir hier lange rumstehen."

Meine Ohren erwarten beim Eintreten einen schrillen Alarmton, doch nichts passiert.

„Das war ja wohl echt ein Schweineglück!", schnauft Moritz, als wir drin sind, und erst jetzt merke ich, wie angespannt auch er gewesen sein muss.

„Echt, Cara!" Ein hilfloses Lachen kommt aus seiner Kehle.

„Das glaubt einem keiner, wenn wir es erzählen."

Erzählen?

„Du musst mir versprechen, das NIEMANDEM zu erzählen!", bitte ich.

Er grinst spöttisch. „Ach nee, du, das hab ich mir komischerweise fast schon gedacht."

Ich atme erleichtert auf.

Und bin fast froh, als er hinzufügt: „Aber das Schuldpfand, das ist dafür immer noch in meinem Besitz!"

Ich nicke zustimmend. In diesem Moment würde ich alles versprechen.

„So", wird Moritz wieder ernst. „Jetzt kommst du aber nicht auf die dämliche Idee, den Schreibtisch von David noch mehr zu durchwühlen, klar? Du legst die Sachen zurück und dann sind wir weg hier. Ich habe wirklich keine Lust, morgen früh von Mrs Hampstead aus einer Gefängniszelle abgeholt zu werden!"

Nein, ich ganz bestimmt auch nicht! (Denn das wäre ohne Zweifel das Ende meines Aufenthalts im Cornwall College.)

Ich fliege den Flur entlang, husche zu Davids Schreibtisch, hole die Sachen aus meiner Handtasche, streiche das etwas verknickte rosa Papier sorgfältig glatt, drapiere den Scheck darunter, so wie ich ihn gefunden habe, und gehe schnurstracks zurück zu Moritz. „Und wie kommen wir jetzt wieder raus? Ich springe nicht vom Balkon!"

Er nickt zur Etagentür rüber. „So wie alle normalen Menschen auch. Offenbar ist die Alarmanlage ja nicht eingeschaltet."

Neben der Tür hängt ein silberner Kasten mit einem Zifferndisplay – das Alarmsystem.

„Das Ding leuchtet aber", gebe ich zu bedenken.

Moritz guckt zu dem Teil rüber und ist einen Moment verunsichert. „Vermutlich springt das nur an, wenn jemand von draußen versucht, die Tür mit Gewalt zu öffnen."

Ich nicke. Er hat bestimmt Recht.

Wir öffnen die Tür und sind schon halb im Flur, da ertönt ohrenbetäubendes Geheul. Im ersten Moment denke ich, dass draußen etwas passiert sein muss, bis mir klar wird, dass *wir* das sind.

Moritz und ich fliegen die Treppen runter, als wollten wir den Weltrekord im olympischen Stufenrennen gewinnen. (Dieser gesamte Tag gestaltet sich einfach unfassbar sportlich!)

Die Tür zur Straße aufreißen und die paar Stufen bis zum Gehweg springen sind eins. Ich drehe mich nicht mal um, um zu gucken, ob der arme gutgläubige Leiter-Typ uns bemerkt hat, wir laufen einfach nur. Den Cromwell Place runter, die nächste Straße entlang und die nächste und die nächste, bis wir vor uns den Hyde Park sehen. Rüber über die breite Kensington Road und rein ins Dunkle. Erst zwischen den Bäumen fühlen wir uns sicher genug, um anzuhalten. Erschöpft lassen wir uns beide einfach ins Gras fallen.

„Also, das muss man zugeben, Cara", keucht Moritz, „wir haben heute wirklich eine Menge von London gesehen."

Ich bin so kaputt, ich kichere einfach nur. „Ja, aber das Ge-
samttempo war doch etwas zügig, findest du nicht?"

Und dann lachen wir beide die Anspannung weg.

Es ist weit nach eins, als wir zurück im Hotel sind. Leise
krieche ich neben Pippa ins Bett und atme tief aus. Doch
kurz bevor mir die Augen zufallen, muss ich plötzlich an
Bailey denken, und grinse. Ja, Bailey hatte ja *so ein Gefühl*,
dass etwas passieren würde in London, und – peng! – das ist
es auch. Ach, ich sollte doch Baileys Gefühlen mehr trauen!
Nur leider haben sie nicht immer allzu viel mit Bailey selbst
zu tun ...

Ach, das Leben! Ich frage mich, ob es so wohl ist, das richtige Leben. Caras Leben eben. Tage voller Spannung, aber
auch voller Lachen.

Und die Angst und Bedrohung, die ich immer wieder fühle, die sind bestimmt nur noch der kleine Rest von Angies
Leben ...

Internatsleben on the rocks!

„Wie kommst du voran?"

„Alles in Ordnung."

„Was meinst du mit alles in Ordnung?"

„Hm … nun ja, … ein paar kleine Stolpersteine."

„STOLPERSTEINE? Was soll das heißen? Du sollst nicht stolpern, du hast einen Auftrag, vermassle ihn nicht!"

„Wird alles nach Plan gehen. Ich verspreche es."

„Das hoffe ich für dich!!"

Kuhschock und Surf-Rock

Ein mittelschwerer Schock erwartet mich, als wir alle am frühen Sonntagnachmittag nach einer lustigen Fahrt im Großraumtaxi (alles organisiert von Moritz' Eltern) wieder nach Brockhampton Castle zurückkommen. Während ich die Klinke zu meinem geliebten kleinen Zimmerchen runterdrücke, merke ich, dass irgendetwas die Tür blockiert. Ich schiebe meinen Kopf durch den Spalt und recke ihn um die Ecke, um zu sehen, was es ist.

Es sind Koffer. Und nicht irgendwelche Koffer, sondern goldgelb-orange ins Auge beißende. Dazu noch mit winzigen Perlmuttsteinchen besetzt, die in geschwungenen weißen Linien ein Fantasie-Muster bilden. Oder – huch? – sollen die Linien etwa Schlangen darstellen? Ach, du liebe Glitzerschlange, das kann nichts Gutes bedeuten!

So gut es geht, steige ich über die Riesendinger drüber, bahne mir einen Weg zu meinem Bett und stelle meine eigene Overnight-Tasche ab. Dann drehe ich mich um und gucke mir die Koffer genauer an. Oh, dear God, lass die bitte nicht der Mädchennatter gehören, von der ich befürchte, dass sie ihr gehören!

Am Tragegriff sind zwei elegant geschwungene Buchstaben eingraviert: ein J und ein A.

NEIN! Ich erschrecke bereits zu Tode, als ich auf Grund der Initialen meinen Verdacht bestätigt sehe, da setzt die Stimme, die plötzlich hinter mir ertönt, noch einen drauf. „Hi Cara, Sweetie! Na, neidisch?"

Ich fahre herum. „JUDY!"

„So ist es!", strahlt Viehbaronin Judy Arnold und streckt ihre Arme zur Seite aus, als wäre sie auf einer Bühne und erwarte Applaus für ihr Erscheinen oder zumindest eine Umarmung von mir. „Ich bin zurück!"

„Oh. – Ja." Was soll ich dazu sagen?

Und klar bin ich neidisch auf solch einmalige Schlangenkoffer. Ungefähr so neidisch wie auf Haarausfall oder Zahnfäule. Rrrgsss!

Statt Umarmung mache ich automatisch einen Schritt zurück, stolpere dabei rückwärts gegen mein Bett und lasse mich zur Sicherheit gleich auf die Bettkante fallen.

Judy Arnold, die zickigste Oberzicke der Internatswelt, ist wieder im Cornwall College. Oh, nein. Was hat sie mir damals in den ersten Wochen zugesetzt!

Nun ist sie also wieder hier. Uff. Ich nehme an, ihr amerikanischer Rinderfarm-Daddy konnte sie nicht länger zu Hause ertragen. Eine andere Erklärung fällt mir spontan nicht ein.

„Freust du dich?" Judy strahlt, als wären wir vor ihrer Abreise beste Freundinnen gewesen.

Ob ich mich freue? Mir bleibt vor Schreck die Spucke weg. Genug, dass sie wieder im Cornwall College ist. Schlimmer, dass sie *in meinem Zimmer* ist. Und nun soll ich mich darüber auch noch freuen?

Ich bin froh, dass ich sitze.

„Ich bin die ganze Nacht durchgeflogen, kam gestern Mittag hier an", sprudelt Judy auch schon los, „und musste feststellen, dass ihr alle in London wart. Zum Glück kamen Amy, Danielle, Sapph und Tasha am Abend zurück und wir haben meine Rückkehr ausgiebig gefeiert."

Oh dear, denke ich, nun haben wir wieder fünf Glitzergirls in Pembroke House statt vier – eindeutig fünf zu viel. Gut, dass mir wenigstens die Feier erspart geblieben ist!

Unauffällig suche ich mein, nein, – oh, dear! – *unser* Zimmer nach irgendwelchen Spuren ab. Doch die Party scheint zum Glück nicht hier stattgefunden zu haben. Die Wände sind weder mit Lippenstift verschönert, noch stinkt es nach Schlimmerem.

„Und was gibt's bei dir Neues?", fragt Judy nach einer Weile tatsächlich.

Als ob sie an mir auch nur für fünf Pence interessiert wäre!

„Och, nicht viel", antworte ich so dahin, während mir noch der Kopf raucht von all den Geschehnissen der letzten vierundzwanzig Stunden. (Ein bisschen Ruhe zum Verarbeiten wäre jetzt schön gewesen.)

Judy mustert mich in der ihr eigenen Art. „Verändert hast du dich jedenfalls nicht." Sie lacht. (Hat sie irgendwas Witziges gesagt?) „Immer noch die gleichen Mäuseklamotten wie am Anfang des Schuljahrs! Ich glaube, du brauchst mal eine Typberatung von einem Profi!"

Mäuseklamotten?

Ich kann nicht anders, automatisch gucke ich an mir runter. Bluejeans und ein beiger Kaschmir-Pulli mit V-Ausschnitt, dazu hellbraune Slipper in der gleichen Farbe wie der Pulli – what's wrong with that?

Okay, im Vergleich zur täglichen Kleiderwahl von Miss Texas falle ich vermutlich aus dem Rahmen. Heute im Angebot: schrilllila Pailletten-Top über giftgrüner und knallenger Schlangenlederoptik-Hose, dazu schwarze Stiefel, deren Absatzhöhe genügt hätte, um gestern bequem auch ohne Leiter auf den Balkon zu steigen. Ich bewundere sie ehrlich dafür, dass sie auf den Dingern gehen kann. Nun ja, zumindest stelzen kann. (Hihi, bei unseren Marathon-Läufen gestern wäre sie allerdings verloren gewesen!)

„Sollen wir?", fragt Cowgirl Judy jetzt und lächelt mich an. (Wieso lächelt die? Die hat mich doch sonst nie angelächelt. Hab ich irgendwo Ketchup im Gesicht?)

„Sollen wir – äh, was?"

„Nächstes Wochenende shoppen gehen", meint Judy. „Zusammen. Damit du endlich ein paar vernünftige Sachen im Schrank hängen hast."

Help! Lieber würde ich ein Rodeo auf einem von Judys Stieren reiten!

„Äh, ich – weiß nicht." Ich versuche mein Bestes, höflich zu bleiben.

Vielleicht – hm, vielleicht versucht Judy ja tatsächlich einen Neuanfang oder zumindest netter zu sein als damals vor acht Wochen.

Trotzdem – ich lasse es lieber langsam angehen. „Ich … hab immer noch so viel in der Schule aufzuholen, du weißt doch, und in der Woche ist so wenig Zeit dafür und …"

Judy guckt verächtlich. „Willst du etwa auch so eine Streberin werden wie deine Freundin Hettie?"

„Hettie ist keine Streberin", gebe ich weniger freundlich zurück. „Ihr macht das Lernen einfach Spaß."

Judy schnaubt wie eine Kuh. „Bitte, wie du willst! Ich hab nur meine Hilfe angeboten. Übrigens wirst du nächstes Wochenende sowieso wenig Zeit zum Lernen haben. Außer du willst *Rock on the beach* verpassen."

„Rock on the beach?", wiederhole ich erstaunt.

„In Newquay!", antwortet Judy fast vorwurfsvoll. „Was kriegst du eigentlich mit? Ich bin noch keinen Tag hier, aber *du* weißt noch nicht mal, dass das diesjährige Surfseason-Abschlussfest nächsten Samstag stattfindet?" Sie kriegt ganz strahlende Augen. „Weißt du, wie hot die Typen sind, die da rumlaufen?"

Und dann gönnt sie mir einen ihrer *Kommst du denn mitten aus dem Urwald?*-Blicke.

„Ich sag nur: SURFER!", setzt sie vieldeutig hinzu.

„Ah", mache ich, „klingt cool."

Judy nickt heftig. „Und rate mal, wer dort als Music Act und Headliner auftreten wird!"

Unwissend zucke ich mit den Schultern.

„*Raw!*", schreit Judy. „Amys Mutter Raw! Ist das nicht einfach irre?" Judy atmet heftig vor Begeisterung. „Natürlich wäre die nie in ein Kaff wie Newquay gekommen – das hat sie ja wirklich nicht nötig. Die tritt nur in den allergrößten

Arenen in L.A., New York oder im Wembley Stadium in London auf. Das macht sie bloß Amy zuliebe! Crazy, was?" Ehrlich gesagt, hatte ich von der Rocksängerin Raw noch nie etwas gehört, bis ich hier ins Cornwall College kam. Nana hat es nicht so mit Rock- und Popmusik und wer hätte mir sonst von ihr erzählen können? Aber ich muss zugeben, dass die wirklich tolle Musik macht. Auf den Hitlisten immer ganz oben.

Schade, dass sie so eine Zickentochter wie Amy hat! Auf der anderen Seite ... Mit so einer Mega-Musikkarriere-Mutter, die dauernd in der Welt rumjettet und bestimmt nicht allzu viel Zeit hat, mütterlich zu sein, ist es vielleicht auch nicht so einfach als Tochter ...

„Und die BBC zeichnet das ganze Konzert auf", lässt mich Judy wissen. „Natürlich nur, weil Raw singt." Sie strahlt schon wieder bedenklich. „Stell dir doch mal vor, wir kommen vielleicht ins Fernsehen!"

„Cool", sage ich schnell noch mal, damit Judy zufrieden ist. Doch in Gedanken sehe ich Nana bereits in Ohnmacht fallen. Anna-Louise Norden im britischen Fernsehen ist mit Sicherheit nicht unbedingt das, was sie mit *unauffällig in einem Internat untertauchen* gemeint hat.

„Ich muss jetzt jedenfalls noch einen Aufsatz für morgen für Geschichte schreiben", beende ich die Unterhaltung.

Denn tatsächlich fällt mir das gerade siedend heiß ein. Auch wenn ich mich vermutlich nur schlecht konzentrieren kann. Zu viel geht mir im Kopf rum. Und – Hilfe! – da sind sie plötzlich wieder, all meine Sorgen: Nana, die Geld auf ein privates Konto von ihr verschiebt. David, der komplett unbesorgt mit mir Tee trinkt, obwohl er doch genau weiß, dass ich in Gefahr bin. Ein gewisser T2, der mir auf den Fersen ist.

Irgendwie weiß ich überhaupt nicht mehr, was ich denken soll. Wieso sagt mir nie jemand die Wahrheit?

Würden mir Nana oder David die Wahrheit sagen, wenn ich sie ganz direkt danach fragen würde? Wenn ich zum Beispiel fragen würde: WER ist T2? Oder würden sie nur abwiegeln, Ausflüchte finden, womöglich behaupten, sie wüssten überhaupt nicht, wovon ich rede?

Und wie sollte ich ihnen erklären, wie ich auf den Namen T2 gekommen bin? Woher ich weiß, dass Nana Geld unterschlägt? Ohne zuzugeben, dass ich auf Davids Schreibtisch geschnüffelt habe?

Auf der anderen Seite: Ist es nicht mein gutes Recht zu schnüffeln, wenn auf Davids Schreibtisch solch ungeheure Tatsachen aufgeschrieben liegen? Schließlich geht es doch um mich! Da sollte ICH doch wohl als Erste wissen, was gerade wieder geschieht!

Und ich sollte ja wohl, verdammt noch mal, darauf vertrauen dürfen, dass David und Nana mir alles, was mich angeht, sofort mitteilen! UND dass sich die beiden nicht an dem Firmengeld, das irgendwann einmal mir ganz allein gehören wird, privat vergreifen! Oder etwa nicht? Nana hat doch sowieso Zugang zu so viel Geld, wie sie will. Warum also heimlich?

Ich seufze.

Doch eine Minute später schlägt meine Wut um in Traurigkeit. Ich hab ja nicht viele Menschen, denen ich blind vertrauen kann.

Wie oft hat mich Nana ermahnt, dass manche Leute nur freundlich zu uns sind, weil sie an unser Geld wollen! Ein Grund mehr, warum ich so glücklich bin, dass im Cornwall College keiner weiß, WIE reich ich wirklich bin. Alle, die hier mit mir befreundet sind, sind das, weil sie MICH mögen. Und nicht mein Geld. Trotzdem brauche ich auch enge Vertraute, die wissen, wer ich wirklich bin.

Und wem sollte ich sonst trauen, wenn nicht Nana und David?

Doch KANN ich ihnen noch trauen? Wer spielt hier eigentlich welches Spiel?

Ich setze mich an meinen Schreibtisch und starre die Wand an.

Oh, Mum, Dad, ich fühle mich gerade schrecklich allein!

Mit einem tiefen Seufzer, der nur wenig mit Mrs McIntyre und Geschichte zu tun hat, hole ich meine Schulsachen aus meiner Schublade, schlage die Seite mit den endlosen Ehefrauen von Henry dem Achten auf und versuche, mich zu konzentrieren. Trotz allem, was gestern auf mich eingestürzt ist.

„Schrecklich! Womit habe ich das nur verdient, mit so einem Trauerkloß in einem Zimmer zu leben?", muht Judy hinter mir schon wieder, während sie Massen an glitzerigen Klamotten aus ihren Koffern in ihren kleinen Internatsschrank quetscht. (Ein aussichtsloses Bemühen.)

Ich ignoriere das.

Ach ja, ich vergaß: Cowgirl Judy wieder im Zimmer zu haben, hilft auch nicht gerade – uff! Haben andere Mädchen in ihrem Leben auch mit so vielen Problemen auf einmal zu kämpfen?

♥ Feuer mit Rambo ★

Am Montagmorgen wache ich volle zwei Stunden vor dem Weckerklingeln auf. Und daran sind nicht mal die ebenso lauten wie uneleganten Schnarchtöne von Glitzerkuh Judy schuld.

Ich schiebe den Vorhang neben meinem Bett ein Stückchen zur Seite und schaue aus dem Fenster. Es ist noch dunkel. Ein paar frühe Vögel versuchen trotzdem ihr Bestes, ihre noch selig schlummernden Kollegen aus dem Schlaf zu singen. Ganz hinten am Himmel erscheint ein erster hellgrauer Streifen. Dort wird bald die Sonne aufgehen.

Und hier im Bett geht mir gerade ein bisschen das Herz auf. Wegen all der vielen Geschehnisse und verwirrenden Gedanken am Wochenende hatte ich noch überhaupt keine Zeit, mich … (grins) … über Moritz zu freuen. Er war … wirklich unheimlich lieb. Und witzig. Und unterstützend.

Ja, sehr unterstützend. Und ist das nicht ein sicheres Zeichen dafür, dass … dass einen jemand mag?

Ein Junge mag mich!

Meine Hand hat er auf unserem mitternächtlichen Spaziergang vom Hilton rüber nach Kensington nicht noch einmal genommen. Trotzdem fühlte es sich so an. Als ob wir Hand in Hand gegangen wären, meine ich. Nah. Warm. Vertraut. Und beinahe – ja, geborgen.

Geborgen …

Nur ein Wort genügt und ich habe wieder, wie so oft, den Unfall vor Augen. Wenn Mum und Dad damals nicht abgestürzt wären, hätte ich jetzt … Eltern. Wie alle anderen auch. Na gut, natürlich haben nicht *alle* Eltern. Judy zum Beispiel lebt allein mit ihrem Rinder-Dad. Wo ihre Mutter ist, weiß sie selbst nicht. Wie schrecklich muss *das* sein?

Am Anfang des Schuljahres hatte ich es so verstanden, als ob Judys Vater neu geheiratet hätte, weil sie immer von einer May sprach, mit der er offensichtlich zusammenlebte. Doch das entpuppte sich als Missverständnis. Denn innerhalb weniger Wochen wurde aus May Janice, aus Janice Lara, aus Lara Isobel und dann gab Judy es auf, mir von den Frauen an der Seite ihres Vaters zu erzählen, und ich gab auf, mir ihre Namen zu merken.

Vielleicht hat Judy es auch nicht ganz einfach? Und hat

nur eine ganz andere Art als ich, mit ihrem Frust und ihrer Sehnsucht nach Geborgenheit klarzukommen? Oder, anders gesagt: Sie hat eine andere Art zu überleben?

Ich recke mich vom Kissen hoch und schaue zu ihr rüber. Friedlich wie ein frisch geborenes Kälbchen schnarcht sie vor sich hin. Fast tut es mir leid, dass ich gestern nicht netter zu ihr gewesen bin. Vielleicht können wir wirklich einen Neuanfang machen?

Da bemerke ich den Haufen zerknüllter Taschentücher neben ihrem Bett. Good Lord, es hat also doch jemand geschluchzt heute Nacht?

Ich war so müde, dass ich automatisch versucht habe, die Geräusche, die mich immer wieder halb aus dem Schlaf rissen, in meine Träume einzuarbeiten, um nicht ganz aufzuwachen. Aber jetzt stelle ich fest ..., das muss Judy gewesen sein! Oh, arme Judy! Warum um alles in der Welt weint sie nachts? Die freche, starke Judy, die sich über alle und alles nur lustig macht!

Ich knülle mir mein Kissen in den Rücken, setze mich gegen die Wand und beobachte das kleine texanische Schnarchmonster. Kann es sein, dass die gute Miss Gwynn Recht hatte, wenn sie so oft seufzend sagte: „Ach, weißt du, Angie, jeder hat sein Päckchen zu tragen im Leben. Auch die, die unausstehlich sind"?

Ich frage mich, wie sich wohl Judys Leben für Judy anfühlt. Für mich ist sie einfach eine nervende Zicke. Aber vielleicht ist sie tief drinnen wirklich nur sehr, sehr unglücklich und überspielt dieses Unglück mit ihrer ätzenden Art.

Ich muss direkt seufzen. Spontan fallen mir noch mehr kleine Info-Brocken ein, die sie mal irgendwo in unsere kurzen Unterhaltungen eingestreut hat. Als ich ihr zum Beispiel von den leckeren Pfannkuchen erzählte, die es bei uns zu Hause immer am Sonntagmorgen gibt, hat sie nur – zickig wie immer – mit den Augen gerollt und gezischt: „Pffff, wer braucht schon Pfannkuchen!" Und gleich danach hat sie mit irgendeinem superteuren Armband rumgefuchtelt, als ob so ein Ding mindestens genauso lecker wäre. Ich weiß noch, dass ich das ignorierte und sie ganz direkt fragte, ob *sie* denn nicht gerne Pfannkuchen äße.

Einen Moment lang sah Judy verwirrt aus. Beinahe verletzlich, traurig. Doch dann kam wieder Miss Texas durch.

„Solche Bauernkost brauche ich nicht! Wir essen zu Hause Steak oder Krabbentoast zum Frühstück! Pfannkuchen sind doch Mami-Essen für Babys!"

Mami-Essen! Das war so typisch Judy gewesen!

Doch jetzt … denke ich ein Stück weiter als damals. Sagt sie nur so abwertende Sachen, weil sie eben *keine* Mami mehr hat?

Und dann fällt mir der Tag ein, an dem wir mit ein paar anderen Mädchen zu einem Village-Hall-Tea unten in Brockhampton St. Johns gegangen sind. Es gab Scones und Erdbeertörtchen und allerlei leckeren Kram, den die Frauen aus dem Dorf immer selbst backen, und … einen Stapel Pfannkuchen mit Ahornsirup. Oh, wie Judy über die Pfannkuchen hergefallen ist! Als hätte sie noch nie in ihrem Leben welche vorgesetzt bekommen.

Hui, was ist das? Ich halte die Luft an, um Judy nicht zu wecken, denn gerade seufzt sie im Schlaf tief auf wie ein Ertrinkender, der im letzten Moment eine Leine zugeworfen bekommt. Irgendwie tut sie mir plötzlich leid.

Und ich weiß nicht, wieso …, vielleicht, weil ich selbst nicht mehr schlafen kann …, aber … was würde wohl passieren, wenn ich Judy einfach eine Freude mache? Jetzt! Einfach so! Sozusagen als Begrüßung zurück in unserem Zimmer. Ob sie sich, wie sonst, auch darüber nur lustig machen wird?

Ha – ich glaube, ich probier's! Und wenn sie genauso zickig reagiert wie sonst, dann kann sie mich mal für die nächsten Monate!

Ich überlege, was ich Nettes tun könnte. Wie wäre es zum Beispiel, wenn ich leise in die Küche runterschleiche und uns beiden eine kleine Frühstücksfreude mache? Ich merke nämlich gerade, dass mein Magen knurrt wie eine Raub-

tierkatze! Außerdem habe ich so fest an Pfannkuchen gedacht, dass ich richtigen Heißhunger darauf habe – jammi!
Es verstößt ja bestimmt nicht gegen die Internatsregeln,
wenn ich unten eine Runde backen gehe, oder?

Die Pfannkuchen unseres Kochs Olivier zu Hause sind einfach himmlisch! Besonders, wenn er sie mit geriebenen Va-
nilleschoten und Puderzucker bestreut – lecker! Oh, ja, das
mache ich!

Huch, Moment! Wie *macht* man eigentlich Pfannkuchen?
Ich hab noch nie im Leben irgendwas gekocht. Kocht man

die überhaupt? In blubberndem Wasser? Aber bei Olivier
sind die nie nass gewesen. Och nee, wieso weiß ich so was
nicht?

Halt – wozu gibt es das Internet? Da gibt's doch für alles
Videos und Anleitungen.

Leise klettere ich aus dem Bett, schnappe mir meinen Laptop, kuschele mich zurück unter die Decke, stecke mir meine Kopfhörer ins Ohr, damit Schnarchnäschen Judy nicht
aufwacht, und fange an zu googeln. Hier – das ist doch gut:
Pfannkuchen in fünf Minuten, in five easy steps.

Ich versinke förmlich in dem Video und versuche, mir alles
genau zu merken. Sieht tatsächlich ganz leicht aus. Eier,
Mehl, Pfanne … Ach so, in der *Pfanne* brät man die. Ahaaaa,
daher das Wort *Pfann*kuchen!

Hihi, bin ich froh, dass mich keiner dabei sieht! Solche Sachen kann bestimmt schon jeder Erstklässler backen. Und Judy hätte garantiert wieder einen Spruch in Richtung „Wo bist du eigentlich aufgewachsen – im Dschungel?" gemacht. Tja, nicht im Dschungel – aber auch nicht in der Küche. Aber das kann sich ja ändern!

Voller Elan schmeiße ich die Bettdecke zurück, greife mir meinen Morgenmantel, klemme mir zur Sicherheit den Laptop unter den Arm und tapse leise aus dem Zimmer. Am Ende des Flures neben dem Treppenhaus schleiche ich ganz besonders vorsichtig. Nicht, dass Matron noch aufwacht.

Ich stelle fest, dass die Treppenbeleuchtung offenbar die ganze Nacht an ist. Die Küche im Erdgeschoss von Pembroke House hinter unserem Frühstücksraum ist allerdings umso dunkler. Wo ist denn hier der Lichtschalter?

Ah, da! So, jetzt ist es doch gleich weniger unheimlich. Nun eine Pfanne suchen und wo …? Ah, dort ist der Herd. Und Mehl und Eier und Milch?

Es dauert eine Weile, bis ich alle Zutaten zusammenhabe. Doch dann lege ich los. Hui, und wie ich loslege!

Im Video haben sie für eine Person (zwei kleine Pfannkuchen) drei Eier genommen, aber ich will ja für zwei Personen backen. Na gut, vielleicht besser für zweieinhalb, ich kriege von Minute zu Minute mehr Hunger. Außerdem wurde noch gesagt, dass der Geschmack sich mit mehr Eiern verbessere. Hmmm, ich glaube, dann nehme ich zur Sicherheit lieber acht Eier und nicht sechs. Nein, besser zehn. Ich will ja nicht, dass Miss America an meinem Frühstück rummeckert. Es soll superlecker werden!

Ich wühle im Kühlschrank und finde einen Karton mit zwölf Eiern. Was soll der Geiz, ich nehme am besten alle. Nun Mehl … und etwas Milch. Bis der Teig gerade richtig weich und fließend ist. Ups, sieht so aus, als bräuchte ich eine größere Schüssel! Noch etwas Milch dazu … Oh, ich brauche eine NOCH größere Schüssel! Oh, là, là, jetzt sieht es allerdings so aus, als könnte ich unsere ganze Klasse mit Pfannkuchen versorgen, so viel Teig hab ich. (Vielleicht beim nächsten Mal doch weniger Eier nehmen.)

Ach, das macht total Spaß! Ich kann nicht glauben, dass ich bei uns zu Hause nicht öfter in der Küche war! Olivier hätte mich doch unterrichten können. Seufz, Nana ist manchmal so ein Snob!

Als der erste Pfannkuchen in der Pfanne brutzelt, merke ich, dass es draußen langsam hell wird. Ich mache einen Schritt zum Fenster und schaue raus. Wie schön es hier ist! Dort hinten im taunassen Gras liegen noch unsere drei Internatsschafdamen Aretha, Madonna und Pixie und dösen.

Malerischer geht nicht. Alles ist friedlich, leer und still. (Bis auf die Vögel, die – der Lautstärke nach zu urteilen – offenbar langsam die Geduld mit ihren Kollegen verlieren.) Dort, wo tagsüber Mädchen und Jungen rumwuseln, ist jetzt märchenhafte Stille.

Na gut, nicht ganz. Da vorne kommt gerade ein Jogger aus dem Wäldchen raus und trabt in zügigem Tempo über die Wiese. Welcher Verrückte joggt denn um diese Uhrzeit? Selbst der Frühsport, den Mrs Bonneville und Mr Lambert gemeinsam für Jungen und Mädchen auf (Gott sei Dank!) freiwilliger Basis anbieten, geht erst in einer Stunde los. Es ist immer noch eine Dreiviertelstunde Zeit bis zum Wecken.

Jetzt hält der auch noch an und beginnt auf der nassen Wiese mit Verrenkungen. Ist das Yoga?

Nee, wohl doch nicht. Er boxt die Luft, kickt mit dem Fuß nach, springt mit einer gleichzeitigen halben Drehung hoch, schießt den anderen Fuß gen Himmel – mit dem Tempo und der Ruckartigkeit eines Gewehrschusses. Dear me! Das ist wahrscheinlich eine asiatische Kampfsportart. Aber eine von der ganz schnellen und harten Sorte. Sieht scheußlich aggressiv aus.

Ich schüttele den Kopf. So was ist nichts für mich. Möchte wirklich wissen, wer das ist. Bestimmt kein Junge aus unserem Jahrgang.

Huch, hier riecht es ja plötzlich so komisch! So … gar nicht nach Pfannkuchen!

Ich drehe mich zum Herd und – NEIN! Das kohlschwarze Teil, das ein Pfannkuchen hätte werden sollen, fängt gerade an zu brennen. Hilfe! WASSER! Feuerwehr!

Im Nu habe ich eine Kanne voll Wasser über die Pfanne gekippt. Uuuuh, das zischt!

Immerhin sind jetzt die Flammen aus, aber – puh! – wie das stinkt! Und raucht! Schnell das Fenster auf!

Dann sehe ich mir die Bescherung an. Was für ein Mist!

Mein allererster Pfannkuchen – in Rauch aufgegangen!

Ich nehme die tropfende Pfanne in die Hand und stelle sie zum Abkühlen in die Spüle. Bevor ich gehe, werde ich sie in den Mülleimer befördern. Glaube kaum, dass mit der noch jemand braten möchte.

Während ich im Schrank nach einer anderen wühle (aufgeben gilt nicht! Außerdem habe ich noch mindestens zehn Liter Teig in der Schüssel), höre ich im Treppenhaus eilige Schritte. Huch, da rennt ja jemand durch die Halle, durch den Esssaal …?

Doch bevor ich überlegen kann, ob das vielleicht Matron ist und ich jetzt Ärger wegen der Pfanne kriege, steht er schon in der Küchentür: JOSH!

In voller Sportausrüstung.

Mit einem Gesichtsausdruck, der Panik zeigt, Entschlos-
senheit, Härte und ... irgendetwas, das ich nicht richtig in
Worte fassen kann.

Ich erschrecke mich tausend Mal mehr, als wenn Matron
reingekommen wäre. Tatsächlich schießt mir bei seinem
Anblick ein solcher Angstblitz in den Bauch, dass ich kurz
davor bin, um Hilfe zu schreien. Lediglich die Vernunft
hält mich davon ab. Ich meine, dies hier ist Josh. Ein Junge
aus unserem Jahrgang. In normalen Sportklamotten.

Aber wie er hier reingestürmt ist! Genauso wie die Männer
von Spezialkommandos der Polizei in den Nachrichten!
Hätte mich nicht gewundert, wenn er eine Maschinenpistole im Anschlag gehabt hätte.

Mein Herz rast immer noch panisch und lässt sich nur langsam davon überzeugen, dass Josh *keine* Maschinenpistole
dabeihat und auch sonst allmählich einen etwas normaleren
Ausdruck im Gesicht bekommt.

„Bist du okay?", feuert er trotzdem raus, als käme er tatsächlich von einem Einsatzkommando und müsse mich retten. (Spinnt der?)

Ich japse. Und bin einfach zu geschockt, um zu antworten.
Und als der Schock sich legt, bin ich, ehrlich gesagt, auch
zu wütend, um zu antworten. Ich meine, WAS denkt dieser
Kerl, wer er ist?

Josh lässt ein bisschen Luft raus. „Ffffff …"

Das klingt merkwürdig. Wie eine übervolle Luftmatratze, deren Druck auf Normalmaß abgelassen wird. Oder wie ein aufgeblasener Schauspieler Schwarzenegger, der nach Drehschluss wieder auf Normalstatur zusammenschrumpft. Denkt Josh, er wäre in einem Film? Spielt der jeden Morgen Rambo? Der hat sie doch nicht alle!

Ich sage immer noch nichts, ich starre ihn nur böse an.

„Sorry", sagt Josh, „ich wollte dich nicht erschrecken. Ich hab …", er nickt zum offenen Fenster rüber, „… den Rauch aus der Küche gesehen und …"

„Und WAS?", pfeffere ich ihm entgegen. „Ist dir noch nie was in der Pfanne angebrannt?"

Josh folgt meinem Blick rüber zur Spüle. „Ich war draußen auf der Wiese und hab Fitness gemacht."

Soll das etwa eine Entschuldigung sein?

„Na und?", raunze ich. „Und wieso bist du jetzt nicht mehr auf der Wiese?"

Josh sieht so aus, als wisse er nicht, was er darauf antworten solle.

Ich helfe ihm. „Dir ist schon klar, dass dies hier ein *Mädchenhaus* ist, oder?" Ich schiebe noch ein bisschen mehr Wut in meine Stimme. „Oder hast du dich mal wieder … *verlaufen*?"

„Ich sag doch, ich hab den Rauch gesehen und …" Josh klingt jetzt richtig hilflos. Kein bisschen aggressiv mehr. „Ah, egal. Ich geh dann wohl wieder." Er dreht sich zum Esszimmer, guckt aber noch mal zurück. „Sorry, ich wollte dich wirklich nicht …"

Der letzte Satz klingt sanft. Sehr sanft.

Trotzdem – ich gebe keine Antwort.

Und Josh geht.

Unfassbar, was für ein Auftritt! Als er weg ist, hole ich erleichtert Luft, aber kann mich trotzdem eine ganze Weile nicht mehr auf die Pfannkuchen konzentrieren.

Ehrlich, irgendwas stimmt nicht mit diesem Typen. Genau dieses Verhalten hab ich jetzt schon ein paar Mal bei ihm gesehen. Kommt fast aggressiv auf einen zu – in Situationen, die das nicht im Mindesten rechtfertigen würden – und verwandelt sich dann kurze Zeit später in einen nett normalen, fast sanften Jungen. Nur, diese Wechsel (wie Regen und Sonne), die sind eben *nicht* normal.

So viele Momente fallen mir ein. Wie er mich im Natural History Museum plötzlich zu David begleiten wollte, obwohl er mich kaum kennt, und erst lockerließ, als Moritz sich einmischte. Und dann, als er mich vorm London Eye anstarrte wie ein hungriges Tier, aber nicht zu uns rüberkam. Beobachtet der mich etwa die ganze Zeit?

Wieso war er eigentlich allein im London Eye und nicht zusammen mit seinen Eltern? Zumindest habe ich niemanden bei ihm stehen sehen. Und wie ist er überhaupt so schnell in eine Gondel gekommen? Er stand doch ganz am Ende der Schlange, als wir kamen, muss aber in der Gondel direkt hinter uns gesessen haben, sonst hätte er meine Tasche nicht schnell genug holen können.

Und dann … in den ersten Tagen im Internat, als er sich ständig verlief! Was sollte das? So oft kann sich doch selbst der größte Depp nicht verlaufen! Wollte er nur schnüffeln, in welchem Zimmer ich wohne?

Und dann kommt mir noch ein grässlicher Verdacht. Ob das ebenfalls Josh war, den Pippa hinter uns gehört hat, als wir von dem Spaghettibayern wegliefen? Die Schritte, die sie gehört hat? Doch immer, wenn sie nach hinten guckte, war da keiner. Kann – *könnte* das auch Josh gewesen sein?

Uh, das ist ja richtig gruselig! Ist er vielleicht wirklich ein Stalker? Ein Irrer? Die sind doch auch manchmal komplett neben der Kappe aggressiv und dann von einem Moment zum anderen plötzlich sanft, oder?

Uff – widerlich! Das brauche ich gerade nicht auch noch! Sollte ich nicht sicherheitshalber Nana davon erzählen? Oder David? Ich weiß es nicht. Gerade jetzt weiß ich sowieso nicht mehr, was ich von Nan und David denken soll. Ach.

Ich wende den nächsten Pfannkuchen. Hellbraun! Genau, wie sie im Video aussahen. Sofort fühle ich mich ein bisschen besser.

Nachdem elf prachtvoll duftende Stücke vor mir aufgestapelt liegen (ich bin ein Genie!), schalte ich den Herd ab, packe alles wieder weg und gehe mit dem Teller nach oben. Immer noch ist alles still auf den Fluren, aber jetzt kann es bis zum Weckerklingeln nicht mehr lange dauern. (Vielleicht sollte ich immer um diese Uhrzeit kochen üben?)

Eigentlich bin ich ganz schön stolz auf mich. Ich hab mich weder von dem Rambo-Zwischenfall einschüchtern lassen noch von der Tatsache, dass ich eine Küche vorher nur von außen kannte. Ich HABE meine Pfannkuchen und – hihi – fühle mich, als hätte ich soeben die Welt erobert. Und bin ich nicht wirklich gerade dabei?

Mäuschenleise öffne ich die Tür zu unserem Zimmer und stecke den Kopf rein. Miss Texas liegt immer noch mit offenem Mund da und schnarcht leise und lieblich. Keine ertrinkenden Seufzer, keine Tränen. Ich bin direkt erleichtert.

Vorsichtig schließe ich die Tür, rücke einen Hocker an Judys Bett und stelle den Teller darauf. Keinen halben Meter von ihrer Nase entfernt. Sie müsste doch jetzt …!

Und tatsächlich – wie lustig sieht das denn aus? Tatsächlich kraust sich im Schlaf ihr Näschen, wie das von einem
schnuppernden Hasen. Schnüff, schnüff! Erst langsam, dann
immer aufgeregter. Schnüff, schnüff, schnüffel, schnüff!

Und mit einem Ruck klappt Häschen Judy beide Augen
auf. „Cara! Du bist schon auf?" Schnüff, schnüff!

„Oh, *Pfannkuchen!*", haucht sie andächtig. OHNE blöden
Spruch. „Wie kommen die denn …? Hast DU die etwa
gebacken? Eben gerade?"

Ich nicke.

Sie richtet sich auf und fühlt. „Die sind ja warm!"

„Natürlich!" Ich lächele zufrieden. „Guten Appetit zum
Frühstück im Bett!"

„Für *mich*?" Judy guckt so ungläubig wie ein zweijähri-
ges Kind, das zum ersten Mal vor einem Weihnachtsbaum
steht.

Sie sieht so überrascht aus, dass ich absolut sicher bin, dass
ihr noch nie jemand Pfannkuchen gebacken hat. Schon gar
nicht ihr Rinder-Daddy. Irgendwie komisch, wenn man
bedenkt, WIE verwöhnt und verzickt und versnobbt und
aufgetakelt Judy ist. Die teuersten Diamanten können nicht
teuer genug sein! Und dann wird sie fast ohnmächtig vor
Freude, wenn ihr jemand nur ein paar Pfannkuchen backt.
Denn genau so sieht sie aus: freudig! NICHT zickig!

„Frühstück im Bett!", wiederholt Judy leise, als hätte ihr gerade jemand eröffnet, sie sei soeben Prinzessin geworden.

„Oh, Cara!"

Und schon rollt sie sich den ersten Pfannkuchen auf und haut rein.

Ich freue mich so sehr über Judys Freude, dass ich zum ersten Mal unseren Koch Olivier verstehe, der immer sagt, dass es für ihn die schönste Belohnung für seine Arbeit ist, wenn es uns schmeckt. Aber dann beiße auch ich in das warme, knusprige Backwerk. Lecker!

Gemütlich liegen wir beide eine Weile still im Bett und ge- nießen. Draußen auf dem Flur hören wir Türen aufgehen und Mädchen hektisch hin und her rennen. Die normale frühmorgendliche Geräuschkulisse eines normalen früh-morgendlichen Schultages. Doch Judy und ich haben heu-te keine Eile. Wir brauchen ja nicht rechtzeitig im Früh-stücksraum sein. Und während die anderen später unten essen, können wir in aller Ruhe duschen. Ich glaube, wir sollten das wirklich öfter machen.

Trotzdem geht mir Rambo-Josh nicht aus dem Kopf. Weil ich immer noch so empört von seinem Auftritt in der Kü-che bin, erzähle ich Judy die ganze Geschichte.

Judy hört trotz Kauens aufmerksam zu, doch fängt dann plötzlich laut zu lachen an. „Cara! Du bist komplett auf dem

falschen Trip! Der Typ ist einfach nur in dich verknallt, hahaha! Aber volle Rakete! Und du denkst …, hihihi!"

Ich gucke wie ein Blumentopf. Freundlich, aber ratlos.

Josh soll kein Stalker sein? Nur in mich verknallt? Habe
ich vollkommen überreagiert? Aber warum scheint er dann
überall zu sein, wo ich bin? Judy kann doch unmöglich
Recht haben?

„Sapph und Danielle haben mir schon von diesem Josh
Williams erzählt", mampft Judy gut gelaunt, „muss ein absolut heißer Erste-Klasse-Typ sein!"

Sie guckt mich halb prüfend, halb feixend an. „Du hast doch
nichts dagegen, wenn *ich* mal einen Blick auf ihn werfe?"

„Aber ganz und gar nicht. Nur zu!", versichere ich sehr
ernsthaft und muss dann doch ein bisschen lachen. „Vorher
vielleicht noch einen kleinen Pfannkuchen?"

Judy stopft sich begeistert den vierten in den Mund, dann
hält sie plötzlich inne und guckt immer noch pfannku-
chenselig lächelnd zu mir rüber. „Weißt du, Cara, ich glaube …, ich glaube, es könnte ganz nett werden mit dir in
einem Zimmer!"

Ich kaue genüsslich an meinem fünften und grinse. „Ja,
man weiß ja nie! Womöglich wird es mit dir auch ganz
erträglich!"

Partyvorbereitungen und ein verwirrender Streit

An einem Montagmorgen zum Auftakt der Woche erst Mathe und gleich danach Physik zu haben, sollte verboten werden. Obwohl unser Physiklehrer Mr Baxter im Grunde ein niedlicher älterer Gentleman und ein freundlicher Mensch ist, der seine Formeln liebt (wenn auch vermutlich nicht viel anderes). Nur kann er deswegen doch nicht von uns erwarten, die ebenfalls zu lieben!

Ich bin jedenfalls froh, als die beiden Doppelstunden vorbei sind und wir durch die Schlossgänge runter zum Esssaal schlendern. Heute ist der 31. Oktober und das vorherrschende Thema in allen Räumen ist Halloween. Ich habe Glück, dass ich in Year 10 bin, denn die Mädchen und Jungen der unteren Stufen kann man nur so summen hören vor Pläneschmieden für die Halloween-Tricks, die

Streiche. Da hofft man, dass die voll damit beschäftigt sind, sich gegenseitig Ratten oder Schlimmeres in die Stiefel zu stecken, und uns Größere in Ruhe lassen. Für Year 10 und 11 haben die Lehrer eine kleine Tanzparty in der Bar vom Ruderclub organisiert. Allerdings mit Kostümen.

„*Natürlich* musst du dich auch verkleiden, Cara!", insistiert Bailey jetzt schon zum gefühlten zehnten Mal.

Bailey hat gut reden, sie liebt alles, was mit Horror zu tun hat. Dementsprechend ist Halloween für sie das Fest des Jahres. Schon Wochen vorher hat sie an ihrem Kostüm gebastelt. Sie geht als Morticia Addams. Das ist die morbide Mutter aus der bekannten Kino-Gruselfamilie, der Addams Family. Raine geht als Kleopatra, was – wenn es auch vielleicht nicht sehr gruselig ist – aber bestimmt toll aussehen wird. Raine hat ja dieses lange tiefbraune Indianerhaar. Pippa hat sich für Mad Madam Mim, die Hexe aus Disneys Entenhausen, entschieden. Hettie wird zur Gräfin Dracula (mit Fangzähnen, die sie uns schon in der ersten Pause vorgeführt hat). Und die Glitzergirls werden ohne Zweifel sexy-hexy, minirocklastige Fantasy-Kostüme tragen – irgendwas in der Richtung Supermodel der Horrorwelt.

Ich dagegen finde es schon grässlich, mich mit Sportklamotten zu *verkleiden*, von Halloween-Kostümen ganz zu schweigen. Ich wage mir gar nicht vorzustellen, als was die Jungen gehen werden!

Dies ist ein weiterer Grund, warum ich dem Fest heute Abend nicht allzu zuversichtlich entgegensehe. Viele werden so maskiert sein, dass man ihre Gesichter nicht erkennen kann. Und was dann passiert, kennt man ja aus Kriminalfilmen! Die perfekte Kulisse für einen Mord. Der Schuldige kann ungehindert entkommen, weil keiner weiß, wer in dem Kostüm steckte. Waaaah! Keine schöne Vorstellung in dem Zustand, in dem ich bin.

Okay, okay, einen Mord traue ich Hollywoodstar Josh Williams nun doch nicht zu, aber ich finde es schon unangenehm genug, dass ich vielleicht nicht weiß, unter welcher Verkleidung er steckt und ob er mich schon wieder beobachtet.

Oh, ich wünschte, ich könnte mich jemandem richtig anvertrauen! Ich meine, jemandem erklären, dass ich, weil ich eben nicht Cara, sondern Anna-Louise Norden bin, schon öfter Ziel von Entführungen war. Geld regiert die Welt. Und dass ich deswegen nicht komplett spinne. So absurd ist es daher also nicht, dass ich auch Josh Böses zutrauen würde. Obwohl … Josh als Entführer? Ein knapp sechzehnjähriger Junge? Und was genau sollte sein Motiv sein?

Good grief! Reiß dich zusammen, Cara, deine Nerven sind

offenbar gerade *ein bisschen zu Fuß*! (Wie Nana es ausdrücken würde.) Vielleicht sollte ich mich heute Abend lieber mit einem Kamillentee ins Bett legen und *Pu der Bär* lesen. Irgendwas Beruhigendes halt.

„Als was gehst du, Cara?" Hettie hat uns eingeholt und stapft neben uns die große geschwungene Freitreppe im Schloss runter zum Esssaal.

„Weiß noch nicht", antworte ich unwillig.

„Sie will sich nicht verkleiden", petzt Bailey sofort.

Als Kommentar strecke ich meiner Freundin freundlich die Zunge raus, was Bailey mit einer Kusshand und einem entzückenden Lächeln beantwortet.

„Was?" Hettie guckt richtig traurig. „Aber warum denn nicht?"

Ich grinse halbherzig und ziehe dann eine Grimasse. „Bin nicht so der Typ dafür."

Zu schwierig zu erklären. Vermutlich habe ich einfach eine angeborene Abneigung gegen vermummte Menschen. Entführungs-Paranoia. Vermutlich würde die nette Hettie das sogar nachvollziehen können, aber leider darf ich es ja nicht erklären.

„Am 31. Oktober ist JEDER der Typ dafür!" Hayden hat sich hinter uns rangeschlichen und schiebt sich jetzt einfach in unsere Mitte. „Hat jemand Pippa gesehen?"

Bailey kichert sofort los.

Doch Hayden verteidigt sich, bevor sie überhaupt zum neckenden Angriff übergehen konnte. (Was natürlich jeden Verdacht im Nu bestätigt.) „Was denkt ihr? Ich will ihr *nur* eine alte Französischarbeit geben. Sie glaubt, dass ihr bald eine ähnliche schreiben werdet, und wollte mal reinschauen." Er sieht allerdings ein *kleines* bisschen verlegen aus. „SONST NICHTS!", betont er. „Was ihr immer gleich denkt!"

„Hat keiner was gesagt", bemerkt Bailey treffsicher und grinst weiter.

Dank dieser amüsanten Einlage (muss unbedingt mal Pippa fragen, was da eigentlich los ist zwischen ihr und Hayden) fange ich gerade an, mich halloweenmäßig wieder ein bisschen zu entspannen, da blubbert mein Handy los. Ein Blick aufs Display verrät: Nana.

„Sorry, ich komme gleich nach." Entschuldigend deute ich auf mein Phone. „Meine Großmutter."

Ich gehe die Treppe wieder ein paar Stufen rauf und setze mich in eine der großen Fensterbuchten auf halber Höhe zwischen zwei Stockwerken, die etwas abseits vom Rauschen und Giggeln und Quatschen der nach unten strömenden Schüler liegen. „Hallo Nan!"

„Hallo Angie-Dear", meldet sich Nana, „how are you?"

„Not too bad – ganz gut, thank you! Und wie geht es dir?"
Nach dem ersten höflichen Austauschen unserer Befind-
lichkeiten (Nana ist britischer als die britische Queen) geht
Nana zum eigentlichen Gespräch über. „Wie war denn
euer Ausflug zum Natural History Museum?"

„Oh, guuut!" Ich erzähle so ausführlich, wie ich kann,
doch merke, dass ich verständlicherweise nicht ganz bei der
Sache bin.

Zu viel kreist wieder in meinem Kopf, sobald ich Nanas
Stimme höre. Ich sehe die Bilder vor mir, die hinter Davids
Schreibtisch hängen (er mit Nana in jung, er mit Nana etwas älter, Nana mit Mum und Tante Rosie an der Hand),
und habe außerdem noch allzu deutlich den Scheck vor
Augen, auf dem fünfzigtausend Pfund einem privaten französischen Konto von Nana gutgeschrieben werden. WAS
hat das zu bedeuten?

„Wie?"

„Ich sagte, das hast du jetzt schon zweimal erzählt, Angie!
Was ist los mit dir?"

„Ach, ich … Entschuldige, Nan", beeile ich mich zu sagen,
„ich glaub, ich bin ein bisschen müde."

„Dear, oh dear!", ruft Nana ins Telefon. „Das passiert,
wenn man nachts in London unterwegs ist. Ich habe David
bereits gesagt, was ich davon halte, dass er dir die Erlaub-

nis dazu gegeben hat! Ah, well, reden wir eben von etwas
anderem." Sie macht nur eine winzige Atempause. „Was
gibt es denn sonst Neues im Internat? Sind vielleicht neue
Schüler angekommen?"

Erstaunlich, dass sie das fragt. Kommt ja doch nicht so oft
vor, dass mitten im Schuljahr Neue dazukommen.

„Ja", erzähle ich, „stell dir vor, Judy ist wieder da, und sie
und ich haben heute Morgen …"

„Ach, wie schön, dear", unterbricht mich Nan in gelang-
weiltem Ton, „und sonst noch welche?"

Das ist jetzt aber wirklich strange. Nana weiß genau, dass
ich Judy nie leiden konnte. Und nun findet sie das schön?
Hat sie überhaupt zugehört?

„Hm, noch welche?" Ich überlege. „Nicht bei uns, aber bei
den Jungen gibt es einen Neuen."

„Wie interessant!", findet Nan. „Wie heißt er denn?"

Wie gut, dass Nana jetzt nicht mein Gesicht sehen kann.
Ich habe die Stirn in gewitterige Falten gelegt. Erstens, weil
ich Nanas Ignoranz ziemlich ärgerlich finde, und zweitens,
weil mein Kopf gerade noch mehr rattert …

„Er heißt Josh Williams", antworte ich langsam.

„Oh", antwortet Nan, „das klingt aber nett."

Sie findet den Namen nett? Findet sie auch Judys Namen
nett?

Mein Hirn rattert und rattert …

„Nan?"

„Ja?"

„*Kennst* du Josh?"

„ICH?", kräht Nana aus dem Telefon. „Wie kommst du denn *darauf*?"

„Weil du so interessiert an ihm bist!"

„Also, was für ein Unsinn, Angie!", gibt meine Großmutter verärgert zurück. „Natürlich kenne ich diesen Jungen nicht. Ich interessiere mich lediglich für dein Leben. Und da du nun im Cornwall College bist, interessiere ich mich auch dafür."

Aber warum für die Jungen? Ich meine, sie interessiert sich ja mehr für Josh als für Judy, die mit mir in einem Zimmer wohnt.

Ich kann meinen misstrauischen Kopf nicht abstellen. Irgendetwas ist nicht richtig hier, das spüre ich deutlich. Irgendwas …

„Aber wenn du nicht möchtest, können wir gerne schon wieder das Thema wechseln." Jetzt klingt Nana auch noch beleidigt.

Ich bin noch alarmierter als vorher. Was läuft hier? Was wird hier gespielt? Ich kenne meine Großmutter, seit ich auf der Welt bin. Und dass sie von Josh bereits wusste, BEVOR sie mich gefragt hat, rieche ich wie Oliviers Auberginen in Seafood-Crème – nämlich zehn Meilen gegen den Wind. Und langsam habe ich keine Lust mehr, die immer vorsichtige und gut erzogene Angie zu spielen.

„Nana, woher weißt du von Josh?" Es ist nicht die feine englische Art, jemandem Dinge knallhart an den Kopf zu knallen und direkt anzusprechen, aber ich will endlich wissen, was los ist.

Okay, das war keine gute Idee. Nan geht hoch wie eine Flamme nach einem Liter Brennspiritus.

„Anna-Louise", bellt sie in den Hörer. (Sie nennt mich NIE Anna-Louise!) „How dare you – wie kannst du es wagen! I am NOT amused! Ich verbitte mir diesen Ton, young lady! Und ich verbitte mir außerdem diese Unterstellungen. Ich sagte dir bereits, ich kenne den jungen Mann nicht."

Sie atmet schwer.

Meine Atmung ist im Moment allerdings auch nicht besonders leichtgängig. Ich kämpfe mit mir. Grrrr – ich bin stinksauer! Klar wie Kronjuwelen, dass meine Großmutter mir etwas verheimlicht!

Trotzdem gewinnt die wohlerzogene Angie. „Entschuldige, Nan, so habe ich es nicht gemeint."

„Goodness me!", stöhnt Nana am anderen Ende der Leitung. „Ich weiß nicht, ob dir dieses Internat gut bekommt."

Oh, das macht mich noch wütender! Und WIE gut mir dieses Internat bekommt! Ich werde endlich ein eigener Mensch. Ich traue mich, den Mund aufzumachen. Ich …

„Eigentlich wollte ich dir nur von dem Einbruch in Davids Kanzlei berichten", sagt Nana jetzt.

Einbruch? Flipping heck! Sie haben es rausgekriegt. Deswegen ist Nana so komisch. David muss eine Kamera in den Räumen haben. Oh, warum haben Moritz und ich daran nicht gedacht?

Mein Kopf schrillt und mein Herz setzt fast aus. Was sag ich denn jetzt? Gibt es irgendeinen nachvollziehbaren Grund, warum Moritz und ich um Mitternacht in Davids Kanzlei eingestiegen sind? Könnte ich vielleicht … äh, meine Jacke vergessen haben?

„Hast du gehört?", will Nana wissen. „Bei ihm ist eingebrochen worden. Aber das Merkwürdige ist, dass absolut nichts gestohlen wurde."

„Oh", mache ich.

„Ist das alles, was du dazu sagst?", fragt Nan gereizt. (Sie weiß es! Sie WEISS, dass Moritz und ich …) „Ein bisschen mehr Mitgefühl hätte ich dir schon zugetraut. Immerhin magst du doch David, oder nicht?"

„Ja", sage ich leise. Im Prinzip schon.

Ich bin völlig verwirrt. Weiß sie es doch nicht?

Ich gehe aufs Ganze. „Wer – äh – waren denn die Einbrecher?"

Nana lässt einen ihrer berühmten und äußerst verächtlichen *Ttttt*-Laute hören. „Ich bitte dich, Cara, wenn er das wüsste, wären wir schon einen Schritt weiter. Die Polizei tappt im Dunkeln. Leider gibt es auch keine Zeugen. Vermutlich ist es passiert, als die ganze Straße schon schlief."

Sie weiß es NICHT! Halleluja!

„Aaah", mache ich möglichst einfühlsam. „Muss ein scheußlicher Schock sein."

„Ja, das war es heute Morgen, als er seine Kanzlei aufschließen wollte und die Tür bereits offen fand", pflichtet mir Nana bei. „Aber zumindest konnte ich David jetzt davon überzeugen, endlich eine vernünftige Alarmanlage einzubauen. Mit Kamera in jedem Raum und direkter Übertragung zu einem Sicherheitsdienst."

„Gute Idee!", nicke ich. (Bin *ich* erleichtert!)

In diesem Moment gongt es zum Mittagessen. „Nana, ich muss gehen. Hast du den Gong gehört? Ich krieg Ärger, wenn ich nicht pünktlich …"

„Ja, ja, lauf du nur! Ich melde mich morgen wieder. Dann bist du hoffentlich nicht mehr so müde!"

„Bestimmt nicht, Nan!" Von der Party heute Abend erzähle ich ihr lieber nicht. „Bye-bye!"

Ich stecke das Handy in meine Schultasche und gehe tief in Gedanken runter zum Esssaal.

Während die anderen munter ihren Gemüseauflauf in sich reinschaufeln und sich gegenseitig mit der Beschreibung ihrer Kostüme übertrumpfen, stochere ich lustlos in den Zucchini- und Tomatenscheiben rum. Zum Glück bemerkt keiner meine Stummheit.

Nana *wusste*, dass ein neuer Junge ins Cornwall College gekommen ist. Daran besteht für mich kein Zweifel. Aber woher wusste sie das? Und warum interessiert sie das?

Ich kaue auf diesen beiden Fragen wie auf dem etwas zu hart geratenen Zwiebelring in meinem Mund.

Ich versuche es mit logischem Denken. Ausschlussverfahren. Wenn Josh ein Verbrecher ist, wird sie es wohl kaum *nett* finden, dass er hier ist. Außerdem sind nur wenige Fünfzehn- oder Sechzehnjährige gesuchte Verbrecher. Komm schon, Cara, denk vernünftig!

Zweiter Versuch. Ist er vielleicht der Sohn von Bekannten von Nana? Aber woher würde Nan mit Leuten vom Londoner East End in Berührung kommen? Sie verkehrt doch in ganz anderen Kreisen. Außer …

Moment! Ich Schaf! Daran hab ich ja noch überhaupt nicht gedacht!!

Ich fand es alles ja gleich sehr merkwürdig. Das langweilige

Mittelklasseauto von Joshs Eltern. Dann die Tatsache, dass er offenbar nicht so reich ist wie die anderen hier, aber sich trotzdem in Londons Szene-Restaurants auskennt, als gäbe er fünfmal die Woche Geld in teuersten Lokalen aus. Das passte alles überhaupt nicht zusammen. Und dann sein Verhalten. Manchmal schüchtern, manchmal so selbstsicher, dass man denkt, er ist als Prinz in einem Palast aufgewachsen. Passt alles nicht. Außer ... Ja, außer er lebt genau so ein Doppelleben wie ich. Hammer!

Ich hole tief Luft und – Mist, verschlucke mich! Gleichzeitig mit der Luft habe ich leider den Rest des Zwiebelrings inhaliert, den ich immer noch in meinem Mund von einer Seite zur anderen geschoben habe. Hrrrrghsss!

Während ich versuche zu überleben (Raine neben mir hilft nur wenig, da sie meinen Rücken fast zertrümmert – danke, Raine!), kann ich gerade nicht denken. Erst als ich wieder atmen kann, versuche ich noch mal, alles genau zu durchleuchten.

„Geht's wieder?" Raine guckt mich besorgt an.

„Ja, ja, alles klar, keine Sorge!" Ich lächele dankbar. „War nur 'ne blöde Zwiebel."

Zum Glück zieht Apple sie weiter oben am Tisch sofort wieder zurück ins Gespräch. Prima, dann kann ich weiter überlegen.

Wenn Josh genauso ein Doppelleben führen würde wie ich, wäre er vermutlich ähnlich reich. Plötzlich kommt mir der Verdacht, dass er aus dem gleichen Grund hier ist wie ich. Gehört er heimlich ebenfalls zu einer der reichsten Familien Europas?

Automatisch setzt mein Beschützerinstinkt ein und ich kriege sofort das Gefühl, ihm helfen zu wollen. Ich weiß am besten, wie schwierig es ist, sich das erste Mal in einer normalen Schule zurechtzufinden.

Allerdings – wenn er so reich wäre, würde ich ihn doch sehr wahrscheinlich kennen. Zumindest seinen Namen.

Ach, schon wieder Schäfchen Cara! Nein, natürlich würde ich seinen Namen nicht kennen, denn dann wäre Josh Williams ja nur ein genauso ausgedachter Name wie Cara Winter. Logisch.

Okay, würde das auch sein Rambo-Verhalten erklären? Seine stechenden Augen? Die Tatsache, dass er ständig da zu sein scheint, wo ich bin? Sein zum Teil wirklich aufdringliches Benehmen?

Hm, nicht wirklich.

Schade. Wäre schön gewesen, wenn sich die ganze unangenehme Josh-Sache in ein harmloses Missverständnis aufgelöst hätte.

Ich muss Nana doch noch mal anrufen. Und wenn sie mir

nicht erzählen will, woher sie von ihm wusste, muss ich ihr eben erzählen, was ich mit ihm erlebt habe.

Grrr. Ich habe einen Knoten im Bauch. Weil ich wütend bin. Auf Nana. WIESO sagt sie mir nicht, was sie weiß. Wieso spielt sie die Ahnungslose? Das hat mich schon als kleines Kind verrückt gemacht.

Als ich ihr damals endlich die Zusage abgerungen hatte, mit mir an die Unfallstelle nach Frankreich zu fahren, hat sie die Reise im letzten Moment mit einer hergeholten Begründung gecancelt. Ich war also bis heute nie da. Oh, wie bitterlich enttäuscht ich damals war! Wie ich nachts in meinem Bett geweint habe!

Später hat sich herausgestellt, dass es wieder Entführungsdrohungen gegeben hat und Nana aus dem Grund nicht mit mir in die Wildnis fahren wollte. Hätte sie mir das nur gesagt! Ich hätte es verstanden. Verstanden, dass es nicht SIE war, die mich davon abhalten wollte, Abschied von meinen Eltern zu nehmen.

Nein, ich rufe Nana nicht an. Jetzt erst recht nicht! Ich werde es allein herausfinden. Und wenn mir dabei was passiert, dann – HA! –, dann kann Nana mal sehen, was sie davon hat!

YES!

No.

Auch nicht gut. Ich hab keine Lust, in Gefahr zu geraten, bloß um Nan eine Lektion zu erteilen. Oh, Mum, Dad, warum seid ihr nicht hier, um zu helfen? Ich habe *niemanden*, der …

Doch – doch! Da fällt mir ein, ich habe ja jemanden!

Nana und David haben doch einen Kontaktmann für mich im Dorf postiert – meinen Bodyguard! Der Mann lebt dort mit irgendeinem Deckberuf, um ihn nicht verdächtig erscheinen zu lassen, aber ist tatsächlich nur da, um Tag und Nacht bereitzustehen, falls ich in Gefahr gerate. Wie es

ihre Art ist, fand Nana es natürlich sicherer, dass ich diesen Mann überhaupt nicht kenne. So könne ich ihm auch keine verdächtigen Blick zuwerfen und damit seine Deckung gefährden. Ach, Nana! Wann wirst du endlich aufhören, mich wie ein Baby zu behandeln!

Ich verzichte auf den Nachtisch und gehe eilig aus dem Esssaal, um Ruhe zu haben, bevor die restliche Schülerherde wieder ausschwärmt und überall rumlärmt. Wo ist denn die Nummer dieses Mannes?

Ah, ich habe seine Handynummer unter K wie Kontaktmann eingespeichert. Komisch, mir klopft ein bisschen das Herz, als ich auf die Wahltaste drücke. Dabei bin ich es doch gewohnt, mit Sicherheitsleuten umzugehen.

Es klingelt. Und klingelt. Nichts, er geht nicht ran. Ich

warte auf die Mailbox. Doch die kommt nicht. Fast zwei Minuten lasse ich es ergebnislos klingeln, dann lege ich auf. Ich kräusele missmutig meine Stirn. Wieso kann ich dem Mann nicht mal auf Band sprechen? Das ist nicht gut.

Ich beschließe, ihm eine SMS zu schicken.

`Hier ist Cara Winter`, tippe ich. `Bitte rufen Sie mich an!`

Das wird ja wohl genügen.

Vorsorglich stelle ich mein Handy auf laut und gehe dann wieder rein, um zu gucken, ob ich vielleicht doch noch ein bisschen Nachtisch abkriege.

Da – dahinten am Jungstisch –, ist das schon wieder Josh, der sich nach mir den Hals verdreht? Das ist doch verrückt! Doch das werde ich alles gleich meinem Kontaktmann erzählen. Und außerdem werde ich ihn bitten, Josh zu überprüfen. Diskret selbstverständlich. Vielleicht kann ich es sogar irgendwie so hinbiegen, dass er meiner Großmutter und David nichts davon sagt. Dieser Mann ist schließlich nur für mich da. Warum sollte es dann nicht auch ich sein, die ihm Anweisungen gibt?

Was für eine gute Idee von David, mir meinen eigenen Bodyguard an die Seite zu stellen!

Unheimliches Halloween

Oh, ich wusste, es würde mir nicht gefallen!

In dem Moment, in dem ich die Bar des Ruder-clubs in der Mitte des großen College-Geländes betrete (unsere Wohnhäuser liegen viel weiter vorne neben dem Schloss), fällt mir mein Herz auch schon in die Hose. Okay, zumindest in den engen Minirock MIT KATZEN-SCHWÄNZCHEN hinten dran (die puscheligen Öhrchen trage ich an einem Reifen auf dem Kopf), in den ich mich Bailey zuliebe doch noch gezwängt habe. Dieses halbe *Besser-als-gar-nichts-Kostüm* hatte sie noch von letztem Jahr in ihrem Schrank. Am schlimmsten war die halbe Stunde, in der Bailey mein Gesicht „verkatzt" hat. Lange aufgemalte Schnurrhaare, ein niedlich schwarzes Näschen und ungewohnt dunkle Augen überraschten mich im Spiegel. Ich brauchte ein paar Minuten, um mich dran zu gewöhnen.

Aber am Ende gab ich mich geschlagen. Ich gehe also als Kitty Kätzchen. Zu mehr konnte mich auch die horrorverrückte Bailey nicht überreden.

Als liebes, kleines Tierchen falle ich hier wirklich aus dem Rahmen. (Na, wartet nur! Jede Katze hat auch Krallen, hihi!) Der Raum ist knallvoll mit schwarzen Hexen, weißen (vermummten!) Mumien, mit Laserschwerter schwenkenden Star-Wars-Charakteren (wo sind wir, im Kindergarten?) und allerlei anderen düster aussehenden Gestalten. Und ist das da vorne der Ehefrauen mordende Henry der Achte? Tropft da etwa Blut von seinem Schwert? Hilfe! Ich merke deutlich, ich bin doch eher der *Fröhliche Ostern*-Typ! Hübsche, bunte Eier, hoppelnde Häschen, heller lichter Tag, grüne Wiese – so in diese Richtung! (Wünschte, hier wären noch ein paar mehr Kätzchen.) An der Bar nippen Hettie und Raine an einem blubbernden Drink. Als die beiden Bailey und mich entdecken, winken sie.

„Den müsst ihr probieren!", ruft Raine gegen die Musik an, die aus den Boxen am Rande des Raumes dröhnt. „Irgendwas mit Johannisbeeren, glaube ich. Köstlich!"

Natürlich gibt es keinen Alkohol für uns. Immerhin ist die Party vom Internat organisiert worden und auch an anderen Tagen werden im Ruderclub keine alkoholischen Getränke ausgeschenkt.

Bailey und ich nehmen zwei Gläser mit schwarz-orange-farben wippenden Strohhalmen, und ich muss sagen, auch wenn das Zeug nicht allzu vertrauenerweckend aussieht, ist es ziemlich lecker.

Der Raum ist perfekt geschmückt. Sämtliche Lampen an Decken und Seitenwänden sind von ausgehöhlten Kürbissen verdeckt, in die Fratzen und Grimassen geschnitten sind. Durch die ausgeschnittenen Löcher in der Kürbisschale dringt das Licht orangefarben und stark abgemildert. Die unterschiedlichsten Fratzen starren uns entgegen. Dazu wabert schwarzer Nebel durch den Raum. (Himmel, die sparen ja an nichts, die haben sogar eine Nebelmaschine aufgestellt!)

„Klasse hier, oder?", fragt Bailey begeistert.

„Mmmhmmm", mache ich möglichst wertneutral. Ich hoffe, es klingt zustimmend. (Ob es auffällt, wenn ich nach einer Stunde wieder gehe?)

Den ganzen Nachmittag lang habe ich nichts von dem Sicherheitsmann im Dorf gehört. Nana würde das „Shocking!" finden. Ich meine, wenn ich nun wirklich in akuter Gefahr wäre? Der muss sich ja wohl sofort melden, wenn ich ihn kontaktiere!

Dreimal habe ich noch versucht, ihn anzurufen. Nichts, keiner nahm ab. Dazu habe ich noch zwei weitere Textmessages geschrieben. Die letzte nicht mehr allzu höflich:

Rufen Sie mich SOFORT an, oder Sie sind Ihren
Job los!

Nicht mal das hat genützt.

Was macht der Mann? Arbeitet der den ganzen Tag in einem unterhaltsamen anderen Job und checkt erst spät abends mal gemütlich sein Telefon? Das ist *wirklich* shocking!

„Hui, guckst du aber muffelig!" Ein sehr schlitzohriger Mr Spock (Star Trek lässt grüßen) hat sich neben uns gesetzt und grinst mich frech an.

„Moritz!" Ich bin baff. „Ich hätte dich fast nicht erkannt!" Mr Spock sieht geschmeichelt aus. „Hab extra eine auswaschbare Tönung gekauft und mir die Haare schwarz gefärbt. Und diese Ohrenaufsätze sehen auch richtig überzeugend aus, was?"

Ich nicke staunend. „Wo habt ihr bloß alle diese irren Kostüme her?"

„Ah", winkt Moritz ab, „es gibt reichlich Verleiher in Newquay und Exeter oder auch in Plymouth. Aber im Internet kriegst du sowieso alles."

Dann mustert er mich und mein bescheiden kitty-katziges Outfit. „Und du? Hast mal wieder alles riskiert, was?" Er tut so, als würde er meine Kostümwahl bewundern. „Riskant, Cara, riskant! Du schlägst ja richtig über die Stränge heute! Dann treib's mal nicht zu wild, du wildes Kätzchen, du!"

Als Antwort fauche ich und zeige meine Krallen. (Dummerweise sind meine Fingernägel enttäuschend kurz.)

Bailey und Raine kichern.

Ich rolle nur mit den Augen, ich bin Moritz' Spott ja gewohnt. „Irgendjemand muss auch die helle Seite des Lebens repräsentieren, findest du nicht?"

Moritz lacht.

„Sweet!" ist sein kurzer abschließender Kommentar, dann geht er wieder rüber zu einem Haufen Jedi-Ritter, Totengräber und einem Jack the Ripper – vermutlich Eden und Co.

Mad Madam Mim – im früheren Leben Pippa genannt – rutscht jetzt ebenfalls zu uns auf einen der Barhocker, während die Ersten schon die Tanzfläche stürmen. „Cool, oder?"

Ich nicke brav und lasse ein wenig mehr von dem Blubberzeug meine Kehle runterblubbern.

Auf der Tanzfläche wiegt Voodoo-Priesterin Judy ihre Hüften. Beeindruckend charaktertreu mit tausend bunten Steinen im Haar, die sie und ich ihr nachmittags stundenlang in ihre hellbraunen Strähnen geflochten haben. Um ihren Hals baumelt ein totes Hähnchen. Ich hoffe für sie (und alle Hähnchen der Welt), dass das nicht echt ist. Sehr engagiert schäkert sie mit einem Sensenmann rum. Obwohl der Sensenmann dabei deutlich zurückhaltender wirkt als Voodoo-Judy. Hihi, vielleicht sind ihm Voodoo-Zauberinnen nicht ganz geheuer?

Ups, ist der Sensenmann etwa Josh?

Ich riskiere einen genaueren Blick und auch er guckt im gleichen Moment kurz zu mir rüber. Es *ist* Josh! Wenigstens weiß ich jetzt, in welchem Kostüm er steckt. *Fast* muss ich über die beiden auf der Tanzfläche grinsen. Lange hat Judy ja nicht gewartet. Doch als er mich jetzt schon wieder so komisch anguckt, bleibt mir die Leichtigkeit im Hals stecken. Sofort checke ich mein Handy. Ich kann nicht glauben, dass sich mein – bestimmt nicht billiger – Kontaktmann aus Brockhampton St. Johns überhaupt nicht meldet. Hat er womöglich keinen Empfang?

Doch! Da ist endlich eine SMS!

Ein einziger Satz erscheint auf meinem Display: `Worum geht es?`

Worum geht es? Das ist alles? Wütend tippe ich sofort eine Nachricht zurück: `Rufen Sie mich an! Jetzt!!!`

Ich hoffe, die drei Ausrufezeichen zeigen Wirkung. Am liebsten würde ich den Kerl anschreien: *Es geht um meine Sicherheit, Sie Idiot! Was dachten Sie, worum es geht?* Ich meine, wofür ist er denn angestellt worden?

Jetzt lässt Josh Miss Vodoo auch noch stehen (die Ärmste hat offensichtlich nicht mehr Glück bei ihm als Bailey), zieht sich seine schwarze Kapuze, die beim Tanzen runtergerutscht war, wieder tiefer in die Stirn und geht zurück nach weiter hinten zu ein paar anderen.

„Es macht so einen Spaß, alle Leute in diesen unheimlichen Kostümen zu sehen!", jubelt Bailey neben mir vergnügt.

„Und wie!", pflichte ich ihr bei.

Ja, was für ein Spaß! (Nicht.) Ich bete, dass diese Stunde schnell um ist. Ich will in mein sicheres Bett und einfach nur in Ruhe lesen. Eine Stunde wird der Höflichkeit halber ja wohl genügen.

Glllubbbb! Oh, mein Phone gurgelt wieder. Hastig öffne ich es und lese die eingegangene Nachricht: `Ich bin in dreißig Minuten auf dem Internatsgelände neben dem Kino. Dort können wir reden.`

Oh, thank the Lord! Endlich begreift dieser Mann, dass es eilig ist!

Ich muss sehr erleichtert aussehen, denn Pippa fragt sofort: „Gute Nachrichten?"

Ich nicke. „Ich glaube schon. Ich geh gleich mal für ein Weilchen raus frische Luft schnappen."

„Soll ich mitkommen?", bietet Pippa an.

Doch ich winke natürlich ab. „Nein, nein, ich will nur … ein Weilchen allein sein."

Dass ich einen eigenen Bodyguard besitze, muss ja nun wirklich keiner mitkriegen.

„Allein mit Moritz?", neckt sie mich.

„NEIN!" Ich lache und schaue gleichzeitig tadelnd. „Hör auf damit! Moritz und ich, wir sind nur … befreundet."

Bailey zieht eine ulkige Grimasse. „Hast du ein Glück! Ich wäre auch gern … *befreundet* mit jemandem. Josh zum Beispiel wäre schon nett gewesen."

Sehnsüchtig guckt sie zu ihm rüber, doch wir können nur von weitem seinen Rücken sehen. Dann überfliegt sie mit den Augen die restliche Menge.

Als sie gefunden hat, was sie suchte, lächelt Bailey. „Aber Henry der Achte dort vorne ist auch nicht zu verachten!"

Ich gucke zu dem prächtig gekleideten Tudor-König rüber und sehe erst jetzt, wer in den dicken Gewändern steckt: Ben natürlich! Baileys Dauer-Crush!

„Damit du nach der Hochzeitsnacht geköpft wirst?", kichert Raine.

Bailey plustert ihre Backen nachdenklich auf und überlegt. „Ooooch, ich glaube, das riskiere ich!"

Wir lachen alle. Ein bisschen quatsche ich noch mit meinen Freundinnen an der Bar, zwei Songs tanze ich sogar mit Moritz und den anderen auf der Tanzfläche, dann ist es Zeit. Ich will nicht zu spät kommen.

Ohne viel Aufhebens zu machen, gehe ich zügig zur Tür, werfe Moritz und seinem fragenden Blick ein „Bin gleich wieder da!" hin und trete dann nach draußen in die Nacht. Es ist erst knapp neun, doch um diese Jahreszeit bereits stockdunkel draußen. Das erinnert mich daran, wie früh ich heute Morgen aufgestanden bin. Ich bin wirklich hundemüde, aber ich will meinen Kontaktmann endlich persönlich kennenlernen. Nur für die Möglichkeit, dass es doch mal einen Notfall geben könnte. Und um ihn zu bitten, Josh zu überprüfen.

Langsam gehe ich ein paar Schritte am See entlang. Gleich hinter dem Wäldchen, durch das der Weg nach ein paar Hundert Metern führt, liegt das Kino auf einer kleinen Anhöhe. Erst dahinter befinden sich die zwei Wohnhäuser für die Oberstufe. Die Sixth-Former sind räumlich so weit entfernt von uns, dass wir sie kaum je zu Gesicht kriegen. (Ob ich in der Oberstufe auch noch im Cornwall College sein werde?)

Je weiter ich mich vom Ruderclub entferne, desto dunkler wird es. Der Mond hat sich hinter Wolken versteckt, und ich stelle fest, dass sogar das elitäre Cornwall College auf Wegen, die nachts praktisch nicht benutzt werden, an der Beleuchtung spart. Vielleicht hätte ich einen anderen, helleren Treffpunkt vorschlagen sollen? Auf der anderen Seite ist das Kino, das montags Ruhetag hat, ideal. Niemand wird uns dort beobachten und hinterher unangenehme Fragen stellen, wieso ich mich nachts mit einem Mann treffe.

Jetzt muss ich doch grinsen. Stimmt, das sähe bestimmt nicht gut aus! Ein erwachsener Mann und ein fünfzehnjähriges Schulmädchen. Skandal!

Huch? Waren da Schritte hinter mir?

Unsinn! Nicht gleich wieder durchdrehen, Cara! Ich werde in wenigen Minuten meinen Kontaktmann sehen (wie heißt er eigentlich?) und dann kann mir sowieso nichts mehr passieren.

Hinter mir knacken Äste. Ich drehe mich um. Ganz sicher ist da jemand! Oder?

Ich entscheide mich, schneller zu gehen. Nach ein paar Minuten habe ich das Wäldchen in der Mitte des College-Geländes erreicht, hier ist es am dunkelsten. Ich hab tatsächlich Mühe, in dem düsteren Licht den Weg vor mir nicht zu verlieren. Außerdem wird mir in meinem kurzen Kitty-Röckchen ein bisschen kalt.

Da – wieder Schritte. UND mehrere Äste knacken.

Ich fahre herum und sehe gerade noch ein großes dunkles Tuch hinter einem dichten Busch verschwinden. Mein Herz schlägt sofort im Alarmtakt. Ein Tuch? Oder war es ein … Umhang?

Mein Herz flutscht aus meinem Brustkorb hoch in meinen Hals und drückt mir dort die Kehle zu. Soll ich um Hilfe schreien?

Und wenn es nur der Schatten einen Vogels war?

Ich wende mich wieder Richtung Kino und marschiere jetzt in eiligstem Eiltempo los. Keine Panik!, murmele ich vor mich hin. Die Ruhe bewahren! Mein Kontaktmann dort hinten könnte mich im Notfall bestimmt schon hören. Ich bin nicht in Gefahr, ich bin *nicht* in Gefahr, ich bin …!

„Cara?"

Automatisch drehe ich mich um, obwohl ich die Stimme schon erkannt habe, bevor er meinen Namen ganz ausgesprochen hat. Das Adrenalin schießt mir in den Körper wie der Vogel vor mir in die Luft, der sich sicherlich ebenso erschrocken hat.

„Caraaa?"

Josh! Mit schnellen Schritten und wehendem schwarzen Umhang – die täuschend echt aussehende Sense baumelt über seiner Schulter – geht er in leichtem Abstand hinter mir her. „Cara, warte, ich begleite dich!"

Mich begleiten? Der Typ soll abhauen!

Statt einer Antwort fange ich an zu laufen. Dann zu rennen. Josh rennt ebenfalls los, ich kann es hören. Seine Schritte, die langsam näher kommen, lassen mich schneller und schneller werden. Ich habe Angst.

Ohne Rücksicht auf Kratzer oder Hindernisse jage ich durch die Bäume. Vom Weg bin ich schon lange abgekommen, ich renne über Moosboden, springe über am Boden liegende alte Äste und kann im letzten Moment gerade noch den dicken Stämmen der Bäume ausweichen. Die Dunkelheit lässt alles unwirklich erscheinen. Zweige peitschen mir ins Gesicht, ich achte nicht darauf. Ein Schmerz am linken Bein – was war das? Egal. Weiter, nur weiter.

Panisch drehe ich mich im Lauf kurz um.

Josh ist mir dicht auf den Fersen. „Cara, bleib stehen!"

Bin ich doof? Vielen Dank auch! Ich renne wie um mein Leben.

Als ich fast aus dem Wäldchen raus bin und die Anhöhe wie in einem düsteren französischen Film noir vor mir liegt, hebe ich die Augen, um die Wiese nach irgendeiner Menschenseele abzusuchen. Sicherlich wird der Kontaktmann bereits nach mir Ausschau halten, während er wartet.

Au! War das eine Wurzel? Ich stolpere fast mit beiden Beinen gleichzeitig und fliege der Länge nach ins Gras. Joshs Schritte holen auf. Er ist dicht, sehr dicht hinter mir. Gleich wird er mich haben!

Voller Panik, aber mit noch größerem Überlebenswillen,

rappele ich mich auf, strauchele in der Eile kurz, fange mich und laufe weiter. Die Wiese hoch. Weiter! Doch mein Vorsprung ist winzig geworden. Und keine Zehntelsekunde später …

… hat er mich.

„HIIILFEEE!" Der Schrei kommt ungeplant aus meiner Kehle, als ich unter Joshs Griff um meine Hüften zu Boden gehe. „HIIIL…"

Den Rest meines Rufs erstickt Josh mit seiner Hand.

Mr Spock, der Sensenmann und andere Gestalten

Ruhig!", zischt Josh mir zu. „Sei leise, sonst merkt noch jemand, dass wir hier sind!"

Er zieht seine Hand ein kleines Stück von meinem Mund weg.

Die Chance nutze ich. „Hiiil…!"

Weiter komme ich nicht. Sofort presst er seine Hand wieder gegen meine Lippen.

Ich versuche, mich frei zu strampeln, doch Josh hält mich unter sich begraben. „Cara, bitte!"

Er klingt flehend. Ein bisschen ungewöhnlich für einen Verbrecher, schießt es mir kurz durch den Kopf, doch darüber kann ich jetzt nicht nachdenken. Ich will überleben! Ich will …

Joshs Griff ist knallhart. Eisern hält er mich am Boden, so dass ich kaum Luft kriege.

„Ruhig, Cara, ruhig! Dann lasse ich dich los!"

Doch so leicht gebe ich nicht auf. Ich kämpfe wie ein wildes Tier, ich strampele und trete und … bin plötzlich frei. Irgendwas hat ihn von mir runtergerissen.

Gleichzeitig brüllt eine Stimme: „DU SCHWEIN! Bist du nicht ganz dicht? Dich melde ich sofort bei Mrs Hampstead! Dann fliegst du raus!"

„Ich ruf die Polizei!", brüllt eine andere Stimme.

Beide Stimmen kommen mir bekannt vor. Doch ich bin zu geschockt, um sofort zu kapieren, was passiert. Es braucht ein paar Sekunden, bis ich mich zur Seite gerollt und aufgerichtet habe und schließlich erkenne, wer vor uns steht.

Moritz, Eden und Hayden – alias Mr Spock, Obi-Wan Kenobi und Jack the Ripper.

Die ganze Szene ist so bizarr, dass ich für einen Moment nur atmen kann (was guttut), aber noch nicht sprechen.

Moritz und Hayden knien über Josh und halten jetzt *ihn* am Boden. Eden hat sein Handy bereits am Ohr und wartet offenbar auf Antwort.

„NEIN!", rufe ich geistesgegenwärtig. „Nein, Eden, KEINE POLIZEI, bitte!" Ich huste. Josh hat mir unangenehm die Kehle zugedrückt. „Bitte, bitte, nicht!"

Eden guckt erstaunt erst zu mir, dann zu Moritz und Hayden.

„Wir sollten aber ...", meint Hayden.

„NEIN!", rufe ich noch einmal entschieden.

Wenn ich etwas gelernt habe in meinem reichen, aber schwierigen Leben, dann ist es, dass das Einmischen von Polizei eine Menge Medien-Aufmerksamkeit nach sich zieht und man in der Regel besser fährt, die Dinge den eigenen Sicherheitsleuten zu überlassen.

Aber wo sind die Sicherheitsleute, wenn man sie braucht? Ich suche die große Wiese ab, so gut ich das in der Dunkelheit kann. Wo zum Teufel ist der Mann?

Verwirrt und unwillig steckt Obi-Wan Kenobi sein Handy weg.

„Danke", sage ich leise und versuche aufzustehen.

Das, was ich *noch* genauer weiß, ist, dass Nana mich nach einem zweiten Polizeieinsatz garantiert nicht mehr hier in Cornwall lässt. Und ich will nicht zurück nach Hause.

„Cara", kommt jetzt gepresst – ich nehme an, dem Gewicht von Hayden und Moritz geschuldet – die Stimme von Josh unter den Jungen hervor, „du hast einen völlig falschen Eindruck. Ich ... Wir müssen reden! AU!"

Der letzte Ausruf lag an Jack the Ripper, der ihm einen Tritt in den Rücken verpasst hat.

Josh liegt ganz still.

Er flucht nicht, er kämpft nicht, doch er versucht, seinen Kopf zu heben, um in meine Richtung zu gucken. „Cara, bitte! Ich MUSS dir etwas erklären."

„Da bin ich aber mal gespannt!", lässt sich Moritz Spock vernehmen und gibt Josh einen auffordernden Schubs.

Josh guckt mich immer noch an, obwohl das in der Position, in der ihn die Jungen halten, nicht allzu bequem aussieht. Bittend und flehend.

Irgendetwas an dem Blick lässt mich unsicher werden. Ich kann nicht anders, als zurückzugucken.

„Allein. Ich muss *allein* mit dir reden!", sagt Josh leise.

„Klar! DAS könnte dir so passen!", brüllt Moritz wütend und kickt ihn mit dem Fuß in die Seite.

„Hey!", rufe ich, bevor ich darüber nachdenken kann. „Das langt, Moritz!"

Moritz guckt mich an, als hätte ich *ihn* getreten. „Spinnst du? Das Schwein wollte dich gerade ..."

„Das wollte ich NICHT!", unterbricht Josh so kraftvoll, wie es ihm körperlich zurzeit möglich ist.

„Lasst ihn los!", sage ich – ebenfalls ohne nachzudenken.

Josh guckt mich immer noch an.

Moritz und Hayden machen tatsächlich einen Schritt zur

Seite. Langsam – ich kann sehen, dass ihm vermutlich sein ganzer Körper wehtut – richtet sich Josh auf.

Er steht vor mir wie ein geprügelter Hund. „Bitte, Cara! Es ist wichtig!"

„Verschwinde, du Abschaum!" Moritz glüht vor Wut.

„Du gehst jetzt besser", sage ich nur zu Josh und nehme Moritz' Hand, um ihn davon abzuhalten, dass er sich noch mal auf Josh stürzt.

Langsam setzt sich Josh tatsächlich Richtung Wohnhäuser in Bewegung.

Kurz bevor er auf der anderen Seite des Wäldchens verschwindet, dreht er sich noch mal um. „Ich wollte dir nur helfen, Cara! Du musst mir glauben!"

Dann ist er hinter den Bäumen verschwunden.

Die Wiese vor uns ist so leer, wie sie die ganze Zeit war. Ich habe das dumme Gefühl, mein Kontaktmann ist überhaupt nicht gekommen. Völlig frustriert, aber auch sehr nachdenklich, gehe ich mit Moritz, Eden und Hayden zurück.

„Ich schätze, du hast jetzt keine Lust mehr auf Party?", fragt Moritz.

Ich gucke zum Waldboden runter. „Ich geh direkt ins Bett. Ich bin einfach durch."

„Wir sagen auf jeden Fall Mrs Hampstead Bescheid, mach dir keine Sorgen!", versichern Eden und Hayden.

„Nein, bitte auch das nicht!" Meine Stimme muss wohl überzeugend klingen, denn Hayden und Eden schütteln verständnislos den Kopf, zucken aber ergeben die Schultern. Moritz scheint zu überlegen, dann unterstützt er mich. „Lasst sie! Wir können den Kerl ja morgen immer noch melden."

„Danke", sage ich noch mal.

Müde und wackelig wanke ich zwischen den Jungen, die mich bis hoch auf meinen Flur in Pembroke House begleiten, endlich zu meinem Zimmer und in mein Bett. Was für ein Tag!

In vollen Kitty-Kätzchen-Klamotten schmeiße ich mich wie tot auf mein Bett. Leider sind mir nur winzige fünf Minuten Erholung vergönnt, dann klingelt mein Handy. Oh, dieser nutzlose Kontaktmann! Vermutlich ist er gerade mit lediglich dreißig Minuten Verspätung beim Kino angekommen und fragt nun, wo ich bleibe. Na, dem werde ich meine Meinung sagen!

„Hallo?", belle ich unfreundlich in den Hörer.

„Angie?" Eine mir seltsam vertraute Stimme, die ich im ersten Moment trotzdem nicht erkenne, tönt aus dem Lautsprecher. „Angie, bist du das?"

Woher kenne ich diese Stimme? Die klingt fast wie … Mum!

Mir gefriert fast das Blut in den Adern. Mum ist tot!

„Angie, bist du noch dran?"

Ich nehme all meinen Mut zusammen. „Wer – wer ist da?"

„Ich bin's, Rosie! Deine Tante!"

Weil ich vor Verblüffung nicht weiß, was ich sagen soll, setzt sie nach: „Die Schwester deiner Mum! Du weißt doch, Angie! Tante Rosie? Erinnerst du dich denn nicht mehr an mich?"

Ein Telefongespräch
aus Übersee

Es braucht einen Moment, bis sich die Freude (nach dem, was ich gerade hinter mir habe!) zu mir durchdrängeln kann, doch dann rufe ich glückselig in den Hörer: „Tante Rosie, wie schön, dich zu hören! Ich habe so oft an dich gedacht!"

Ich kann die Erleichterung am anderen Ende der Leitung förmlich spüren. (Hat sie gedacht, ich will nichts mehr mit ihr zu tun haben?) „Oh Angie, bin ich froh!"

Sie macht eine kleine Pause. „Ich glaube nämlich, deine Nana ist nicht so begeistert, dass ich versucht habe, Kontakt mit dir aufzunehmen. Ich wusste ja überhaupt nicht, dass du jetzt in einem Internat bist!"

„Oh ja", erzähle ich, „ich bin schon fast zwei Monate hier."

Ich berichte ein bisschen vom Cornwall College, lasse ein

bisschen aus, und dann plappert Rosie auch schon los und erzählt von ihrem Leben. Ach, sie ist genauso, wie ich sie in Erinnerung habe! Sprudelig, witzig und voller Leben! Fast wie Mum!

„Ich bin so froh, dass du anrufst", sage ich noch mal. Dann grinse ich. „Obwohl ich eigentlich gerade eben todmüde ins Bett gefallen bin."

„Oh, nein! Das tut mir leid!", entschuldigt sich Rosie sofort. „Wie spät ist es denn bei euch? Hab ich etwa die Uhrzeit falsch ausgerechnet?"

Ich gucke auf mein Display, das mir die französische Vorwahl anzeigt. Uhrzeit? „Rufst du nicht aus Frankreich an?"

„Nein", lacht Tante Rosie, „ich sitze in Tahiti im Garten in der Sonne und vor mir steht ein Cocktail aus Ananas und Grapefruit."

Oh, die Südsee! Sofort werden wieder meine Kindersehnsüchte in mir wach.

„Ich würde dich so gern mal besuchen!"

„Das musst du unbedingt machen!", ermuntert mich Rosie. „Ich würde mich riesig freuen. Aber vorher müssen wir Nana davon überzeugen, dass du von meiner Gesellschaft keinen Schaden nimmst." Sie lacht ein wenig entschuldigend.

Ich erinnere mich an Nanas nicht sehr bewundernde Art,

von ihrer älteren Tochter zu reden. „Warum versteht ihr –
du und Nana – euch eigentlich nicht?"

Rosie seufzt. „Ach, Angie, das ist eine lange Geschichte! Deine Mum – weißt du, sie war schon immer Nanas
Lieblingstochter. Machte immer alles richtig, machte nichts
kaputt … Und ich – nun ja, ich war immer schon Tochter Nummer zwei. Die Wilde, die, die ständig etwas um-
schmiss, mit zerrissenen Strümpfen nach Hause kam. Na ja,
du kannst es dir vorstellen!" Sie lacht wieder, als wenn das
alles lustig wäre, dabei ist sie bestimmt oft traurig darüber.

„Und das, obwohl ICH ja die Ältere bin. ICH hätte also
Tochter eins sein müssen und deine Mum Tochter zwei."

Tochter zwei, Tochter eins – das ist soooo typisch Nan,
von ihren eigenen Kindern zu reden, als wären es Dinge!

„Ach, Nana kann einfach ihre Gefühle nicht richtig zeigen", sage ich. „Manchmal ist sie englischer, als das englische Parlament erlaubt."

Rosie lacht jetzt wirklich. „Angie, Angie, ich muss schon
sagen, du bist kein kleines Kind mehr! Deine Nana hat ein
gutes Herz, aber ich glaube, da siehst du sie trotzdem im
richtigen Licht."

Und ob ich das tue. Ich habe schließlich tagein, tagaus mit
ihr gelebt.

„Du musst unbedingt bald mal herkommen", wiederholt

Rosie, „ich wohne in einem kleinen Dorf nur zwei Meilen vom Strand entfernt und wir …"

Doch ich kann nur halb zuhören, weil mein Kopf schon wieder anfängt zu rattern. Haben wir gerade von Tochter zwei gesprochen? Abgekürzt … äh, abgekürzt T2?

Ich kriege gerade einen ungeheuren Verdacht. Einen ungeheuer wundervollen Verdacht!

Während mir Tante Rosie von ihrem Haus mit riesigem Südsee-Blumengarten berichtet, versuche ich mir den Zettel von Davids Schreibtisch in Erinnerung zu rufen. Ich habe ihn so oft gelesen, ich kann ihn immer noch auswendig.

Enid Bescheid geben, dass ich das Geld wieder mit Privatscheck transferieren werde! Warnen, dass T2 nach A sucht! Außerdem wird es allmählich sehr gefährlich, kann so große Summen nicht ständig unbemerkt an der Steuer vorbei auf Enids privates Konto in Frankreich schaffen. Steuerprüfung! Andere Lösung finden! Soll mir Bescheid geben, was ich in Sachen Angie unternehmen bzw. was ich T2 sagen soll. T2 wird ungeduldig! Möchte nicht, dass A einen ähnlichen Schock erlebt wie vor ein paar Wochen!

„Tante Rosie", platzt es aus mir raus, „hast du nach mir gesucht?"

Rosies Antwort kommt wie aus der Pistole geschossen.

„Gesucht? Ich war kurz davor, David ernsthaft zu bedrohen, wenn er mir nicht endlich verraten würde, wo sie dich hingebracht haben. Ich hatte ja keine Ahnung! Weißt du …"Ihre Stimme wird leiser. „All die Jahre habe ich mir nie verziehen, dass ich nicht härter um dein Sorgerecht gekämpft habe. Deine Mum und ich, wir standen uns sehr nah. Helen war mir näher als jeder andere Mensch. Ich hätte dich liebend gern wie eine eigene Tochter aufgezogen. Ich habe ja keine eigenen Kinder, aber …" Sie bricht ab und atmet tief durch. „Nach dem Tod von Helen", noch ein Seufzer, „dachten wir alle, es wäre das Beste für dich, wenn du in deinem gewohnten Zuhause in Hamburg bleiben würdest." Sie räuspert sich, ihre Stimme klingt plötzlich sehr belegt. „Du hast dich ja auch immer gut mit Nana verstanden. Und deine Nana *vergöttert* dich. Du bist ihr Ein und Alles!"

„Ja", antworte ich leise, „ich weiß."

Doch tut sie das? Liebt sie mich wirklich richtig, richtig, richtig?

Natürlich war Nana immer da, immer an meiner Seite. Sie hat mich keinen Moment allein gelassen, auch nicht in den schlimmsten Zeiten, als wir durch die halbe Welt flüchten mussten, weil wir monatelang bedroht wurden. Trotzdem – was ist mit dem Geld, das sie heimlich auf eines ihrer Privatkonten in Frankreich transferiert? Das macht man doch nicht, oder? Das ist doch fast so, als würde sie mich bestehlen, oder etwa nicht?

„Und weißt du, Angie", redet Rosie weiter, „Nana ist zweifellos ein harter Drachen …" Sie lacht. „So war sie schon, als deine Mutter und ich Kinder waren. Aber sie würde für jede von uns durchs Feuer gehen."

„Ja?", frage ich, immer noch nicht ganz überzeugt.

„Auf jeden Fall!", betont Rosie. „Nimm mich bloß als Beispiel. Nana tut immer so, als wäre ich die ungeliebte Tochter zwei, aber tatsächlich hat sie all die Jahre ohne Pause dafür gesorgt, dass es mir gut geht. Und das, obwohl sie meinen Lebensstil ganz und gar nicht toleriert."

„Wie meinst du das?", frage ich.

„Nun …" Rosie klingt verlegen. „Auf Tahiti gibt es nicht viele Möglichkeiten, Geld zu verdienen. Ich arbeite als private Englischlehrerin, doch damit verdiene ich kaum genug, um zu überleben. Und ich sollte dir das vielleicht nicht sagen, aber deine Nan überweist mir mehrere Male im Jahr eine stattliche Summe Geld. Sonst würde ich nicht in dem Haus sitzen, vor dem ich gerade sitze, und nicht so sorglos an meinem Cocktail nippen."

„Nana überweist dir Geld?"

„Oh, das wusstest du nicht?" Rosie klingt sofort schuldbewusst. „Ich …"

„Nein, nein", unterbreche ich sie sofort, „das finde ich ja total gut und richtig, ich … hatte nur keine Ahnung."

Rosie klingt erleichtert. „Ah, verstehe."

Nein, ich glaube nicht, dass sie auch nur im Ansatz versteht, was gerade bei mir abgeht. Ich falle sozusagen von einem Gefühlskoma ins nächste. Doch bevor sich mein verwirrtes und leicht vernebeltes Hirn lichtet, muss ich noch … einmal sichergehen …

„Tante Rosie …" Okay, jetzt werde *ich* etwas verlegen. „Es geht mich wirklich nichts an, aber … kriegst du das Geld möglicherweise von einem französischen Konto?"

Ein paar Sekunden ist Schweigen in der Leitung, dann höre ich wieder Rosies Stimme. „Angie, ich weiß, dass das Geld eigentlich dir gehört. Und wenn du nicht …"

„Doch, ich finde das gut!", rufe ich laut, damit sie da keine falschen Vorstellungen kriegt. „Ich … ich frage wegen einer ganz anderen Sache. Ich kann das gerade nicht erklären, aber, bitte, es ist wichtig! Von welchem Konto das Geld kommt, meine ich, ist wichtig."

„Ich bekomme das Geld per Scheck auf ein französisches Konto", bestätigt Rosie, „Tahiti gehört ja offiziell zu Frankreich, auch wenn es auf der anderen Seite der Welt mitten im Pazifik liegt. Also hat Nana mir ein französisches Konto bei der Crédit Mutuel eingerichtet, von dem ich hier bei mir in der Stadt abheben kann. Das Konto läuft auf den Namen von Nana und von mir. Nana füllt es regelmäßig auf – und ich hole mir dann das Geld. Dabei – das musst du mir glauben, Angie – habe ich NIE auch nur um einen Cent gebeten oder gefragt!"

Das glaube ich ihr sofort, doch darum geht es ja überhaupt nicht.

Crédit Mutuel, das ist tatsächlich die Bank, auf die das Geld gehen sollte!

Ich atme hörbar aus. Flipping heck! Der gefährliche T2, vor dem ich solche Angst hatte (wer könnte mir das verdenken?), ist ROSIE!

Und weil Mums Schwester verständlicherweise nach meiner – zugegeben etwas indiskreten Frage – doch ziemlich verunsichert klingt, erzähle ich ihr schließlich die ganze Geschichte.

Ja, die ganze. Einschließlich des kleinen nächtlichen Balkongehangels im Cromwell Place in London. Rosie ist schließlich auch ein schwarzes Schaf. Bestimmt hat sie früher ebenfalls allerlei Dinge getan, die nicht unbedingt Nanas Bewunderung fanden.

Ich habe mich nicht geirrt. Tante Rosie lacht so laut, dass ich direkt vor mir sehe, wie ihr in der Sonne Tahitis die Lachtränen die gebräunten Wangen runterlaufen.

„Oh, Angie, oh, ich wünschte, ich wäre dabei gewesen!",
japst sie. „Du MUSST mich ganz bald besuchen! Wir werden uns ganz, ganz wunderbar verstehen!"

Und natürlich verspricht sie, Nana und David nichts von
alledem zu verraten. Das bleibt unser kleines privates
Schwarze-Schafe-Geheimnis.

Ich bin ganz benommen vor Erleichterung und der daraus
folgenden guten Laune, als wir endlich das Gespräch been-
den. Nicht ohne uns versichert zu haben, jetzt regelmäßig
zu telefonieren. Und vielleicht lässt Nan mich ja tatsächlich

in den nächsten Ferien nach Tahiti.

Ich lehne mich in meinen Kissen zurück, während mir die
Angstbrocken von der Seele klackern und sich die Anspannung in meinen Muskeln löst. T2 ist Rosie! Und Nana
wollte sich nicht bereichern, sondern bloß ihrer Tochter
heimlich Gutes tun! Ohne mir das zu gestehen, weil sie vor
mir ja kein gutes Haar an Rosie lässt. Ach, Nana!

Ich muss ein seliges Lächeln im Gesicht haben, denn als
Voodoo-Göttin Judy gegen halb elf ins Zimmer gewankt
kommt, guckt sie erstaunt. „Oh, du bist ja gut drauf! Hab
ich was verpasst?"

Ich grinse. „Nein, nein, bloß gute Nachrichten von zu
Hause. Meine Tante, von der ich seit Jahren nichts gehört
hatte, hat überraschend angerufen."

Judy reißt sich ihr Voodoo-Huhn vom Hals, pfeffert es achtlos in die Ecke (thank God, es IST aus Plastik!) und schmeißt sich ebenfalls auf ihr Bett. „Aber *du* hast was verpasst!" Sie grinst über beide Ohren. „Ich sag nur: Pippa und Hayden!"

„NEIN!", kichere ich gut gelaunt. „Erzähl!"

Laut Judy sind Hayden, Eden und Moritz nach ihrer kleinen Rettungsaktion (für die ich ihnen ewig dankbar sein werde!) zurück zur Party gegangen, wo ein Engtanz von Hayden und Pippa offenbar *reichlich* eng endete. Noch als der nächste, sehr rockige Song die Tanzfläche wieder füllte, standen sie unverrückbar fest umschlungen und knutschend mitten im Raum.

Judy und ich kichern beide und ich freue mich für Pippa. (Ich muss sie gleich morgen ausführlich befragen, hihi!) Oh, wie schön, dass endlich alles gut ist!

Doch als Judy kurz duschen geht, fällt mir ein, dass leider noch nicht *alles* gut ist. Joshs Augen lassen mich einfach nicht los. Was stimmt nur nicht mit dem Typen?

Ich muss endlich diesen dämlichen Sicherheitsmann erreichen. Er MUSS Josh überprüfen!

Wütend, dass der Mann mich so verantwortungslos hat sitzenlassen, greife ich mir mein Handy und tippe eine weitere Nachricht. In Großbuchstaben! Wenn er jetzt nicht antwortet, werde ich morgen sofort Nana anrufen und mich beschweren.

WO WAREN SIE? ICH WAR BEIM KINO UND BIN IN GROSSE SCHWIERIGKEITEN GEKOMMEN!

Zum Schluss wiederhole ich noch mal: WO WAREN SIE???

Ich bin wirklich sauer. Was ist der Sinn eines Bodyguards, wenn der komplett unzuverlässig ist?

Huch! Ich bin richtig überrascht, als die Antwort nur fünf Sekunden später auf meinem Display erscheint: Ich stehe vor der Tür von Pembroke House. Es tut mir sehr leid, ich kann alles erklären. Ich warte draußen.

Mein Herz klopft. Frechheit! Er wartet draußen? Um diese Uhrzeit? Was denkt der, wer er ist!

Trotzdem – auch wenn es spät ist, muss ich ihn einfach fragen, wie ich mit diesem Stalker Josh umgehen soll und ob er ihn für mich ausspionieren könnte. Außerdem will ich diesen Typen, der seinen Job offenbar nicht allzu ernst nimmt, mal kennenlernen. Ich schaue aus dem Fenster und überlege. Sehen kann ich keinen. Außer viele Schüler, die aus dem Ruderclub zurück in ihre Häuser gehen.

Was könnte mir passieren, wenn ich – trotz seines Versprechens, hier zu sein – doch wieder allein dastehe? Der ganze Vorplatz von Pembroke House ist hell erleuchtet. Und allein bin ich dort ganz sicher nicht. Was auf der anderen Seite natürlich blöd ist, weil mich dann etliche Mitschüler doch mit einem Mann zusammenstehen sehen und natürlich Fragen stellen werden.

Soll ich rausgehen?

Meine Neugier und auch meine Wut siegen. Ich werfe schnell einen Blick in den Spiegel (ganz okay, abgesehen von den Kitty-Ohren – runter damit!), ziehe eine Jacke über mein katzenhaftes Hinterteil und husche schnell den Gang zur Treppe entlang und runter durch die Halle zur Eingangstür.

Draußen gucke ich mich um. Tsss, wie ich es mir fast schon gedacht habe, kein Mann weit und breit! Nur eine Menge Star-Wars-Krieger, miniberockte Hexen und andere lachende und quatschende Figuren.

Genau in dieser Sekunde gurgelt eine neue Message auf meinem Handy: Ich kann dich sehen. Geh um die Ecke Richtung Tennisplätze, dann findest du mich! Wir sollten besser nicht zusammen beobachtet werden.

Der duzt mich? Das wird ja immer frecher. Ich bin schließlich fast sechzehn. (Na gut, im Frühjahr.) Aber ich gebe ihm Recht, wir sollten nicht zusammen gesehen werden.

Ich überlege noch ein letztes Mal. Doch mit so vielen Schülern in der Nähe fühle ich mich sicher.

Und Josh wird es garantiert kein zweites Mal wagen, mich zu bedrohen. Ganz sicher sitzt er jetzt in seinem Zimmer in Bryher und bibbert voller Sorge, ob wir ihn Mrs Hampstead melden oder nicht. Dass er rausfliegt, wenn ich die Schulleitung wissenlasse, was passiert ist, ist so sicher wie die Enthauptung der zwei Ehefrauen von Henry dem Achten.

Ich gehe los. Um die Ecke von Pembroke House (wo in einiger Entfernung die Tennisplätze liegen), genau dorthin, wo der dubiose Sicherheitsmann mich hingebeten hat …

Der Bodyguard

Um die Ecke von Pembroke House brennt zwar ebenfalls eine Laterne, doch diese Seite unseres Wohnhauses hat keine Türen und keine Fenster. Ich fühle mich sofort wieder unterschwellig abgeschnitten von der Welt und ein kleines bisschen unwohl.

Leicht verunsichert gucke ich mich um. Wo ist er jetzt bitte, dieser ominöse Mr Unbekannt, der für viel Geld im Monat mein Bodyguard sein soll? Nicht da!

Oh, was für ein dämliches Spiel ist das! Jetzt habe ich ehrlich genug davon! Gleich morgen früh werde ich Nana oder David die ganze Geschichte erzählen und einen neuen Kontaktmann verlangen.

Genervt drehe ich mich um und – peng! – knalle direkt in … JOSH!

Schneller als ich Hilfe hätte rufen können, hat er die Hände hoch über seinen Kopf in die Luft gerissen, als hätte ich eine Waffe auf ihn gerichtet.

Und so wie jemand, dem nur wenige Sekunden Zeit bleiben, um lebenswichtige Informationen weiterzuleiten, feuert er eilig und eindringlich seine Sätze ab: „Nicht schreien, Cara! Ich bin Daniel Scudamore, du weißt, Scudamore Racing?"

Er guckt mich prüfend an, ob der Inhalt seiner Worte auch bei mir angekommen ist.

Und, als ob er Angst hätte, dass die Info nicht reicht, legt er nach: „Mein Großvater, Michael Scudamore, hat dreimal das Grand National in Aintree gewonnen. Du erinnerst dich an den riesigen Scudamore Clan? Mein Bruder Nicholas – Nick Scudamore – ist ebenfalls Jockey. Mein Vater hat einen großen Rennstall in Oxfordshire. Unsere Pferde laufen auf der ganzen Welt. Wir ..."

Ich antworte nichts. Ich habe meinen Mund sperrangelweit offen.

Josh, ich meine, Daniel – oder doch Josh? Wer auch immer bricht jetzt ab und sieht mich nicht mehr prüfend, sondern besorgt an. „Darf ich ... äh, meine Hände wieder runternehmen?"

Ich bin mir nicht sicher.

Ich bin mir über gar nichts sicher. Wovon redet der?

Sicherheitshalber sage ich auch weiterhin nichts. Ich bin komplett verwirrt. Kann ich Josh, ich meine Daniel ..., egal, wie er heißt – kann ich ihm glauben? Er ist überhaupt nicht Josh Williams? (Aber wer ist dann Josh Williams?)

Ich hole tief, tiefer, *sehr* tief Luft, was hauptsächlich ein Versuch ist, wieder Herr über meinen Körper zu werden. Idealerweise vor allem über meinen Kopf. Der fährt nämlich gerade mit Volldampf Rollercoaster.

„Du bist WER?", gelingt es mir schließlich herauszupressen.

„Daniel Scudamore", behauptet Josh, Daniel oder wer auch immer. „Das wollte ich dir schon vorhin auf der Wiese beim Kino sagen. Ich – es tut mir so leid, dass ich dich zu Boden gezogen habe, ich ... wollte nur verhindern, dass du ... ähm ... durchdrehst und das ganze Internat auf uns aufmerksam wird."

„Ah", mache ich.

Doch bei der Erwähnung meiner panischen Flucht durch den Wald werde ich wieder wütend. Glücklicherweise. Denn Wut macht das Gehirn herrlich stark und frei.

Zu Boden gezogen – ha! Leidet der Kerl unter Gedächtnislücken? Der hat sich auf mich draufgeschmissen wie der Wolf auf das arme Rotkäppchen!

Ich gucke so grimmig, wie ich kann. (Ich kann *sehr* grimmig gucken.) „Und wenn du Prinz Harry von England persönlich wärst! Du kannst von Glück sagen, wenn ich dich nicht bei Mrs Hampstead anzeige!"

„Prinz Harry ist übrigens ein Freund von mir", behauptet Josh-Daniel in nebensächlichem Ton, „und deiner Groß-mutter würde es – glaub mir! – überhaupt nicht gefallen, wenn ich von der Schule fliegen würde."

„Meiner Großmutter?" Also jetzt langt's aber! „Was hat meine Großmutter damit zu tun?" Ich hole noch mal Luft. „Und woher weiß ich überhaupt, dass du mir nicht gerade die größte Lügengeschichte des Jahrhunderts auftischst?"

Josh bleibt total ruhig. „Du und ich, wir sind uns übri-gens schon mal begegnet. Ich meine, bevor wir uns hier im Cornwall College – äh – getroffen haben."

„Ach ja?", mache ich abwehrend, weil ich immer noch kein Wort von dem, was er sagt, glaube. (Von *verstehen* will ich gar nicht erst reden …)

Josh nickt bestätigend. „Ja, du warst einmal bei uns zu Hau-se in Oxfordshire – da warst du wahrscheinlich so ungefähr sieben. Du wolltest unbedingt die Pferde sehen, aber unsere Eltern saßen wie festgenagelt im Garten beim Tee und hat-ten keine Lust aufzustehen."

„Deine und meine *Eltern*?", unterbreche ich ihn.

„Du warst mit deiner Großmutter und deiner Mutter da", sagt Josh. „Deine Mutter sah auffallend hübsch aus, daran erinnere ich mich noch." Er blickt zu Boden. „Tut mir sehr leid, dass sie und dein Vater gestorben sind."

„Schon gut", murmele ich.

Tatsächlich beginne ich mich dunkel an einen Besuch in einem Rennstall zu erinnern. Das muss in einem der Sommer gewesen sein, die wir in Großmutters altem Cottage verbracht haben. Die vielen edlen Pferde haben mich tatsächlich beeindruckt, wie wahrscheinlich jedes kleine Mädchen. Aber an einen Jungen in meinem Alter kann ich mich beim besten Willen nicht erinnern.

„Na, jedenfalls", erzählt Josh-Daniel weiter, „wurde ich schließlich von meinem Vater abkommandiert, dich überall rumzuführen. Ich musste sogar Jupiter, einen unserer Pensionäre, satteln und dich eine halbe Stunde über die Koppel führen." Ein leichtes Lächeln erscheint vorsichtig in seinem Gesicht. „Ich habe es gehasst."

Er guckt sofort entschuldigend.

Einen Augenblick lang bin ich geneigt, ihm zu glauben. War mein intuitiver Gedanke, dass er möglicherweise – ebenso wie ich – extrem reich ist, tatsächlich richtig? Dass er aus Sicherheitsgründen unter einem Decknamen und einer falschen Identität im Cornwall College lebt? Sind wir womöglich Schicksalsgenossen?

Ich starre ihn an. Ist er wirklich Daniel Scudamore?

Die Scudamores sind in Großbritannien eine sehr bekannte Rennpferd-Dynastie. Extrem reich und erfolgreich. (Wenn auch natürlich nicht in dem Maße wie meine Familie.) Ich glaube kaum, dass es auf der Welt eine vergleichbare Familie im Rennsport gibt, die so viele Preise und Goldmedaillen abgeräumt hat.

Ich bin fast geneigt, ihm zu glauben, doch in meinem Kopf rotiert ein Satz von ihm, der nicht stimmen kann. Er will mich über die Koppel geführt haben?

Ich erinnere mich daran, dass ich reiten durfte. Oh, wie glücklich und stolz ich war, auf einem dieser unfassbar schönen Tiere zu sitzen und von hoch oben (für mich als Siebenjährige sah es *sehr* hoch aus!) die Welt zu betrachten! Doch ganz bestimmt wurde ich von keinem siebenjährigen Jungen geführt. Der hätte ja nicht mal an die Zügel dieser riesigen Rennpferde herangereicht!

„Du lügst", sage ich kurz und knapp.

Josh guckt erstaunt, ja fast empört hoch. Seine tiefgrünen Augen fixieren mich. „Ich lüge nicht!"

„Ich weiß nicht, woher du weißt, dass ich im Scudamore-Rennstall als Siebenjährige über die Weide geführt wurde", gebe ich zurück, „aber DU warst mit Sicherheit nicht da. Ich wurde von einem Jungen geführt, der mindestens sechzehn war, wenn nicht älter!"

So, das hat gesessen!

Josh bleibt ruhig. „Das stimmt. Und das war ich."

Der Typ spinnt doch wirklich!

Jetzt werde ich aber richtig wütend. „Wie kannst du damals mindestens sieben Jahre älter gewesen sein als ich, wenn du jetzt im gleichen Jahrgang bist?"

Noch immer bleibt er die Ruhe selbst. „Genau das wollte ich dir gerade erklären."

„Was wolltest du erklären?", fahre ich ihn an. „Dass du Superman bist und dein Alter ändern kannst, gerade wie es dir passt?"

Ich hab jetzt ehrlich keine Lust mehr, noch weitere Zeit mit diesem Deppen zu verplempern.

„Ich werde dir sagen, was ich jetzt tue", fauche ich, „ich rufe meinen Bodyguard an. DEM kannst du die Geschichte dann gerne noch mal erzählen."

„In Ordnung", meint Josh und seufzt, doch er macht keinen Versuch, mich davon abzuhalten.

Ich hole mein Handy aus meiner Jackentasche.

„Ich tu's!", drohe ich.

„Nur zu!", ermuntert mich Josh.

Entschlossen klicke ich die eingespeicherte Nummer an, die David mir gegeben hat. Nach zwei Sekunden höre ich das Freizeichen.

Ding-dong-dong-ding … Zufällig klingelt auch Joshs Handy – er hat die Glocken von Big Ben als Klingelton, registriere ich in einer kleine Ecke meines Gehirns, während ich wütend auf mein eigenes Gespräch warte!

Endlich geht jemand ran. „Hallo?"

Ich sehe wie Joshs Mund sich bewegt. Wie er sein Handy am Gesicht hat. Höre das Hallo von seinen Lippen zeitgleich aus meinem Phone in mein Ohr dringen. Mein Kopf ist verwirrt.

„Wer ist da?", frage ich.

„Josh Williams", kommt die Antwort simultan aus meinem Handy und aus Joshs Mund, der sein eigenes Handy an sein eigenes Ohr drückt. „Oder Daniel Scudamore, wie du möchtest."

Ich lasse mein Phone langsam sinken. Mir ist, als ob meine Beine unter mir nachgeben. Als ob die Erde unter meinen Füßen zu einer weichen, wabbeligen Masse wird.

Josh reagiert schnell.

Mit einem Ruck ist er an meiner Seite und stützt meinen Arm, so dass ich nicht umkippe. „Cara, es tut mir leid! Ich hätte dir schon viel früher alles erklären sollen! Aber ich … Ach, deine Großmutter und Mr Dunbar haben mir so eingehämmert, dass ich meine Deckung auf keinen Fall aufgeben darf. Dass du auf keinen Fall wissen sollst, wie nah ich dir bin. Du solltest ungehindert und sorglos hier leben."

Seine Worte rauschen an mir vorbei wie ein mittelschwerer Wasserfall. Nur Brocken dringen in mein Gehirn.

„Aber wie kannst du …?", schaffe ich es schließlich zu fragen. „Ich meine, du bist doch in meinem Jahrgang! Du gehst zur Schule, du …"

„Nicht wirklich", sagt Josh vorsichtig. „Ich bin zweiundzwanzig Jahre alt. Nach der Schule wollte ich nur weg von allem, von meiner Familie, den Pferden, den dämlichen reichen Girls auf den Partys …" Er grinst. „Das ging mir alles auf die Nerven. Ich wollte etwas ganz anderes machen. Also bin ich zum Militär gegangen. Dort sind alle gleich. Das gefiel mir." Er macht eine abwägende Kopfbewegung. „Allerdings nicht sehr lange. Ich finde die Idee erschreckend, möglicherweise in einem Krieg Menschen erschießen zu müssen. Sehr viel lieber möchte ich Menschen beschützen. Also habe ich nach meiner Militärausbildung eine zweijährige Schulung im Sicherheitsdienst gemacht." Er guckt hoch. „Ich bin voll ausgebildeter Bodyguard."

Einen Moment wartet er, ob das in meinen Kopf auch richtig eingesickert ist, dann legt er mit einem leisen Lächeln nach. „Deine Großmutter ist auf mich gekommen, weil sie immer noch befreundet ist mit meinem Großvater und er ihr von mir erzählt hat. Und weil ich so ein Babyface habe", er zieht eine Grimasse, „und so viel jünger aussehe, als ich bin, haben sie die geniale Idee ausgebrütet, mich direkt hier ins Internat einzuschleusen. Als Schüler. Und in deiner allernächsten Nähe. Das gefiel besonders deiner Großmutter noch besser, als mich zwei Meilen entfernt in Brockhampton St. Johns zu wissen."

Das kann ich mir vorstellen. Aber was für eine Idee!

Und wenn ich darüber nachdenke, dann ist diese Idee …

sooo Nana!

Ich schlucke. „Puh."

„Ja, puh!" Josh lacht vorsichtig. „Ich kann dir versichern, dieser Job ist weitaus schwieriger, als ich mir das vorgestellt habe. Ich fürchte, ich wollte krampfhaft perfekt sein, so dass ich von Anfang an alles falsch gemacht habe."

Ich gucke ihn an. „Du hast mich ständig so crazy angestarrt, dass ich dich für einen Stalker gehalten habe!"

„Oh, nein!" Betroffen sieht Josh zu Boden.

„Könntest du …, könntest du das vielleicht *nicht* deiner Großmutter erzählen?", bittet er. „Ich meine, dass ich ein so lausiger Bodyguard war? Inzwischen macht mir der Job nämlich im Prinzip richtig Spaß."

„Im Prinzip?", hake ich nach.

Er grinst. „Na ja …, manchmal ist es mit deinen Mitschülerinnen ein bisschen schwierig …"

„Tssss!" Ich schüttele den Kopf. Ich fürchte, ich verstehe sofort, was er meint.

Arme Bailey! Und arme Judy! Jemand sollte ihnen sagen, dass dieser Junge nicht zu haben ist, weil er erstens viel zu alt und zweitens im Dienst ist.

„Hammer!", sage ich schließlich.

Und Josh stimmt mir zu. „Tja …, schon, oder?"

Dann wird sein Gesichtsausdruck besorgt: „Bist du jetzt wieder okay?"

Erst da bemerke ich, dass er immer noch meinen Arm hält. Eilig ziehe ich ihn weg. „Ja, ja. Ich … war nur nicht richtig auf … ähm, diesen Verlauf der Dinge vorbereitet."

Josh lacht. „Sorry, das kann ich mir vorstellen!"

Dann fällt mir etwas ein. „Wie soll ich dich denn nun nennen?"

„Ich heiße Josh Williams", antwortet Josh, ohne eine Miene zu verziehen. „Meine Eltern sind nicht superreich, aber auch nicht bettelarm. Ich komme aus London, aber nicht aus dem reichen Westen. Und ich bin hier, weil ich ein Stipendium bekommen habe."

„Und Pferde hast du noch nie aus der Nähe gesehen, oder?", ziehe ich ihn auf.

Er grinst. „Absolut nicht. Könnte beim Pferd nicht hinten von vorne unterscheiden."

Wir lachen beide.

Dann werden wir wieder still.

„Ist schon 'ne etwas – äh – ungewöhnliche Situation, was?", sage ich.

Josh nickt. „Bitte gib mir noch eine Chance. Ich werde besser werden, professioneller. Ich habe Anfängerfehler gemacht, ich wollte dich einfach perfekt schützen. Aber ich werde mich von jetzt an SEHR zurückhalten und nur noch bei echter Gefahr einschreiten."

„Das wäre gut", unterstütze ich seine Reue und lächele.

„Das wäre sogar ausgesprochen wunderbar."

„Aber vielleicht könntest du mir auch einen Gefallen tun?", fragt er jetzt.

„Und das wäre?"

„Ähm, also ich will wirklich nicht arrogant oder so daherkommen, aber …" Josh sieht plötzlich äußerst verlegen aus. „Aber falls du deinen Freundinnen – ähm – irgendwie ausreden könntest, dass ich – äh – irgendwie zu haben wäre … Also, das wäre eine große Hilfe."

Ich denke an Pippas, Hetties, Raines und meine Versuche in der ersten Woche, ihn mit Bailey bekannt zu machen, und pruste los. Der arme Kerl! Da versucht er, nur seinen

Job zu erledigen, und muss dabei ständig vor immer neuen, ihn anhimmelnden Mädchen weglaufen.

„Ich fürchte, Judy hat ihren eigenen Kopf", grinse ich „Aber keine Sorge, Bailey hat aufgegeben."

„Das ist mir echt peinlich", versichert Josh noch mal.

„Tja", sage ich keck, „vielleicht sollten wir deine aktuelle Biografie noch etwas anreichern?"

„Wie bitte?" Jetzt guckt endlich mal Josh, als ob er nichts versteht.

„Wie wäre es mit einer Freundin?", schlage ich vor. „Eine, die zu Hause in London, *nicht im reichen Westen*, sehnsüchtig auf dich wartet?"

Ein breites, geradezu erleichtertes Lächeln erscheint auf seinem Gesicht. „Brillante Idee! Cara, ich kann jetzt schon sagen, es ist eine Freude, für dich zu arbeiten!"

Ich strecke meine Hand aus. „Dann sage ich mal: auf gute Zusammenarbeit, Mr Williams!"

Josh schlägt ein. „Ich schwöre, du kannst dich auf mich verlassen!"

„Danke", sage ich und grinse. „Auch wenn ich nicht vorhabe, jemals davon Gebrauch zu machen. Du kannst deine Zeit also damit verbringen, hier in aller Ruhe deine Schulbildung aufzubessern!"

„Hahaha!", lacht Josh. „Du hast keine Ahnung, wie sehr

ich im Unterricht kämpfe. Ich habe seit meiner eigenen Schulzeit alles komplett vergessen. Deine Großmutter wird womöglich noch Nachhilfeunterricht für mich zahlen müssen."

Ich grinse und denke heimlich für mich, dass ich ihm das durchaus gönnen würde. Kleine Strafe muss sein!

„Na, dann!", sage ich. „Gute Nacht, Bodyguard!"

„Gute Nacht, schlaf gut!", sagt Josh und guckt sich um. Er wirkt leider schon wieder ein bisschen alarmiert. „Ich bringe dich lieber noch bis zur Tür."

„NEIN!" Ich gucke ihn sehr streng an. „Schluss damit! Das schaffe ich sehr gut allein. Oder ich werde persönlich meiner Großmutter raten, dir mindestens zwölf Nachhilfestunden pro Woche aufzubrummen – vor allem in Physik, Chemie und Mathe."

Josh gibt sich geschlagen und streckt seine Hände wieder hoch in die Luft. „Erbarmen!"

Als ich zehn Minuten später im Bett liege, versuche ich, mich an alles, was seit Samstag passiert ist, zu erinnern. Doch ich komme nicht weit. Ich bin sooo müde, dass mir die Augen zufallen. Außerdem sind Judys weiche Schnarchgeräusche äußerst einlullend …

Schwerer Kampf, leichte Brise und ein himmlischer Ausblick

Es hat nicht nur lange gedauert, es war ein Kampf fast bis aufs Messer, bis ich Moritz davon überzeugen konnte, dass Josh kein Mistkerl ist. Ich habe behauptet, er habe sich in aller Form bei mir entschuldigt, doch Moritz wurde richtig wütend und schäumte, ich sei einfach zu naiv und gutgläubig. Und für einen Moment unterstellte er mir sogar, ich sei heimlich verknallt in Josh und würde ihn deswegen jetzt so in Schutz nehmen und verteidigen.

Da bin dann allerdings ich wütend geworden. Jungs! Für die gibt's für jede Handlung oder Regung von Mädchen, die sie nicht gleich kapieren, immer nur eine Lösung! Wie dämlich ist das! Tssss!

Doch irgendwann hatte ich Moritz besänftigt und ihm außerdem versichert, dass Josh sehr verliebt in seine eigene Freundin ist, die zu Hause in London auf ihn wartet. Zur Sicherheit habe ich ebenfalls erzählt, dass meine Großmutter und Joshs Großvater befreundet sind und dass Nana Josh daher schon lange kennt und für ihn bürgen kann, aber dass ich das erst jetzt erfahren habe. Und zumindest der Teil war ja nicht mal gelogen.

Das hat Moritz schließlich beruhigt.

Josh ist außerdem auch noch mal selbst auf Moritz, Eden und Hayden zugegangen und hat sich auch bei ihnen entschuldigt. Ihm seien die Nerven durchgegangen, weil er dachte, er habe jemanden in einem Busch hocken sehen, der mir womöglich Böses wollte. Und dass er mich nur habe schützen wollen.

Ich weiß nicht, ob die Jungs ihm das abgekauft haben, aber Hayden meinte irgendwann bloß: „Schaff dir 'ne Brille an, du Idiot!"

Und das war es dann zum Glück.

Jetzt sitze ich hier neben Moritz im Gras, hoch oben auf einem Hügel nicht weit vom Internatsgelände, und schaue auf das kleine Dörfchen Brockhampton St. Johns runter. In der Ferne können wir am Horizont das Meer in der Abendsonne glitzern sehen und eine kleine Brise weht einen Hauch von salziger Luft zu uns rüber. Für Anfang November ist die Luft ungewöhnlich lau, aber das ist in England nicht allzu ungewöhnlich. Auch im Herbst gibt es noch viele warme Tage.

„Siehst du die Schafe dahinten?" Moritz zeigt auf eine mit einer alten Feldsteinmauer umrandete Weide.

Ich nicke.

„Von dort aus kannst du sogar die Felsküste sehen." Er guckt mich auffordernd an. „Wollen wir?"

„Wird es nicht bald dunkel?", frage ich unentschlossen.

„Stadtkaninchen!" Moritz lacht.

Das lasse ich nicht auf mir sitzen. „Okay, gehen wir!"

„Hinter der Weide sind's nur drei Minuten runter nach Upton Mallet", versucht Moritz zu beschwichtigen. „Dorthin können wir später ein Taxi bestellen und ganz entspannt zurückfahren."

Das klingt schon besser.

Nach einer halben Spazierstunde stehen wir auf dem nächsten Hügel – unter uns die Schafe – und staunen. Oder jedenfalls ich staune. Denn Moritz spielt mal wieder Moritz Coolman und tut so, als wäre das alles ganz normal. Und vielleicht ist es das für ihn auch?

Vor uns liegt ein riesiger Abschnitt der felsigen Küste Cornwalls. Jedes Jahr reißen die turmhohen Wellen des winterlich wilden Atlantiks ein weiteres Stück aus den schroffen, bestimmt hundert Meter senkrecht ins Meer abfallenden Felskliffen heraus. Man kann die Bruchstellen als große Brocken unten auf den schmalen Stränden liegen sehen.

Ich liebe diese Landschaft. Mein Herz macht einen Sprung, als ein paar Seevögel kreischend direkt über unsere Köpfe hinwegfliegen. Einen Sprung vor Glück.

Plötzlich fühle ich sie wieder – die Freiheit, die grenzenlos sein muss. Und die man sonst nur über den Wolken spüren kann. Ich höre Miss Gwynn ihr Lied summen.

Und auch die alte Zeit mit Mum und Tante Rosie in Hamburg fällt mir ein. *Trampel, trampel, trampel – alle Möwen fliegen hoooooch!*

Komisch, dass man durchaus Heimweh spüren kann, während man in der gleichen Minute superglücklich an dem Ort sitzt, der weit, weit weg von zu Hause ist.

Ich schiele zu Moritz rüber. Okay, der letzte Tupfen Schlagsahne auf diesen perfekten Abend wäre vielleicht eine Hand, die sich meiner langsam nähert. Doch leider tut sie das nicht. Mr Coolman ist voll damit beschäftigt, in die Ferne zu starren.

Nein. Kann er Gedanken lesen? Jetzt dreht er sich endlich zu mir.

„Cara?"

„Ja?"

„Du weißt doch, am Samstag spielt Amys Mutter bei *Rock on the beach*", sagt Moritz, „hast du vielleicht Lust, da hinzugehen?"

„Klar", antworte ich, „da gehen doch alle hin."

Moritz zaubert ein winziges Lächeln auf sein Gesicht. „Nein, ich meine, *mit mir*."

Ich beschließe, ihn ein wenig auf den Arm zu nehmen. „Mit *dir*?"

Eine Zehntelsekunde lang verrutscht Moritz' Lächeln zwei klitzekleine Zentimeter.

Doch sofort fängt er sich wieder und zementiert stattdessen ein typisch moritzbreites Grinsen um seine Lippen. „Ich kann auch anders!"

Moritz lässt bedeutungsvoll seine Augenbrauen hoch und nieder wippen. „Ich hab noch einen Joker im Ärmel. Ich meine, FALLS du dich weigern solltest, *mit mir* dorthin zu gehen."

„Ach ja?" Ich werfe ihm einen skeptischen Blick zu.

Moritz nickt. „Dann würde ich nämlich die Schuldpfand-Karte spielen. Du erinnerst dich? Ich besitze sie immer noch."

„Oh. Ach ja." Ich bleibe ernst und seufze leise. „Dann hab ich wohl keine andere Wahl?"

Moritz schüttelt den Kopf. „No chance!"

„Na schön", gebe ich nach, „dann will ich das Ding aber endlich und für alle Zeiten hier und jetzt zurückhaben."

Moritz rupft einen Grashalm aus und händigt ihn mir feierlich aus. „Hier bitte!"

„Danke!" Ich streiche eine Weile nachdenklich über den Grashalm, dann kneife ich meine Augen gegen die Sonne zusammen und gucke ihn von unten schräg an. „Ich hätte übrigens auch ohne Pfand Ja gesagt."

Moritz lacht mich einfach an. „Ich hätte dich übrigens auch ohne Ja abgeholt."

„WAS?" Ich stemme die Hände in die Hüften. „Frechheit!"

Moritz gluckst und wir müssen beide lachen.

Und dann nimmt er doch noch meine Hand, und ich finde, das fühlt sich richtig gut an.

Eine Weile sitzen wir ganz still und gucken zu, wie der knallrote Sonnenball endlich ins Meer plumpst.

Plötzlich fällt mir etwas ein. „Sag mal, ist das dann etwa ein richtiges Date?"

„Wenn du trotzdem noch mitkommst, ja." Moritz guckt erst auf meine Hand, danach in meine Augen. „Aber wenn du dann Nein sagst, ist es selbstverständlich keins."

Ich muss schon wieder lachen. „Okay."

„Okay, was?", fragt Moritz. „Du gehst *mit mir als Date* zum Konzert?"

„Yep."

Da lehnt sich Moritz wieder zufrieden im Gras zurück und wir gucken ruhig den letzten roten Strahlen über dem Meer hinterher. Die Farben über dem Meer sind so magisch, dass man es kaum beschreiben kann. Ein unfassbar schöner Blick!

Ich glaube, manchmal, also manchmal ist man einfach so glücklich, dass man nur noch lächeln kann. Einfach in die Welt hinein. In jede Richtung. Auch in die Richtung des Jungen, der neben einem sitzt. Und dann kann es passieren, dass der einem plötzlich einen Kuss gibt. Einen wunderschön sanften.

Und dann stört es überhaupt nicht, dass wir uns beim dunklen Abstieg ins Dorf uns die Beine ganz schön aufschrammen. (Ich hab sowieso noch etliche Kratzer von meiner Halloween-Flucht durchs Wäldchen. Ein paar mehr oder weniger fallen also kaum auf.)

Als wir im Taxi zurück nach Brockhampton Castle sitzen und hinten auf dem Sitz in bester Laune unsere Wunden vergleichen (ich hab Moritz um Längen geschlagen!), meint Moritz: „Macht nichts. Am Samstag werden sowieso noch etliche dazukommen."

„Wieso?" Wieso sollte man sich an einem Sandstrand Schrammen holen?

„Um gut gucken zu können", erklärt Moritz, „müssen wir natürlich auf die Felsbrocken am Strand klettern." Er grinst. „Es wird also eher ein *Rock on the rocks* werden!"

„Kein Problem", sage ich, „ich nehme, was immer kommt." Denn manchmal ist das Leben eben auch rocky, steinig, – life on the rocks sozusagen. Und manchmal ist sogar das Internatsleben steinig – Internatsleben on the rocks, hihi! Aber meistens – und immer öfter – ist es einfach wunderbar.

Und was für ein himmlischer Ausblick ist das?

Dies war der zweite Band von

Annika Harper studierte in Hamburg und London und arbeitet außer an weiteren Bänden in einem Chocolate Shop. „Cornwall College" ist ihre erste Reihe. Sie lebt mit ihrem englischen Mann, zwei Kindern und drei Hunden in einem Cottage in Cornwall.

Chaos, Tumult und Herzklopfen: Hier kommt Mia!

Band 1: Mia legt los
Gebunden
ISBN
978-3-551-65051-1

Band 2: Mia und das Mädchen vom anderen Stern
Gebunden
ISBN
978-3-551-65052-8

Band 3: Mia und der Traumprinz für Omi
Gebunden
ISBN
978-3-551-65052-8

Band 4: Mia und das Liebeskuddelmuddel
Gebunden
ISBN
978-3-551-65054-2

Band 5: Mia und der Großstadtdschungel
Gebunden
ISBN
978-3-551-65055-9

Band 6: Mia und das Schwesterndings
Gebunden
ISBN
978-3-551-65056-6

Band 7: Mia fast allein zu Haus
Gebunden
ISBN
978-3-551-65057-3

Mia ist die Heldin der erfolgreichen Serie der Mädchenbuch-Autorin Susanne Fülscher. Mia ist witzig und chaotisch, vorlaut und liebenswert – und sie stolpert von einem haarsträubenden Abenteuer ins nächste. Zum Glück hat sie eine tolle Familie und gute beste Freundinnen!

Band 8: Mia und die mega-giga-irre Klassenfahrt
Gebunden
ISBN
978-3-551-65058-0

www.carlsen.de

Sommer am Meer, Surfen und die erste Liebe

Matilda, Emmy, Johanna und Merit leben auf der Insel. Sie sind die »Summer Girls« und treffen sich meist bei Matilda, deren Vater eine Windsurfschule betreibt. Zu Ferienbeginn flattern zahlreiche Anmeldungen ins Haus - und in diesem Sommer haben die Mädchen zum ersten Mal die Jungs im Auge ...

Martina Sahler, Heiko Wolz
Summer Girls, Band 1:
Matilda und die Sommersonneninsel
256 Seiten
Gebunden
ISBN 978-3-551-65165-5

www.carlsen.de

CARLSEN

Freundinnen und Feindinnen, Magie und gute Laune - Lesespaß pur!

Tanja Voosen
Nova und Avon, Band 1:
Mein böser, böser Zwilling
304 Seiten
Gebunden
ISBN 978-3-551-65381-9

Nova ist sprachlos. Sie glaubt nicht an Magie. Doch seit sie auf dem Jahrmarkt von einer Wahrsagerin verhext wurde, ist da plötzlich diese Doppelgängerin: Avon. Eine hinterhältige Nova-Kopie, die sich bei Novas Eltern einschleimt, die dem süßesten Typen der Schule peinliche Sachen sagt und Novas Wellensittich ärgert.

Schnell wird klar: Nova muss ihren bösen Zwilling wieder loswerden. Sie muss mutig sein und über ihren Schatten springen. Vor allem aber braucht sie eine gute Freundin – am besten mit magischen Fähigkeiten. Denn gegen so viel schwarze Magie hilft nur eins: noch mehr Magie ...

CARLSEN

www.carlsen.de

„Cornwall College" gibt es überall im Buchhandel
und auf www.carlsen.de

© Carlsen Verlag GmbH, Hamburg 2017
Lektorat: Kerstin Kipker
Satz: Pinkuin Satz und Datentechnik, Berlin
Herstellung: Constanze Hinz
Umschlag: Christiane Hahn
Lithografie: Margit Dittes Media, Hamburg

ISBN 978-3-551-65282-9